大鱼
有爱的青春陪伴者

我不想做万人眼中的英雄，

我只想做你的唯一。

我所不喜欢的秦先生

六夕叔 著

贵州出版集团
贵州人民出版社

图书在版编目（CIP）数据

我所不喜欢的秦先生 / 六夕叔著. -- 贵阳 : 贵州人民出版社, 2020.04

ISBN 978-7-221-15798-0

Ⅰ. ①我… Ⅱ. ①月… Ⅲ. ①长篇小说－中国－当代
Ⅳ. ①I247.5

中国版本图书馆CIP数据核字(2020)第004977号

我所不喜欢的秦先生

六夕叔 著

出 版 人　苏　桦
出版统筹　陈继光
选题策划　大鱼文化
责任编辑　胡　洋
特约编辑　周丽萍
装帧设计　颜小曼
封面绘画　扎小扎
出版发行　贵州人民出版社（贵阳市观山湖区会展东路SOHO办公区A座　邮编：550081）
印　　刷　长沙鸿发印务实业有限公司（长沙黄花工业园三号 邮编410137）
开　　本　880×1230毫米 1/32
字　　数　218千字
印　　张　9
版　　次　2020年4月第1版
印　　次　2020年4月第1次印刷
书　　号　ISBN 978-7-221-15798-0
定　　价　36.80元

目录

Contents

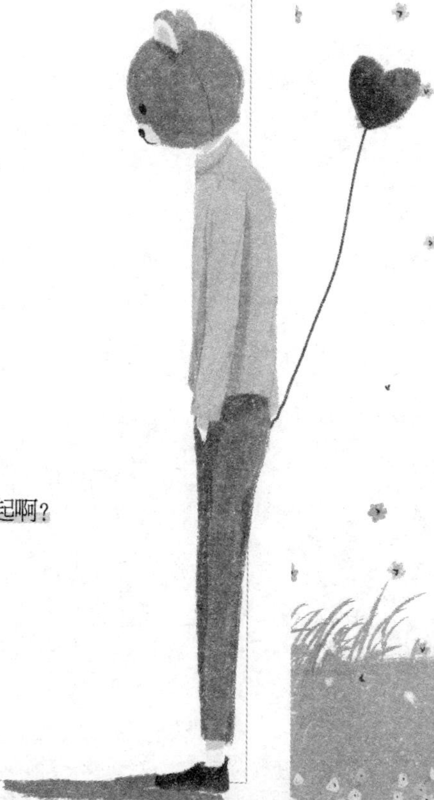

// 第一章 //

这该死的孽缘

(1)听说有人要跳桥

“你们别管我！我不想活了！让我去死！”

鹤去市最高的大桥——167米高的通济桥下，挤满了围观人群。一名三四十多岁的男子因为被工作了十年的公司无故解雇，且失业后三个月没找到工作，一时想不开，爬到了通济桥70米处，想要跳桥轻生。

消防车升得最高的云梯只有53米，众人只好等待直升机救援队前来救援。

这名男子是白冉可多年的邻居。在白冉可的印象中，这个大叔虽然为人孤僻，不怎么爱跟人说话，却是一个好人。她念高中的时候，有一次下大雨忘了带伞，恰好他经过学校门口，便把她送回了家。

所以，在等待救援队到来之前，白冉可绝对不能什么都不做，眼睁睁地看着他跳桥。白冉可向在场民警表露了自己与轻生者的关系，又告诉他们自己是江氏心理医院的医生后，出于事态紧急，民警慎重考虑后，同意让白冉可陪同登上云梯，对轻生者进行劝导。

白冉可站在云梯之上，深吸一口气，举起手中的喇叭，对着轻生男子喊道：“大叔，你冷静一点！那个垃圾公司解雇了你，你应该觉得开心才对！你在那儿工作十年了，你的 boss（老板）都没能看到你的才华、你的忠诚、你的呕心沥血！这么眼瞎的 boss 不值得你继续为之效力啊，你应该趁这个机会离开他，找到更好的平台，来大展拳脚！

“三个月面试了 69 家公司都没拿到 offer（通知）又怎样？人家蜘蛛织网都要 7 次才能成功呢！你作为一个人才，怎么都要尝试个 70 次吧？有点自信，人生在世，命途多舛，你可是有着十年工作经验的人，一定会很快找到满意的工作，月入过万，升职加薪，出任 CEO，走上人生巅峰的！”

“就算能找到合适的工作又如何？因为失业，我已婚十年的妻子已经带着九岁半的孩子改嫁他人，我已经对人生失去了信仰……”轻生男子眼皮耷拉着，整张脸上都透露着淡淡的生无可恋。

大叔，你这……这也太惨了点吧？这命途可不是一般的多舛啊！大叔，你这是多舛到了为难心理医生的地步啊。

“她会离开你，说明她对你不是真爱。”白冉可紧紧地锁着眉头，深思一番后，决定转移话题，“但是你要明白，在这个世界上不光只有爱情。你想想你的父母，就算你在外面多不济，他们也会一如既往地爱你！你的爸爸不知道你干了这傻事，可能还在想着存钱给你买房子；你的妈妈不知道你干了这傻事，可能还在做着你最喜欢吃的菜等你回家吃饭……先生，你要相信这个世界总有人爱你啊！”

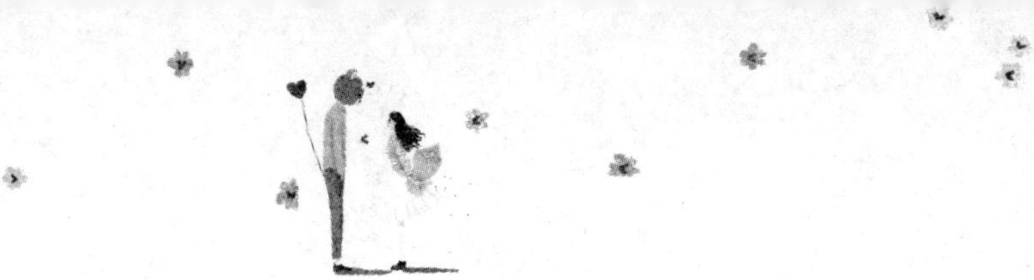

听了白冉可的一番话，轻生男子眼圈红了，眼睛里泛着点点泪光。男子如梦初醒："对，我还有我爸妈，我不能死……我要下来……"

他扶着桥上的钢管，往下望去，不望还好，他在看到那百米以下的地面以及那蚂蚁般的人群时，吓得双腿不住发软，在桥上整个身体抖得跟筛子一样，刚才那种慷慨赴死的气势早已抛到了九霄云外。

"救……快救我！我现在不想死了！"

"大叔，你别怕，抱稳了！救援队的人很快就要来把你救下去了！"

白冉可话音刚落，便听到了一阵渐近的螺旋桨运作时的噪声。很快，她便感觉到自己的头顶涌过一股强烈的气流，她下意识地抬起手臂遮住了头。

在围观群众的哗然声中，白冉可抬头朝头顶望去，只见一架直升机悬在了距离桥顶大概十米的地方。

机舱门被打开，一个穿着黑色制服的男人从直升机上跳了下来，他的腰上绑着两根绳子，绳子的一端似乎是在直升机里。男人朝机舱里做了一个手势，系在他腰上的绳子便开始缓缓往下放。

一个低沉而有力量的声音从男人所佩戴的无线扩音器里传来——

"鹤去市浮屠紧急救援事务所一分队队长，紧急救助师秦休央现已准备开始救援，请被困人员待在原地等待救援！"

（2）他……他跳下去了……

白冉可望着那道黑色的身影如同雄鹰一般，在空中掠过，最后稳稳地落在了通济桥的桥顶上。秦休央沿着通济桥的钢筋构造徒手往下爬去，迅速地往轻生男子处接近。

白冉可水灵灵的杏眼里闪烁着希望之光。

这矫健的身影！这熟练的动作！这专业的救援！

大叔有救了！

在白冉可的目光注视下，秦休央很快来到了轻生男子的对面。

轻生男子如见神祇从天而降，喜不自胜，抱着柱子便喊道："快！快救我！"

秦休央眉宇轻蹙，现场的情况有些不妙。因为鹤去市靠海，所以通济桥便是以波浪外观的设计，桥的高处内部钢筋结构复杂。秦休央没法直接爬到或者是跳到对面的轻生男子处去，因为那样做，从直升机处放下的绳子就很有可能会被钢筋卡住，造成救援的失败。

唯一的办法，便是让轻生男子过到他这边来。

"你把手伸给我，我拉你过我这边来！"白冉可听到秦休央的声音传来。

轻生男子紧紧地抱住钢筋柱子，往脚下望了一眼，双唇便一直在哆嗦："我……我……"

"把手给我！"秦休央重复了一次。

"我……我不敢！我一定会掉下去的……"轻生男子闭上眼睛，几乎是把整个身子贴在了钢筋柱子上。

救援一时陷入了僵局。

"真是没用！"过了好一会儿，秦休央的声音才再次传来，打破了沉默。秦休央背对着白冉可，白冉可看不到此刻他脸上的表情，但是她可以从他的声音里听出几丝明显的不耐烦，"你知道你为什么干了十年还会被辞退？"

轻生男子被秦休央问得有点蒙，便睁开眼睛，有些失神地望着秦休央，按照白冉可的说法回道：“因为我的前 boss 没能看到我的才华、我的忠诚、我的呕心沥血……”

“屁啊！”秦休央几乎是立马打断了男子的话，“还不是因为你干了十年，每天光拿工资不干活，十年了，业务技能一点都没上去！要人脉没人脉，要资源没资源，要实力没实力，还一把年纪，知识老旧，不思进取，哪家公司想要你？面试了 69 家公司，没有一家公司给你 offer 就是最好的证明！”

我去！你瞎说什么大实话！秦休央的话如惊雷般在白冉可的心中炸开。

看到大叔脸上的神色有些不对，白冉可柳眉一蹙，正欲想办法去安慰无故被秦休央打击的大叔。

就在这时，秦休央却又开口了：“想想你的妻子为什么在你失业三个月时，就改嫁了……”

闭嘴吧，你还是想想怎么去救人吧！

“你和你妻子结婚十年，孩子九岁半，拜托你好好想想那是不是你的儿子吧。她本来还图你的钱，觉得你是个好接盘侠，可是你现在连钱都没有了，她还图啥呀？你的父母真的是你最后的港湾吗？如果真的是，你都要跳桥了，他们怎么还不出现……”

“不是这样子的，他们一定是在赶来的路上了……”看到轻生男子的五官几乎拧成了一块，白冉可在内心大呼“不好”，连忙拿起喇叭说道。

可是秦休央没有因此作罢，言辞反而更加犀利：“他们觉得你是 loser（失败者）！说出去都丢他们的老脸，他们还怕你没有收入，惦记着他们的房子、他们的养老金，让他们连晚年都不得安稳！他们觉得与其这样，你还不如死了……”

“你别听他胡说！你……我……”

慌张之下，白冉可心乱如麻，拿着喇叭，一时竟被秦休央怼得说不出话来。

“算了……”

过了好一会儿，轻生男子整个状态都十分放松了。他释然一笑，双手放开了钢筋柱子，右脚往前一小步，纵身往前一跳。

眼看着男子就要从高桥上掉下去，桥下的围观群众都发出了惊恐的尖叫声。

白冉可用手捂住眼睛，不忍再看。

（3）话可不能说得太绝对

可是，想象中的人从高处摔下的巨响迟迟没有传来，白冉可鼓起勇气从指缝里偷偷瞥去，只见轻生男子整个人悬在了空中。白冉可讶异地放下了捂住眼睛的手，便看到秦休央的右手死死地抓住了男子胸前的衣服。

悬空的恐怖感让男子“哇哇”大叫。

秦休央迅速地抓住男子的手，用力地把他往自己这边拉。男子的身子被一点一点地拽了上来，最终瘫软在秦休央所趴在的钢筋上。

秦休央没有半分迟疑，摘下自己腰上的其中一根绳子，系在了男子的腰上。随后，他对着无线扩音器，声音不带任何起伏地说道:“被困人员已系上安全绳，请机上辅助救援人员进行回收。”

话音落下，系在他们身上的绳子开始往上收，两人缓缓地被拉进了直升机内。直升机舱门被重新关上，原本一直悬空在桥顶的直升机开始航行，很快消失在了众人的视线中。

白冉可惊魂未定，脚下的云梯便开始有些晃动。白冉可摇晃几下后，下意识地扶住了云梯护栏，险些摔倒。当她回过神时，她发现是云梯在下降。

一股无名火在白冉可的内心燃烧。那个秦休央怎么说话的？少说两句会死吗？幸好被救上来了，要是大叔有什么三长两短怎么办？

云梯降到地面，白冉可才刚走下云梯，一位民警便急匆匆地跑来，对陪着白冉可刚下云梯的民警说道：“不好了！据直升机上的救援队人员反馈，被解救人员一直想不开，在直升机上一直嚷嚷着要自杀！直升机将会停在 MIC 商业大楼顶层，请你马上过去一趟！”

人家没有一直想不开，他本来已经想开了的！只是后来有人又重新让他想不开了！

白冉可虽然在内心吐槽，但担心大叔安危，还是赶紧跟着几位民警去了 MIC 商业大楼。

去到顶层之时，直升机刚刚降落。救援队的人才刚打开舱门，万万没想到轻生男子就从里面挣脱了出来，一路小跑，闭着眼睛想要用头去撞柱子：“别拦着我！让我死！我留在这个世界上已经没有意义了！”

因为事出突然，救援队的人没能拉住轻生男子。

“大叔，不要这样……”眼看着轻生男子就要撞上柱子，刚上到顶楼的白冉可还没来得及喘气，便抢先一步张开双臂挡在了柱子前。

可男子没有睁开眼睛，头便没有丝毫缓冲地撞到白冉可的肩上，强烈的钝痛让白冉可感觉自己的手臂像是要脱臼了。

轻生男子被一旁的两个民警紧紧扣住，情绪崩溃。白冉可痛得捂住肩膀，蹲在了地上，埋着头，下唇被她咬得发白，额上也渗出了细密的汗珠。

“白医生，你没事吧？白医生？”

听到民警焦急的声音，白冉可深吸一口气，抬起头勉强挤出个笑容，回道：“我没事……”

可是她刚抬起头，便恰好对上了一道陌生的目光。

目光的主人正站在她面前不远处，五官精致，眼睛却像是没睡醒一样半眯着，左眼的眼角还有着一颗浅浅的褐色泪痣，让人看上去感觉尤为慵懒随性。他扎着一个丸子头，身材颀长，穿着一身黑色的救援队制服，制服胸前扣着胸章——救援队一分队队长秦休央。

秦休央看到白冉可在看他，便默默移开了视线，一言不发地往顶楼通往楼下的门处走去。

“站住！”

见罪魁祸首就这么想走，白冉可气不打一处来。她忍痛站了起来，拦在了秦休央面前，一双杏眼死死地盯着他：“你有没有搞错？你怎么能跟被困人员这么说话？”

“哈？我要不这么说，他肯放开柱子往前走吗？”秦休央毫不客气地盯了回去，“我这么做是为了救他。要不等他体力不支抱不住柱子掉下去了，你以为你那些垃圾鸡汤还能力挽狂澜？”

白冉可不甘示弱：“可是你这刚把人从桥上救下，他就去撞柱子了，你这救援还有什么用？”

“我要不把他救下来，他连撞柱子的机会都没有！我只负责救人，救下来之后的事不归我管。多少人想活下去都没机会，我没精力围着这种糟蹋自己生

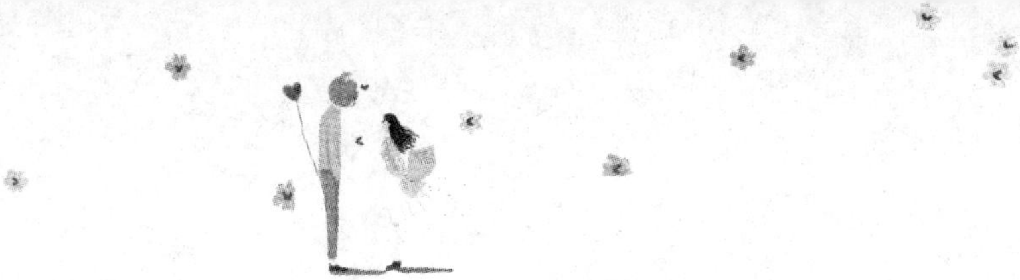

命的人转。”

“遇上你这样的救援队员，他真的是倒了八百辈子的大霉了！”听了秦休央的话，白冉可说得咬牙切齿。

“哦，是吗？”秦休央眯了眯眸子，“希望你永远不会有需要让我救的那天。”

“你放心，要你救我宁愿死！”白冉可用手指着秦休央，说得斩钉截铁，“你最好也不要有需要去心理医院吃我垃圾鸡汤的时候！”

“我要去了，我是你孙子。”

白冉可站在原地，被呛得难以接话，只好用眼睛瞪着秦休央。

秦休央见她没有说话，瞥了一眼白冉可的脸，一副很不耐烦的样子。

“看你这年纪，应该是刚从大学毕业的实习心理医生吧？没事就在医院里好好学习，别凑这些热闹，白……实习医生。”秦休央故意停顿，把“医生”两字做了强调。

秦休央并没等白冉可的回答，便绕开她，离开了顶楼。

白冉可望着秦休央的背影，一口气差点没提上来背了过去。

这个世界上怎么会有这么讨厌的人啊！

……

轻生男子最后被移送到了江氏心理医院，经过心理医生的干预治疗，三天后顺利出院。

白冉可在医院大厅忍不住望着男子离开的背影发呆，脑海中不禁浮现起了当初在 MIC 商业大楼楼顶时的场景，与秦休央的争执似乎还历历在目，尤其是秦休央在离开时说的那句“没事就在医院里好好学习，别凑这些热闹，白……医生”更是让她无法释怀。

谁要是再敢跟我提起“医生”这四个字就死定了！白冉可的双手下意识地握成拳头，在心里愤愤地想。

正当她这么想着的时候，医院导诊小姐那个熟悉的、带着笑意的声音在她耳边响起：“先生，这位是我们的实习心理医生白冉可，她将会担任你这次心理评估的助理医生。”

白冉可还没反应过来，导诊小姐就像往常一样把病历毫不客气地塞在了她的手里，只是说了句“白医生麻烦你先跟病人了解一下情况，我去叫病人的主治医生林主任过来”便踩着细长的高跟鞋离开了。

“哦……”白冉可有些慌张地接住病历，应了一声，一边抬起头，一边职业性地说，“先生，你好……”

她在看到秦休央那张熟悉的脸时，讲到一半的话硬是噎在了喉中。

秦休央一贯半眯着的眸子此刻睁着，目光落在了白冉可的脸上，单薄的双唇也因为惊愕而微微张启。

过了好一会儿，白冉可才从震惊中回过神来，去翻导诊小姐塞给她的病历。

原来这家伙因为上次救人的时候被人拍了视频发到了网上，有关部门认为他对待被救人员态度恶劣，因此吊销了他的紧急救助师证，并要求他去江氏心理医院进行咨询与治疗。只有通过了主治医生的心理评估，认为他适合继续从事紧急救援工作，才给他重新颁发资格证书。

真是恶人自有天收啊。

白冉可双手抱臂，一双丝毫没有掩饰幸灾乐祸目光的杏眼睨视着秦休央，脸上堆满了喜悦的笑容，明知故问，有意调侃：“哟，孙子，今天怎么这么有空来找奶奶？怎么，怀念奶奶的鸡汤？”

（4）这该死的孽缘（上）

“鸡汤虽然难喝至极，但奶奶一把年纪，我怕我再不来，等你入土就没有机会了。”秦休央凭借着身高优势，低眸瞄了白冉可一眼。

“你……”

就在白冉可被秦休央气得说不出话来的时候，一个轻细柔软的声音传来，如同羽毛一般落进了白冉可的心里：“今天怎么这么热闹？”

白冉可循声望去，便看到林时无正朝着他们缓缓走来。可能是因为妻子离世后，他常年极少外出，他的皮肤苍白得几近透明。他的五官阴柔得似乎是没有什么棱角，一双狭长眸子睫毛长而浓密，掩去了他眸中所有的思绪。

“主任……”看到林时无在看自己，虽然只是一眼，但白冉可的心便扑通扑通地跳个不停。她慌忙低下头，好叫林时无不要看见自己的脸在发红发热。

自从遇到林时无后，她就再也不曾把长发扎起，她害怕只要露出耳朵，林时无就会发现，只要和他在一起时，她连耳朵都是通红的。

林时无似乎没有发现白冉可的异常，他把目光落到秦休央的身上，勾着浅浅的唇：“秦先生，请跟我们过来吧。”

林时无作为江氏心理医院的主任医生，拥有着自己的独立诊室。在诊室里，白冉可和林时无并排坐着，秦休央隔着桌子坐在他们的对面。

“秦先生你好。先介绍一下，我是你的主治医生林时无，她是助理医生白冉可，我们两个将会负责跟进你的 case（案例）。希望我们相处愉快。”林时无把一台平板电脑递给秦休央，“这份是卡特尔 16PF 测验，麻烦秦先生如实填写……”

秦休央并没有去接林时无递来的平板电脑：“我不做，我没问题，你直接给我开通过心理评估的证明就好。”

“这个是规定的流程，在完成这个流程前，我不能给秦先生开证明。请秦先生配合我们……”林时无似乎是预料到了秦休央的抵触，只是浅浅一笑，似有所指地提醒，“以免出现大家都不期盼的结局。”

秦休央没有多言，颇为识相地接过了平板电脑，开始填表。

他会这么乖？白冉可看着秦休央的态度，在内心嘀咕着。

作为主治医生，林时无的手上还拿着一台平板电脑，这台平板电脑可以在线监测到秦休央所勾选的答案。白冉可朝林时无的平板屏幕望去，果不其然，看到秦休央的测试题全选了 A。

“好了。”

卡特尔 16PF 测验中加入了测谎量表，秦休央才刚提交答案，林时无的平板电脑就响了起来，提示林时无，测试者的答案可信度较低。

白冉可不悦地瞪着秦休央，想要开口发作。坐在她对面的秦休央见状眼珠子一转，似乎是已经在思量如何迎战白冉可。

一直安静地坐在一旁的林时无微微抬手，制止了白冉可。他神色从容，也不直接指出问题所在，只是说道：“请秦先生再做一次。”

秦休央似乎是意识到了哪里不对，就没有全选 A，开始交叉着快速轮选答案。卡特尔 16PF 测验试题很多，越到后面，秦休央就有些越不耐烦了。

等秦休央再次提交答案时，林时无的平板电脑便又响了起来。

白冉可终于沉不住气，提高声调问秦休央：“你能不能认真点啊？”

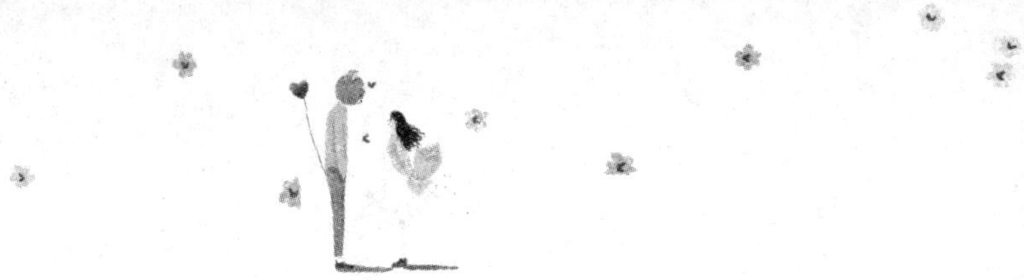

“我认真了啊。”秦休央假装一脸无辜。

“你认真个啥啊认真？这套题正常情况下是要做四十五分钟的，你做了不到十五分钟就提交了。”

“这说明我天资聪颖，反应敏捷！”

白冉可被秦休央的不要脸气到，脱口而出：“我看你是胡搅蛮缠，惹是生非！”

“哈？你说啥？我听不清，你凑近点说。”秦休央把手放到耳朵边，眯起眼睛，摆出了一副没听见的样子。

白冉可抿了抿唇，撑着桌子站了起来，正要往秦休央那边凑：“我说……”

她才刚开口，秦休央便举起手掌挡到了白冉可的脸前，神色好像很苦恼：“欸，别，别过来，我怕猪！”

“我……”

白冉可都想动手去打秦休央了，见林时无给她递了一个眼神，便只好压抑住心中的怒火，飞了秦休央一记眼刀后，重新坐了下来。

“既然秦先生在这里没有办法静下心来做测试。”林时无缓缓抬起眸子，望向秦休央，唇间蕴着若有似无的笑意，“不如我们换个环境如何？”

(5) 这该死的孽缘（中）

主任这是要带秦休央去哪里？

白冉可的疑惑很快得到了解答。她发现林时无把秦休央带到了医院的强制观察室。

观察室里只有一张桌子和椅子，林时无像刚才一样把平板电脑递给秦休央："在秦先生答题期间，在成功完成测验前，这里会被锁上，没人会打扰到秦先生。如果秦先生实在是想出去，可以敲门，我们会帮你开门。"林时无把"帮"字做了强调。

白冉可跟着林时无出去后，林时无在观察室的智能系统上启动了程序，观察室的门就被锁上了。观察室的玻璃是单面可视，外面的人可以看到里面的情况，里面的人却看不到外面的人在干什么。

"嘀嘀嘀——"

白冉可看到林时无在调低观察室里的空调度数，一直调到了16℃。对于林时无这个举动，白冉可有些不解，即使是夏天，这个度数也有点太低了。

"等这个低温持续一段时间后，他的身体本能就会反馈给大脑，这个地方危险，他需要尽快离开这个地方。这样的话，他内心的抵抗意志可能会因为环境而被削弱。"林时无很轻易地猜到了白冉可内心在想什么，"门在他如实答完所有题之前是不会开的。他给我的感觉他是个自尊心很强的人，一定不会轻易开口求助，让我们帮他开门。所以他最有可能的选择就是，好好完成测试。"

听林时无如此说道，白冉可透过观察室的玻璃望去，安静观察，她发现事情果然如林时无所说。

一开始秦休央坐在观察室里，还是那副吊儿郎当、什么都没所谓的样子。但过了一段时间，他有点坐不住了，开始用手抱着双臂，眼睛朝空调口瞥了一下后，开始用目光搜寻空调遥控器。但是当他发现室内除了桌椅，空空如也，他才不情愿地把视线落在林时无给他的平板电脑上。

刚开始的一两次，秦休央还是胡乱快速地选择答案。可是当他提交答案后，

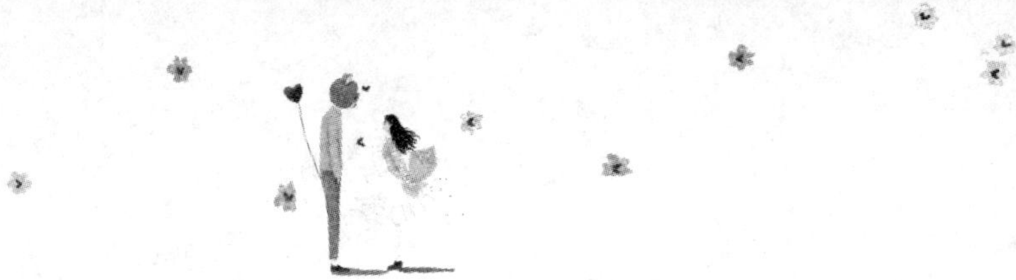

平板电脑总会提醒他重新进行测试。

因为里外温差较大，随着时间的推移，观察室的玻璃微微被雾化。第三次，秦休央总算开始认真答题。

可能是因为温度实在太低，当他做到一半的时候，白冉可就发现他开始放下平板电脑，不停地用嘴巴朝双手呵气。看到他这副被冻得惨兮兮的样子，白冉可内心的气早已消了一大半，心里还有点同情他了。

耳边响起的脚步声把白冉可从思绪中拉了回来，她循声望去，便见到林时无把平板电脑放到了桌面上，然后在饮水机旁拿了一个纸杯，先接了一会儿热水，又接了一会儿冷水，再接热水，如此交替了几次，才满意离开。

“等他出来的时候，一定会觉得很冷，你到时把这杯热水给他暖暖身子吧。”林时无把纸杯递给白冉可，他的右手无名指上戴着银色的婚戒。

白冉可有些发愣地接过纸杯，水的温度隔着纸杯传到了她的手心。水温稍微有点偏热了，但是林时无接水时就多次调试，想必是考虑到等秦休央做完测验还要一段时间，等他出来，水温应该就是刚好的。

其实，观察室外的温度这么高，只要他走出来一会儿，就不会再感觉到冷了吧？其实，就算没有热水也没有关系吧……

白冉可无端想到了她来到江氏心理医院还不久的时候，林时无教她光线疗法。为了让她更好地体会，所以就让她先在密不透光的小黑屋里待了两个小时。等到时间到了，她想要出来，他却叫住了她。他走进小黑屋，用手掌帮忙遮住她的眼睛，才让她一步一步慢慢走出来。等到她逐渐适应了外面的光线亮度后，他才完全放下遮在她面前的手。

其实，就在黑暗里待了两个小时，就算是忽然接触到光，那种程度的光也不至于对眼睛会有什么实质性的伤害吧？

可他偏偏那么考虑周到、那么体贴入微，不想让人感觉到哪怕一点点的不舒服。

自己也许就是从那个时候开始喜欢林时无的吧？那么温柔的人啊，真的是让人忍不住想被他如此照顾一辈子……

“我最近在忙陆方奇的case，他的病情似乎是越来越严重了……”

听到林时无的话，白冉可从发呆中回过神来，连忙收回了目光，便听林时无接着说道：“所以，秦休央的case我要转给你。从今天起，你就是他的主治医生，对他负责。除了最终评估我来做之外，别的咨询与治疗就拜托你了。他是你作为心理医生的第一个独立case，你要加油哦。要是做得好的话，我会跟院长提议，让你转正。”

太好了！等我转正了，我就可以从家里搬出去了！

白冉可的目光里透露着毫不掩饰的喜悦，但当她看到林时无面对着这样的自己，露出了浅浅的笑意后，她双颊飞快地掠过了一抹红晕：“我……我会努力的……”

“那就好。我有事先走了，卡特尔16PF的测验结果出来后，我会发你一份。”说完，林时无便转身离开了。白冉可分明看到在他转身之时，他嘴角的笑意一下子消失了，心中便无来由地怅然若失。

林时无离开不久，观察室的门便被做完测验的秦休央推开了，一股冷气扑面而来，让白冉可不由得打了个寒噤。

因为是夏天，秦休央穿着短袖的上衣，看到他手臂被冻得起了满满的鸡皮疙瘩，白冉可连忙把热水递了过去：“给你。”

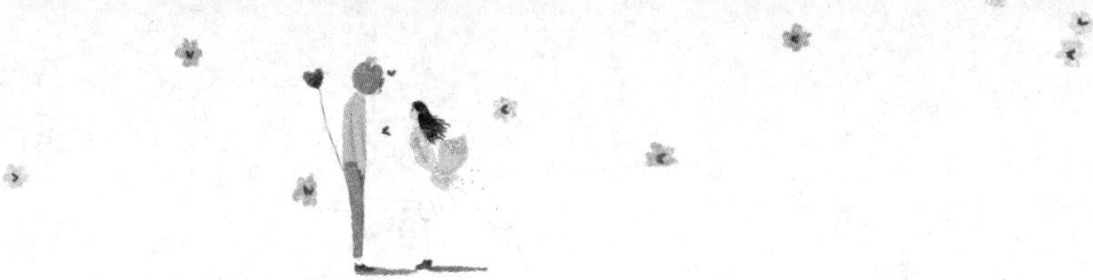

秦休央有些诧异地接过纸杯，当他的指腹触碰到来自纸杯的热度时，耷拉着的眼皮抬了起来，眸光直直地落在了白冉可身上，素来冰冷抗拒的目光似乎柔软了几分。

白冉可被秦休央盯得浑身不自然，警惕地迎上了他的目光，问道：“怎么了？”

“没怎么。”秦休央别开目光，缓缓地喝着水，眼角的余光却又忍不住往白冉可那里扫去。

“到底怎么了？”

（6）这该死的孽缘（下）

白冉可觉察到了秦休央三番五次的打量目光，不免有些恼了。

“都说没怎么了……”秦休央喝着水的声音听起来有些含混不清。

白冉可不悦地瞥了秦休央一眼，但想到从今天开始，他便是自己心理医生生涯中第一个独立负责的病人，便不想再多地跟他纠缠下去，免得再吵起来。

莫名其妙！白冉可在心里念叨着，嘴上却只是公事公办地说道：“现在是午休时间，你先休息一下吧，我也要去吃午饭。你下午三点前来一趟医院，我们做进一步的咨询了解。”

“嗯。”秦休央鼻子轻哼，应了一声。

从江氏心理医院出来，白冉可便如往常一样去了隆记茶餐厅吃午饭。

“白医生，今天想吃什么？”店员与她相熟，她一进门，店员便热情地招待着。

“照旧，一份生炒牛肉饭加一杯冻柠茶，冻柠茶走冰。”

白冉可正想像往常一样在靠窗的座位上坐下时，就听到店员在说：“不好意思，靠窗这两张大桌，今天都被预订了。”

“这样子……”白冉可愣了一下。

“是呀。听说是他们事务所有一个同事被吊销了从业资格证，所以他们特地出来吃个饭庆祝一下。”白冉可是常客，店员有些不好意思地解释道。

店员不解释还好，这一解释，让白冉可更蒙了。是谁人缘这么差？被吊销了从业资格证，事务所同事还要办个庆祝会？

“没关系，我坐别的地方就好。”

白冉可在茶餐厅环视了一周，今天的茶餐厅生意似乎特别好，只剩一张两人桌还空着，她便去了那边。

正埋头吃着饭，店员熟悉的声音便又响了起来：“这位先生……不好意思，那边的座位被预订了，只剩这边还有一个空座位了……”接着，又转头问白冉可，“白医生，你介意拼桌吗？”

“不介意，你随便坐……”听着对面的椅子被拉开的声音，白冉可礼貌性地抬了抬头，两人目光才一接触，她脸上的笑容便僵住了。

这该死的孽缘……

秦休央在白冉可的对面坐下，点了餐：“一份生炒牛肉饭，一份柠檬茶。”

“好的，先生，请稍等。”

秦休央点的餐也很快被端了上来，明明是点的一样的餐，明明之前就认识，但两人就像是陌生人一样，各自吃着各自的饭，谁也没有说一句话，谁也没有

搭理谁。

但这份安静很快被打破了，茶餐厅里忽然传来了一阵熙熙攘攘的脚步声和笑声。

白冉可循声望去，便看到一队穿着浮屠紧急救援事务所黑色制服的人走了进来，走到了之前预订的桌子前。

桌子上已经提前摆满了一瓶瓶的啤酒，其中一个二十多岁的男子举起啤酒，声音洪亮：“来，兄弟们，让我们举杯庆祝秦休央被吊销了紧急救助师证！”

“来，干杯！”

七八个瓶子碰撞在一起，发出了清脆的声音。

原来他就是那个人缘这么差的人啊。白冉可下意识地望向秦休央，却看到他像没听见一样，安静地吃着炒饭。

虽然茶餐厅比较大，虽然他们这两人桌离他们靠窗的大桌确实比较远，但男子这么清晰的声音，他不可能真的没听见……

“恭喜唐队啊！从前秦休央总是出尽风头，他带的一分队也总是压着我们二分队。现在好了，他不光被停职，还被吊销了紧急救助师证，我们二分队的好日子要到了！”另一个年纪看上去比较小一点的男子说，“我们赶紧庆祝一下吧！”

“欸，先别吃，一分队也有人要过来。”这个被唤作唐队的男子制止道。

在场的人纷纷不解：“一分队的人怎么也要过来？”

“你以为秦休央那浑蛋在一分队很受欢迎吗？他嘴又臭，对人又严，手下的队员犯了一点点的错都会被他教训上半天。之前看他是队长，一分队的人才对他敢怒不敢言，现在他被停职了，一分队好些人比我们二分队还高兴呢！听说我们要办庆祝会，非要过来一起庆祝！瞧，正说着呢，他们就来了。”

白冉可顺着唐队的目光望去，果然看见几个穿着同样制服的男子从门口走了进来，其中一个男子手上还拿着一块折好的红布。

“是啊，是啊。”来人附和，“为了庆祝我们的前队长秦休央被停职，我们还特地做了横幅。唐队，要不要叫人挂起来？”

“这……被看到不大好吧？”唐队好像有一些犹豫。

“不怕，秦休央现在指不定在哪儿哭呢，怎么会看到？”

“也是。”唐队唤来店员，把红色横幅递给他，笑着说，“来，来，来，帮我们把横幅挂起来！普天同庆！”

鲜红的大横幅很快被挂在店内，吸引了店内不少顾客的目光，只见横幅上红底金字写着——热烈庆祝秦休央被停职！

金字上还蘸着金粉，在阳光下闪闪发光，看来尤为醒目和喜庆。

不，他就在这儿！他看到了！

白冉可用眼角的余光朝秦休央处望去。秦休央鲜见地没有发怒，只是安静地在吃着午饭，安静到了有些阴冷的地步。

他半垂眼睑，脸上没有过多的表情，但白冉可留意到他吃饭的动作明显放慢了许多，他……在心里一定也是很在乎他的队友说的话吧？他一定也感觉到很难过吧？

白冉可收回目光，静静地陪着他吃饭，不想再去理会那边的纷扰，可是那边完全没有收敛的意思，自然也不会控制说话的声音——

“听说我们救援队的预备队员选拔考试下周就要开始了，秦休央现在都被吊销证书了，所长肯定是让唐队你来负责预备队员选拔了。唐队你到时把好的

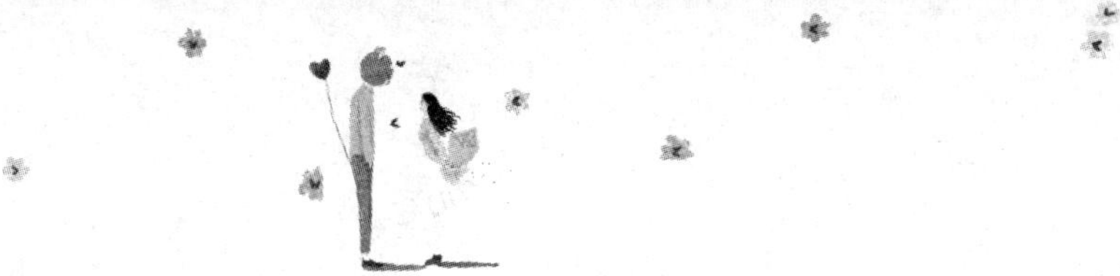

都选进二分队，让二分队成为我们事务所的新支柱……唐队想想办法，看能不能把我们这几个从一分队调到二分队，我们都想跟着唐队你混呢！”

“这样不大好吧？不过秦休央那么爱出风头的家伙，真希望他永远别拿回证书！”

“是啊。你说说他，为了出风头，抢的都是最危险的任务。这么喜欢出风头，还进什么救援队，不如直接进娱乐圈去当明星啦！”

男子的话语被一阵椅子在地板上摩擦的声音打断。

白冉可站了起来，摁在桌面上的双手因为过分用力而有些发白，她迎着救援队的人投来的讶异目光，责问道：“喂，你们这样是不是太过分了？”

（7）我在等你一起走

“秦队……”顺着白冉可的方向，茶餐厅的一分队的队员看到了坐她对面的秦休央，想到了他们方才的种种行为，纷纷露出了既像从父母钱包里偷零花钱恰好被看见的小朋友，又像开小差被老师叫起来回答问题的中学生，还像婚内出轨被老婆抓个正着的中年男人一般的表情。

刚才一直被称为“唐队”的唐浩然的喉结滑动，咽了一口唾沫，强装镇静：“我们说我们的同事而已，你生什么气？你跟他什么关系呀？”

“我们吃的是同一片牛肉炒的饭，我们喝的是同一只柠檬泡的冻柠茶，你说我们是什么关系？她怎么就不能生气了？”

闻言，白冉可扭头望着秦休央，他站了起来，嘴角上扬，缓缓抑去眸中的悲凉与自嘲，脸上重新恢复了那似乎啥也不在乎的、玩世不恭的神情，让人看着就觉得充满挑衅意味。

唐浩然的瞳孔因为顿悟而放大，嘴巴因为震惊而张启："难道说，你们是那种关系？"

"正是。"秦休央脱口而出。

是什么是？很明显你隔壁的队长是误会了好吗？可白冉可还没来得及吐槽，便见到秦休央上前了几步，护在了她的面前。

秦休央指着救援队桌上的啤酒，给白冉可递了一个眼色："可可，你看，他们身为随时要出任务的救援队队员，值班日饮酒，这不大符合我们救援队的规矩吧？"

"是呀……央央？"当白冉可看到秦休央那熟悉的搞事的眼神时，她便知道他想联合自己来打一场只许胜不许负的嘴炮，于是强忍着胃中的阵阵翻涌，默契地发出了嗲音，"你又看他们大白天的聚众喧哗，这也不大符合你们救援队的规矩吧？"

"你再看他们非出任务的外出期间，仍穿着救援队制服，这也不大符合我们救援队的规矩吧？亲爱的！"秦休央望着白冉可，眼底无缘无故地涌上了让人满身起鸡皮疙瘩的温柔。

"诅咒队友！临时变节！不忠不敬！不恭不友！"可能是因为有秦休央护在身前，白冉可无所畏惧地飞着救援队的人白眼，并一一理直气壮地数落着，"这一定也不符合你们救援队的规矩吧？"

"没错。"秦休央双手交叉放在胸前，嘴角一丝宠溺笑意暗暗漾开，他半眯着眸子望着救援队的人，"他们做了这么多不合我们救援队规矩的事情，要是我把这些告诉我们事务所的所长会怎样呢？"

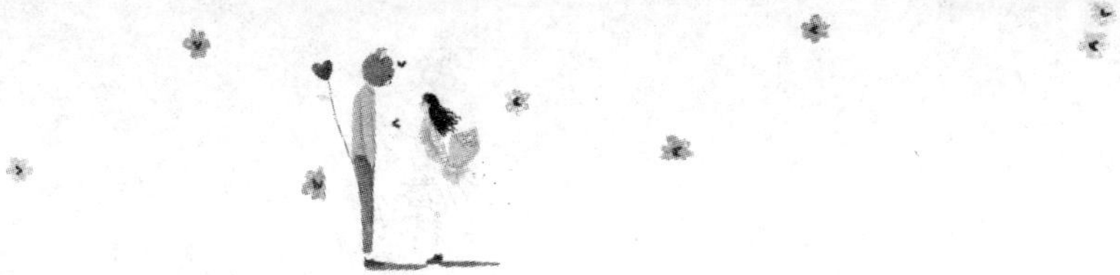

听到秦休央如此说，救援队的人你望着我，我望着你，都有些慌张。

唐浩然很明显是不想这种时候还被秦休央又压一头，他不悦地瞪着秦休央，强撑着气势：“秦休央，你别想吓唬我们，所长现在正烦恼着他的脂肪肝，没空管你我这些小事！”

“没错，还有他的糖尿病。”二分队的副队李颖就像是抓住了救命的稻草，立马接上话来。

一分队的副队李霜染——就是带着四个一分队的队员拿着横幅来参加庆祝会的人，也趁机表明立场：“还有他那枕头上有、地面上有、衣服上有，就是头上没有的头发！”

李霜染话音刚落下，茶餐厅里就响起了一阵剧烈的、让人无法忽视的咳嗽声。众人循声望去，便看到有一个六十岁左右的大腹便便、毛发稀疏的老人缓缓站起来，面无表情地盯着他们。

“所长……”

秦休央的声音在白冉可的头顶上响起，在看到众人像是喝了半斤酱油一般的脸色，白冉可也愣了愣。

他们救援队的人，今天怎么都在……

卢所长双手背在身后，一步一步地走到他们面前，拉长语调，不悦地说：“虽然我有脂肪肝、糖尿病，还秃头，但我还没死，还能管事！”

全场鸦雀无声。

所长盛怒之中，再没眼力见的人，都不会在此时发话触这逆鳞。

“你们没一个让我省心的！今天在场的人，回去都给我写三千字检讨，明天交给我！”卢所长用手指着他们，破口大骂，唾沫星子喷了他们一脸，怒气这才消了一半。

骂完之后，他把目光转向秦休央，叹了一口气，接着说：“既然你的证书被暂时吊销了，近期也出不了救援任务，下周的预备队员选拔考试，就由你负责吧。”

唐浩然脸上的表情由惊愕转为愤怒，他抿着嘴唇，狠狠地剜了秦休央一眼。很明显，他是觉得卢所长偏心秦休央。

白冉可望向秦休央，他脸上的表情淡淡的，双唇嚅动，似是欲言又止。

白冉可不知道他咽下去了的话是什么，但是她可以猜到，所长的决定并没有使他多高兴。

“你们还愣在这儿干吗？还不走？午休都要过了！你们也被暂停工作了吗？”

听着所长催促，刚才熙熙攘攘的一群人，也就灰溜溜地散了。

秦休央望着他们离开的背影，久久没有发话，直到他们走出茶餐厅，他才转过目光，对已经坐下吃饭的白冉可说：“白小姐刚才挺仗义的嘛……”

“谢谢秦先生夸奖。不用感动，医生为自己病人出头是应该的。”白冉可扬了扬眉毛，一边吃饭一边说道。

秦休央也坐了下来，接着自己刚才的话：“但这场嘴炮能赢，主要是秦先生会带节奏。”

白冉可撇了撇嘴，懒得去看秦休央，只是不停地用勺子戳着装炒饭的碟子，以表示自己的不满。

白冉可就这样埋头吃着饭，在她快吃完的时候，发现坐她对面的秦休央早就吃完了饭，正赖在座位上，一边玩着手机，一边有一口没一口地喝着冻柠茶。

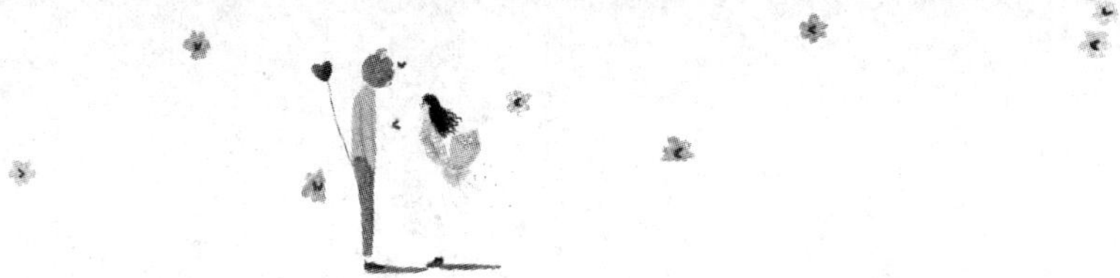

“你吃完怎么还不走？”白冉可有点不解地问。

秦休央自然而然地说了出来：“等你一起走。”

“为什么要等我啊？”白冉可的疑惑更浓。

//第二章//

其实他在偷偷喜欢你

（1）其实爱你你不知（上）

秦休央的表情滞了一刻，随后吸了一口冻柠茶，含混不清地嘟囔了一句:“顺路。”

在这个世界上，一直是他在奋不顾身地救人，还是第一次，有人为他挺身而出呢。

“哦。”

两人一起从茶餐厅回到江氏心理医院时，正好是医院的下午茶时间，茶水间里会有提供给医院工作人员以及病人的水果、点心和茶水。

可能是因为鹤去市的夏天真的是太热了，白冉可便想去泡杯茶喝，走进茶水间的时候，一眼看到林时无坐在最靠门的一张桌子后，细心地削着一只苹果。炽烈的阳光从窗外洒了进来，他眉眼如画，仿佛温柔了时光。

他手法娴熟，直到一只苹果削好，苹果皮都没有被削断过。他把水果刀折好，

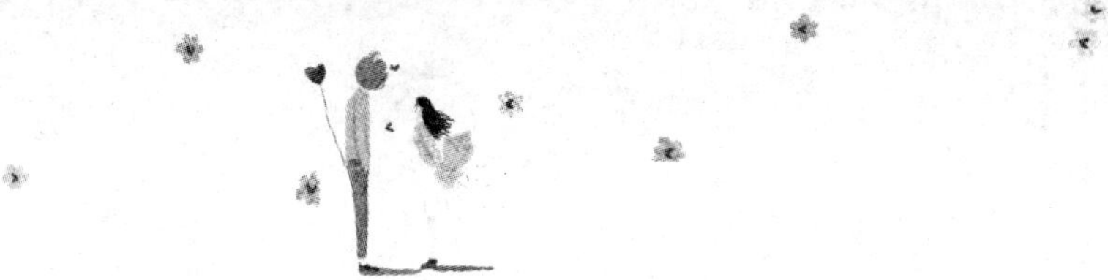

连同削好的苹果一起放到小水果盘里，水果盘里还有两三只未削的水果。他轻声叫来一个小护士，说道：“麻烦你帮我把这果盘给陆方奇先生送过去，跟他说，我还要在茶水间坐一会儿，待会儿过去陪他。”

主任对自己的病人可真好啊。白冉可在内心感叹，自己有一天，也能成为像他那么好的一个心理医生吗？

陆方奇是鹤去市有名的珠宝商陆方是的儿子，一个月前因为狂躁症被送到了江氏心理医院，主任接手了他的 case。只可惜，虽然主任对他尽心尽力，但他的病情不但没有好转，反而越来越严重了……

待小护士端着水果盘离开后，林时无的目光便落到了走进茶水间的白冉可和秦休央的身上。

白冉可连忙打了个招呼：“主……主任。”

“冉可，秦先生。”林时无朝他们微微点头示意，他在人前脸上总是带着淡淡的笑意。

只要被林时无注视着，白冉可总会感觉到有些不自然，她背对着林时无，走到茶水间的吧台，尽量掩饰着自己声音里的紧张：“主任，要不要喝玫瑰花茶，我帮你泡一杯？”

干枯的玫瑰花在热水里渐渐地透出了颜色，而白冉可的双颊也慢慢地渗出了与杯中玫瑰花并无二致的雾粉，一时可爱莫名。

“我要喝！”林时无还没来得及回答，秦休央便抢着开口。

没问你！

白冉可回眸瞪了已经在她隔壁桌坐下来了的秦休央一眼，问道：“你不是刚喝过冻柠茶吗？玫瑰花茶只剩一人份，你别喝了。”

“把那份花茶给秦先生吧。”林时无瞥了一眼秦休央望向白冉可的表情，脸上露出了会意的笑容。

听林时无这么说，白冉可唯有不爽地把那杯温热的玫瑰花茶放到了秦休央的面前。

才刚放下，白冉可就听到了一旁几个护士的尖叫声。白冉可下意识地转过头去，就看到一个头发凌乱的年轻男子拿着水果刀冲进了茶水间，他戴着一副粗框眼镜，眼神是涣散的，呼吸亦是紊乱。

白冉可认出了他，是林时无的病人陆方奇，而他手上的刀，正是刚才放在水果盘上的那把。

陆方奇眼睛是红的，脚步摇摇晃晃地朝林时无走去：“我没病！我没病！放我回家，你不放我回家，我就杀了你！”

陆方奇持着刀子，没人敢跟他正面冲突，林时无也只好一边劝他冷静点，一边不停地后退，与他拉开距离。

可是，陆方奇此时根本什么都听不进去了。

“主任小心！”眼看着刀子就要划到林时无的身上，白冉可不知道从哪里来的勇气，上前一把推开了林时无，自己却跌跌撞撞地闯到了陆方奇的身边，被陆方奇抓住。

“冉可！”

“陆先生，要不放开她……”林时无把双手抬起，想要接近陆方奇，“我来做你的人质。”

“别！你别过来！你们想害我，你们都想害我！”陆方奇呼吸紊乱，他一心急，就条件反射一般地把刀子往里紧了紧，锐利的刀刃划破白冉可脖子的肌肤，丝丝鲜血渗了出来。

见状，林时无只好停下了步子。

就在双方僵持之际，一道强光晃到了白冉可的眸子里，白冉可本能地闭上了眼睛。

在黑暗中，她听到有快速接近的脚步声，随着一道惨痛的男人尖叫声，白冉可再睁开眼睛的时候，恰好看见秦休央在掰陆方奇持刀的手腕。刀子从陆方奇的手中掉下，落到地板上，发出“铛”的一声。

两人离得那么近，白冉可轻易就看到了秦休央眸中的那抹冷光，这时的他和平时那个懒懒散散、吊儿郎当的秦休央判若两人。

秦休央扣住陆方奇的手腕，顺势把他的手臂用力往后扯，擒着他的手臂，最终用单膝抵在他的腰间，把他制伏在地。

不过是短短的几秒钟，秦休央整套动作一气呵成，迅速敏捷得令人咋舌。

“警察！接到有人报警说这里有男子持刀伤人！”

秦休央才刚制伏陆方奇没多久，一队警察就冲了进来，把陆方奇带走了……

茶水间重新安静了下来，但被陆方奇这么一闹，很多人心有余悸，气氛便自然与之前大不相同。

林时无走到白冉可身边，双眉紧蹙：“没事吧，冉可？”

“没事……”白冉可仍有些惊魂未定，但看到林时无脸上满满的愧疚与自责，便连忙摇头。

林时无撩起白冉可垂在脖子上的长发，细细地为她检查着，最后才松了一口气，勉强挤出一丝浅笑：“吓到我了，还好刀痕不深，我去帮你拿药水搽一下。”

“嗯……”白冉可望着林时无离开的背影，低低地应道。

夏季微醺的风把她的长发扬起，掠过她俏皮的小鼻子，她似乎嗅到了方才他的指尖残存在自己发丝间的气息，心中涌上一丝上不得台面的欣喜，她一时羞得红了脸。

“奇怪了，刚才是谁报的警？就算事发时，经过茶水间的人恰好看到了跑去报警，警察出警也应该没这么快才对……”

听到了秦休央的嘀咕，白冉可才从她粉色的思绪中回过神来，坐在他的对面，双手习惯性地扯着衣服，有些难为情地开口：“刚才谢谢你救了我。我为我之前说的‘要你救我，我宁愿死’道歉……”

“我没放心上。”秦休央垂下视线望着白冉可，似是对白冉可的道谢与道歉皆不怎么满意。

见秦休央正欲端起马克杯喝刚才泡好的玫瑰花茶，白冉可赶紧叫住了他：“等等。”

秦休央慵懒地抬了抬眼睑，有丝不解地望着白冉可。

白冉可从他的手上抢过马克杯，打开桌面的迷你糖罐，用小勺子挖了一勺白砂糖，倒在花茶里细细搅拌了好一会儿，才双手将花茶推到秦休央的面前。她第一次在秦休央的面前露出甜甜的笑，讨好地说：“给大英雄。”

秦休央重新端着花茶喝了起来。不知道是不是融在花茶里的糖分会刺激分泌多巴胺，秦休央的嘴角微微上扬，露出了满足的笑意。

就在这时，林时无拿着药水回到了茶水间，看到白冉可身边已经没有了别的凳子，他的脸上露出了几分尴尬。

白冉可连忙给秦休央递了个眼色，示意他起来给林时无让个位置。

可是秦休央就像是完全没有看见一样，如同一个英国贵族一样悠闲地坐在

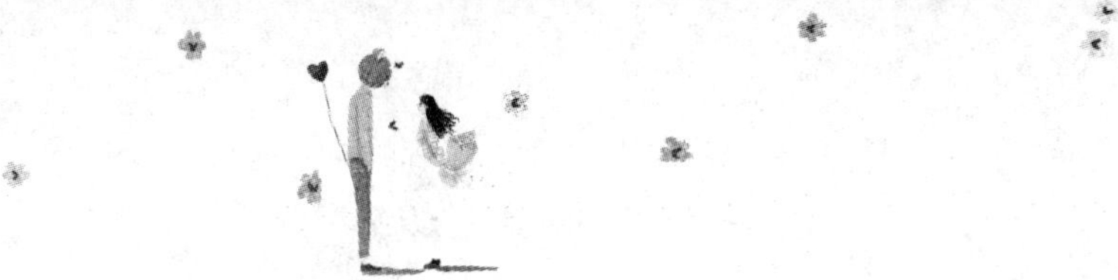

那里喝着花茶，没有丝毫要动的意思。

不对啊，今天中午的时候不还跟我挺有默契的吗？白冉可无奈地开口：“秦先生，拜托你起来一下好吗？”

秦休央这才不情愿地端着茶，坐到了隔壁桌去，目光不时地往他们那桌瞄去。

为了方便林时无上药，白冉可把头发捋到了耳后。

林时无拿着棉签蘸上紫色的药水，温柔地在白冉可的伤口处涂抹着。为了看清伤口，他的脸凑得那么近，药水冰凉，也无法阻挡脸在发烧啊。

心扑通扑通地跳，为了不让林时无发现自己的脸红到发烫，白冉可发话吸引他的注意力：“对了，主任……陆方奇……会怎么样？”

“有暴力倾向，有过激行为，并被警方抓获存有案底，应该会被送到隔离精神病院去。”林时无单薄的双唇浅浅勾着，似乎是在笑，可是眸子里却是挥之不去的苦涩与荫翳，“你呀，下次可千万别这么傻了，你还这么年轻，会有你在乎和在乎你的人，你的命比我重要多了。用你的命换我这样的人的命，不值得。”

值得的！主任便是我在乎之人！

这一刻她好想说出口，可终究还是没有说。

棉签轻轻刮过伤口时惹起的微微酥痒，和滋生已久的念头一同纠缠，如同一只不乖的小野猫用爪子轻轻抓挠着她的心尖一样，让人难以按捺，让人跃跃欲试。

白冉可拿起手机，不让林时无看到手机屏幕，犹豫再三，最终摁下确认。放下手机，她假装漫不经心地说：“主任……今晚你有没有空？电影《其实爱你你不知》今晚首映，我本来约了朋友，但她临时有事去不了。主任，想去看吗？”

林时无手中的动作停滞了片刻。

白冉可的内心升腾起了浓郁的不安，偷偷地用眼角的余光去打量林时无。

“不好意思，我今晚有事要忙。”林时无把药水瓶的盖子拧紧，缓缓站了起来，语气听着有些清冷，“我去看看警察那边需不需要做笔录。”

其实，这已经不是主任第一次拒绝自己的邀请了吧？他明明这么关心自己，那么体贴温柔，可每次只要自己想在这段关系里多迈出一步，他就会后退无数步，把人拒之千里之外。

本来她以为这一次不一样，看来还是不行啊……

如此想着，白冉可鼻子一酸，揉着眼睛的时候，便听到了隔壁一道再熟悉不过的声音：“喂！那个电影我想看，为报救命之恩，请我看怎样？”

（2）其实爱你你不知（下）

晚上八点，星荟电影院。

白冉可才刚取好票，就看到已等在检票口附近的秦休央向她抬起了手。他上身穿着一件短袖印花衬衫，下身穿着一条浅色的悠闲西裤，身材高挑，在人群中尤为醒目。

白冉可朝他走过去，看到旁边的小女生纷纷向她投来了艳羡的目光。

白冉可抬起头，第一次认真地打量秦休央。他扎着丸子头，眼神慵懒，泪痣勾人。她不禁在心里感叹，其实仔细看，他长得挺好看的嘛……

白冉可把票递过去，检票阿姨指了指：“特别情侣厅在右手边。”

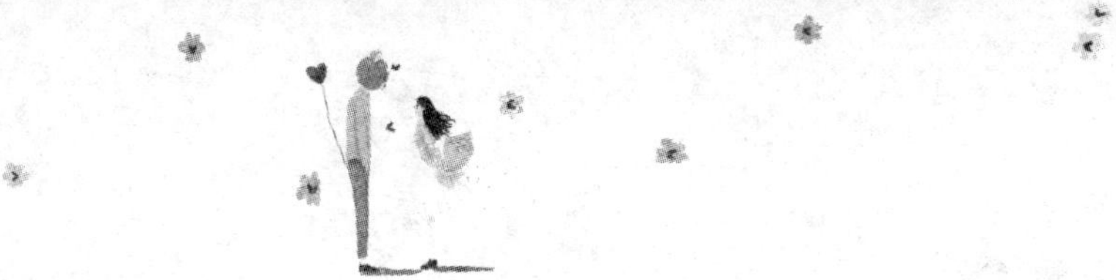

进到情侣厅，白冉可发现他们手上的两张票，对应的是一张单人软沙发！

白冉可愣了愣："我们两个人，这要怎么坐？"

"看看旁边的小情侣怎么坐，我们就怎么坐呗。"秦休央倒是说得一脸轻松。

白冉可这才把目光落在别的小情侣身上，只见小情侣们都是男生坐在沙发上，女生坐在男生的大腿上……

这难道就是特别情侣厅的特别之处吗？看来电影院为了增进小情侣间的感情，也是煞费苦心啊。

白冉可看看小情侣们腻腻歪歪的样子，又看看站在自己身边的秦休央，脸上露出了毫不掩饰的嫌弃之情："还是不了吧……"

话音刚落，耳边便响起了一个男子的骂声："够了！你们都订情侣厅的票了，还别扭啥？电影都快开场了，你们快给我坐下，别挡着我看电影！"

白冉可循声望去，只见他们的后座是一个单独坐着的三十岁左右的微胖男子，此时正怨念地盯着他们。全场都是情侣，他一个人显得有点特别。

见秦休央已经坐到了沙发上，大庭广众之下，白冉可不好意思叫他起来，唯有坐在沙发一边的扶手上。

秦休央望了她一眼，双唇微微嚅动，欲言又止。

片首曲响起，电影开播。

过了不到半个小时，白冉可的眼睛就要被这电影谜一样的剧情给雷瞎了。

为什么这种电影大众期待值这么高啊？

正当白冉可在怀疑自己的审美有问题时，秦休央吐槽了一句："这是什么烂剧情？哪个编剧写的？我要在键盘上撒一把米，鸡都'写'得比他好，好吗？"

"没想到你的审美跟我倒是合拍嘛……"白冉可转过目光望着秦休央，她的眼睛在黑暗中仿若星辰一般，明亮不已。

“嗯哼。”秦休央应了一声，“而且女主演技这么烂，都不知道这种影片是怎么能上映的。”

白冉可认可地叹了一口气：“大概是因为这个电影演女主的演员 CC 可是流量小花，长得漂亮，有人气基础吧。”

“谁说她长得漂亮了？”秦休央垂下视线望着白冉可，声音听起来比平时低沉与温柔了几分，“她长得还没你好看。”

“是呀，甚至没有刚才给我们检票的阿姨好看。”白冉可不假思索地回了一句。

秦休央却没有接着附和白冉可的话，他别开了目光，用手轻轻地托着下巴，双唇微抿着，表情看起来有些懊恼。

白冉可也发现秦休央好像有些异常，正要开口询问，就听到他们坐着的沙发上被人“啪”地拍了一掌。白冉可和秦休央有些惊愕地回过头，就看到后座的微胖男子一脸怒容。

“你们俩就不能安安静静地看电影，少说些话吗？我们家 CC 哪里不漂亮？哪里演技不好了？绝世美女，演技好到爆好吗！要不是普通厅电影票都被抢光了，我才不会到情侣厅来看。我一个单身狗都甘愿来情侣厅找虐了，你们为什么不能让我好好看个电影？”

银幕上的光刚好打在了微胖男子的身上，他的 T 恤上印着大大的 CC 的头像，毫无疑问，这个男人是 CC 的“死忠粉”。

白冉可和秦休央双双说了句“抱歉”后，总算是安静下来看电影了。

整场电影，白冉可看得相当无聊，都快要睡着了。到了结尾的时候，电影

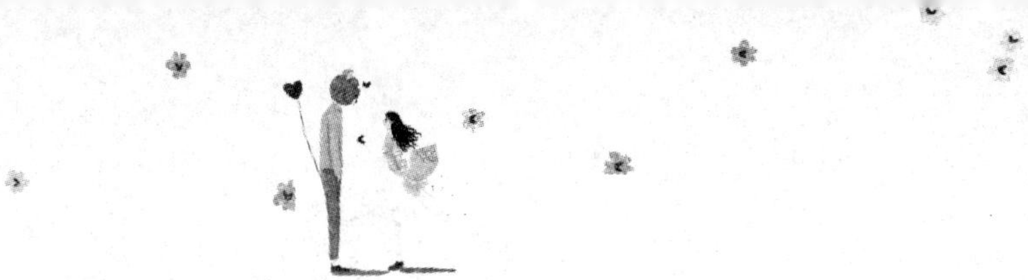

的女主突然演技爆发，带着哭腔念出了一段台词——

“他呀，有多温柔就有多清冷，就像是这窗外的白月光一样，我可以看得见，却永远触不到、抓不住……”

刹那，白冉可想到了林时无，眼圈开始红了。她勉强挤出一丝苦笑，对秦休央说：“这个电影，也就只有这段台词不错。”

旁边安静了很久很久，就在白冉可以为秦休央没听见她的话的时候，秦休央的声音在她耳边响起：“喂，你喜欢你的那个什么主任吧？”

“你怎么猜到的？”白冉可一脸惊愕地转头望着秦休央。

秦休央冷哼一声：“你这又帮他挡刀，又约他看电影，还选的情侣座，我猜到有什么值得惊愕的，我猜不到那才见鬼了呢！”

白冉可的双颊飞上红霞，可是在秦休央面前，她又偏偏不愿意做小女人状，便强忍着羞涩和难为情，假装不在乎地说：“是啊，就差没跟他表白了。”

“小孩子才会告白。”秦休央的语气里带着不屑，“大人都是有意无意地勾引。”

“那你说，我要怎样有意无意地勾引主任？”白冉可十分感兴趣地把脸凑了过去，充满期待地望着秦休央。

秦休央的身体僵了僵，随后不自然地拉开两人的距离。他轻咳了咳，可是发出来的声音还是有些沙哑：“我不知道。”

白冉可有些不满地努了努嘴，难道是他得不到好处，就不愿意帮忙？

她从随身携带的小挎包里掏出手机，对秦休央说：“我们来交换微信吧。”

“为什么要忽然跟我交换微信？”秦休央愣住了。

白冉可眨了眨眼睛：“你教我怎么追到主任，我帮你尽快完成咨询治疗过程，并且尽快约主任帮你做测评，让你早点拿回紧急救助师证怎样？”

“不要。”秦休央冷冷地拒绝了。

这时，电影播放结束，放映厅的灯骤然亮了起来。白冉可噘着小嘴，从沙发的扶手上站起来：“那算了。”

秦休央追了上来，与她并排走着。

白冉可有些不解地望着秦休央。

秦休央脸上没有过多的表情，只是拿出手机，淡淡说道：“把你微信给我。”

“好好好。”白冉可立马把微信号报给了秦休央，脸上的雾霾一扫而光，她一脸期待地问秦休央，“你什么时候教我追主任？今晚回去在微信上说？”

“你急什么？”秦休央白了白冉可一眼。

相比于白冉可的热情，秦休央似乎很冷。

白冉可并没有生气，只是顺着秦休央，甜甜地笑着：“不急不急，明天在医院你再偷偷地教我也行。”

“唔。”秦休央应了一声。他径直往前走去，没有再说别的话。

他走得太快了，白冉可小跑几步才追上。她有些疑惑地盯着秦休央的侧脸，感觉他好像不大开心。

（3）你永远不会知道我心里在想什么

可能是因为一晚上都在等秦休央的微信没有睡好，白冉可第二天去到江氏心理医院的时间比平常要晚了些。当她到时，有好些医生护士在茶水间里一边喝着咖啡或牛奶，一边闲聊。

“听说陆方奇昨晚被送去了鹤去市市北隔离精神病院。”

“真的吗？听说陆方奇本来可是陆氏珠宝的继承人啊，他被送进了精神病院，那陆氏珠宝的家业由谁来继承？等他治好了出来再继承？”

“当然是由他弟弟来继承呀。进了隔离精神病院，很少还有人能再出来了，这辈子基本就在里面了。”

那些医生和护士在聊陆方奇的八卦，一见到白冉可进来了，立马转了话题。

一个上了年纪的心理医生朝白冉可打招呼：“小白，《鹤去市日报》说今年的鹤去市模范家庭还是你们家呀，真厉害，连续拿了十年的模范家庭了。”

“是呀，是呀。”旁边的小护士立马附和，“要是我也能像白医生一样，生在这么幸福的家庭就好了。”

十年的模范家庭吗？白冉可对这个头衔真是又爱又恨。

新闻报道中，白家五口人，家境殷实、家庭和睦。白父是三甲医院的副院长，白母是大学教授，大女儿白姝是知名时尚编辑，二女儿白冉可如今在心理医院实习，小儿子白翎今年刚以第一名的成绩从鹤去市最好的体校毕业，已经报名参加了鹤去市最有名的救援队——浮屠紧急救援事务所救援队的预备队员选拔赛，梦想成为救援队的一员。

可是大家不知道，白冉可是一个孤儿。当年白姝走丢，白家才从孤儿院领养了白冉可，想要取代白姝。可是几年后，他们找回了白姝，当时白家已经连续几年获得“鹤去市模范家庭”，且白父正在竞选副院长，为了不让人诟病，白家才没把白冉可送回孤儿院。白家人表面维持着对白冉可的客气，实则对白冉可相当疏冷，在白家人的眼里，白冉可就是个外人。

所以白冉可拼了命地想转正，她想等自己成为一个独当一面的心理医生后，从白家搬出去住。

“呃……也没有啦……”白冉可正不知应该如何回应同事们的夸奖与艳羡时，看到秦休央刚好从茶水间经过，便唤了声“秦先生等等我”，连今日份的牛奶也顾不上拿，就跟着秦休央去了江氏心理医院刚分配给她的独立诊室。

这个诊室虽然比不上林时无的好，但是光线充足、窗明几净。秦休央像往常一样坐在了白冉可的对面，他似乎昨晚也没有睡好，眼底有淡淡的乌青，大清早的脸色就很臭。

“昨晚怎么没回我微信？快，教我怎么追主任！”白冉可并没有在意秦休央的臭脸，反倒把半个身子撑在桌面上，一脸欢欣雀跃地道。

秦休央拉下脸，冷冷说道：“现在不是你工作时间吗，不要谈私事。”

平时咨询治疗的时候，怎么不见你这么正经？白冉可在内心吐槽。但秦休央毕竟说得没错，白冉可只好把之前的话题生生憋了回去，从抽屉里拿出了蜡笔和纸。

根据卡特尔 16PF 的测验结果显示，秦休央性情孤僻，对他人难以充分信任，容易以自我为中心，这样的人通常难以与人相处，且不利于开展团队合作。林时无帮白冉可分析过，秦休央之所以会形成这种性格，很有可能与他的家庭或者童年有关，建议白冉可以“家庭”和“童年”这两个元素为切入点，展开咨询与治疗。

白冉可把蜡笔和纸放到秦休央面前，说道：“当你听到‘家庭’和‘童年’这两个词时，在你脑海出现的第一个画面是什么，把它画出来。”

秦休央打开蜡笔，眼神黯淡了许多，似是陷入了回忆。过了好一会儿，他才咬了咬下唇，拿起蜡笔在纸上画了起来。

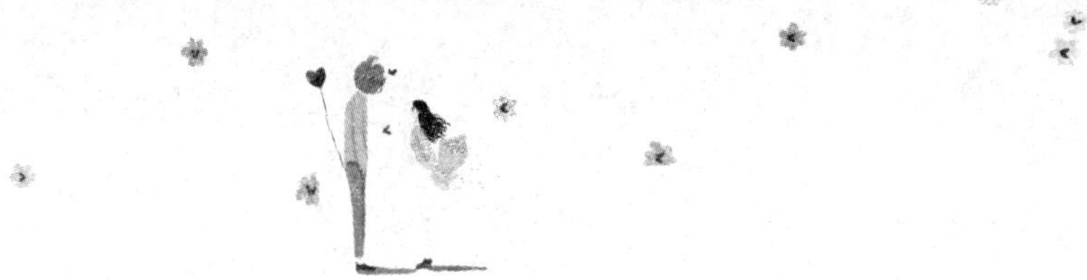

“这是什么？”白冉可看到画纸上画了三只兔子和一根胡萝卜，这三只兔子似乎是一家人。

“角落里的这只兔子是哥哥，哥哥在吃胡萝卜被妈妈发现了，妈妈把哥哥揍得半死，把胡萝卜夺了过去给弟弟。在妈妈心里，所有的胡萝卜都应该是弟弟的……”秦休央的声音似乎有微微的颤抖。

“为什么妈妈要这么对哥哥？”白冉可不知为何，忽然说出了她的一个猜想，“是因为……哥哥不是妈妈的亲生孩子吗？”

“是亲生的孩子。”

“不可能，妈妈对亲生的孩子都是很好的！”白冉可反驳道。因为妈妈对白姝就很好……

“她会每天早起给亲生的孩子准备便当；她会每个周末带亲生的孩子去舞蹈室；她会在亲生的孩子生病的时候，守在床边彻夜不眠。妈妈，只有对不是亲生的孩子才不好！”

说着说着，白冉可不禁红了眼眶，她也不知道，自己的情绪为什么会变得这么激动。

“未必吧？我听说过很多妈妈对亲生孩子也不怎么样的例子。比如说哥哥受了重伤之后，急需钱做手术，妈妈还会把爸爸和弟弟的死亡赔偿金藏起来之类的。”秦休央的语气平静，但是半眯着的眼睛让人感觉他在压抑着情绪。

“我不想听你胡扯什么离谱故事。”白冉可想起了秦休央在做卡特尔 16PF 测试时的各种恶劣行径，以为他又在干扰咨询治疗，便把秦休央画的那幅画揉成纸球扔进了垃圾桶，然后把新的画纸递到了他面前，催促道，“你要想早日通过测试，拿回你的证书，就别捣乱了。赶紧按你脑海里联想到的真实画面再画一次吧。”

“你凭什么说我说的是假的？”秦休央并没伸手去接白冉可递来的画纸，很快，他脸上的怒气变成了冷笑，声音里带着满满的嘲讽，“不过也是，你这种在模范家庭长大的幸福孩子，根本不会明白我的童年和家庭。你永远都不知道我心里在想什么！刚见面时不知道，昨晚不知道，今天不知道，以后都不会知道。”

（4）我呀，怎么什么都能搞砸？

“你为什么总是这么自我，一点都听不进别人的意见？怪不得你们救援队的人，都那么不喜欢你……”

当这句话从自己的口中冒了出来的时候，白冉可也吓了一大跳。她明明不是这么想的，明明救援队的人那么对他的时候，自己也感到很生气，但是在跟他置气的时候，自己却不知为何会说出这句话来。

秦休央也愣了愣，有些难以置信地望着白冉可，随后他收敛了脸上的神色，低眸沉默不语。

“那个……对不起……”秦休央的受伤情绪显而易见，白冉可慌张得有些失措，“我不是认真的，刚才那个只是气话……”

“你们心理学不是说，人下意识说出来的话才是真心话吗？”

秦休央的话说得白冉可一时哑言，她望着秦休央，双唇微微颤抖，内心因为愧疚而有些酸涩。

秦休央别开目光，他站了起来，从口袋里掏出香烟，拉开了阳台的玻璃门。

白冉可也跟着站了起来，见秦休央要抽烟，正想制止他，可是他已经把门关上了。

烟气袅袅升起，如同他心里或浓或淡的情绪，说不清道不明。秦休央还没来得及把指间的香烟递到唇边，烟雾便触发了阳台上的报警器，从烟雾报警器处洒出来的水溅了秦休央一身。

白冉可连忙把玻璃门拉开，只见秦休央已经把烟摁熄了，他解开发圈，湿漉漉的发垂了下来。白冉可对上了他的眼睛，他的眼睛半眯着，压下了眼底的怒气。

他闭口不提刚才的事情，只是说：“我回去换件衣服，还要准备一下预备队员选拔赛的事情，下午和明天上午就不来了。”说罢，便走出了诊室。

白冉可望着秦休央离开的背影，一度很想追上去，可最后还是忍住了。心里如同忽然被针扎了一下一般，痛楚自伤口处慢慢地漾开，这份感觉过于强烈，似乎身体的所有注意力都会被吸引，其他感觉开始变得麻木，甚至连呼吸都慢了下来……

可是，追上去的话，自己又能说些什么呢？

怀着这样的心情，白冉可忐忑不安地挨到了下班。因为秦休央暂时是她唯一负责的case，她直接申请了明早的调休。

拖着有些沉重的步伐，白冉可慢慢地挪到了家里，等她回到家的时候，家里已经做好了晚饭。

白父正坐在餐桌前用手机处理着邮件，弟弟白翎在餐桌前认真地看书，餐桌上没有摆放姐姐白姝的碗筷。白姝最近在热恋，下班经常和男朋友在外约会，今晚也应该是不回来吃饭了。

“我回来了。”白冉可掩下心事，勉强挤出一丝微笑。

白父放下手机，待白冉可在餐桌前坐下后，便扶了扶眼镜，问道：“你们这种年纪的女生，都喜欢怎么庆祝生日的？”

“欸？”白冉可愕然地望着白父。明天便是她的生日，只是，自从白姝被找回来后，爸爸已经很久没有给她庆祝过生日了。她本来以为，爸爸已经忘了她的生日了……

一股暖流从心底涌了上来，白冉可鼻子一酸，眼睛不由得红了。怕自己的表情会吓到白父，白冉可强忍泪水，望着白父乖巧一笑，柔声道：“都可以。”

白冉可不敢提任何的要求，生怕自己太贪心，上天就会收回这份让她难以置信的幸福。

“生日这种事情一年才一次，怎么可以都可以呢？”白父对白冉可的回答有些不满意，“你具体说说。”

“我想吃你亲手做的蛋糕……可以吗？”白冉可怯怯地问。

白父还没来得及回答白冉可，便看见白母解了围裙，端着最后一道菜从厨房里走了出来，不悦地对白翎说：“看什么书？现在正讨论着给你姐姐庆祝生日的事情呢，能不能有点手足之情？”

“什么嘛！”白翎委屈地望着白母，“救援队明早就要笔试了，我现在还不看书，要是笔试过不了怎么办？你又不是不知道，我多想加入救援队！”

眼看着白母要爆发，白冉可连忙赔笑打着圆场：“没关系啦，妈妈，弟弟笔试比较重要，生日反正每年都有……”

“什么每年都有？一个个对白姝的生日一点都不上心！”白母瞪了白冉可一眼，“特别是你，提的什么烂建议？你以为我的宝贝女儿会稀罕个破蛋糕吗？

依我说，就应该按我的庆生方案来，在白姝生日那天送她999朵我们亲手做的纸玫瑰！从明晚开始，六点到八点，每人都要在家做纸玫瑰，一个都不能少！我算了算，每人每天做10朵，才能在9月17日之前把999朵纸玫瑰准备好！”

原来是在准备白姝的生日啊，9月17日还有一个月才到呢，已经要开始准备了吗？

白冉可眼中的光芒慢慢地暗淡下去，嘴角隐隐浮上了一丝苍凉的笑意。也是呢，怎么可能会是打算给自己过生日呢？自从找回走失的白姝之后，爸爸妈妈便从来没有再给自己过过生日了吧？爸爸妈妈也许是早已把自己的生日忘了吧？

白冉可端着饭扒了两口，就觉得鼻子酸溜溜的，她想要去夹菜，却发现视线早已一片模糊。怕控制不住自己的情绪，她连忙放下碗筷，站了起来：“我吃饱了，我先去洗澡。”

浴室的门关上，为白冉可营造了一方隐蔽之地，可以放纵自己的情绪。她脱下衣服，正准备开花洒，就听得白母的声音从餐厅里传来——

“真是！我这是从福利院里收养了个祖宗回来，说两句都不行了，好大的脾气……”

水流自花洒处涌出，混杂着白冉可脸上的泪水一同落在地面，好在哗哗的水声掩去了白母不加顾忌的辱骂，也掩去了她故意压低的呜咽声。

白冉可双眼失神地盯着浴室的墙壁，又想起了今早与秦休央吵起来的事情，双唇抑制不住地微微颤抖。

我呀，怎么什么都能搞砸……

(5) 寒碜的生日礼物

因为调休，第二天下午白冉可才去的江氏心理医院。她前脚才踏进医院门口，后脚就被 HR（人力资源）小哥拉进了茶水间。

茶水间里挂满了彩带、气球和小熊玩偶，几张桌子拼到了一起，桌子上摆放着一个三层的大蛋糕和许多精致的小点心。医院的工作人员围在桌子周边，一见白冉可进来，就齐齐唱起了生日歌——

“祝你生日快乐！祝你生日快乐……”

气氛一时如梦如幻，温馨感人，白冉可不禁红了眼圈。在众人目光中，白冉可不自觉红了脸，有些难为情地笑着，说道：“谢谢大家……”

“院长和林主任有事出差，这个生日会就由我来主持吧。”HR 小哥尽职地调动着现场的气氛，“下面，大家把给白医生准备的礼物拿出来吧！”

HR 小哥话音刚落，就有一名年纪比白冉可稍大一点的医生拿出了他的礼物，递给白冉可：“小白，你拆开看看喜不喜欢。”

“好漂亮，谢谢！”白冉可拆开包装，发现里面是一个粉白色系的旋转木马八音盒，她珍惜地捧在手心，一脸惊喜。

HR 小哥见状连忙朝站白冉可旁边的护士使着眼色：“下一位，下一位！”

护士神色有些不对，但在 HR 小哥的催促下，只好把自己准备的礼物递了过去。

白冉可满怀期待地打开，发现是和刚才一模一样的八音盒，脸上的笑容不由得有些凝滞了。

“居然这么巧，你们实在是太心有灵犀了……下一个……”

第三位同事递礼物给白冉可时，眼神都已经开始有些躲闪了……

面对着三个一模一样的八音盒，所有人都尴尬莫名，气氛一时有些诡异。HR小哥干笑着打破这令人不舒服的沉默：“哈哈哈，礼物太多，还是先不要拆了，大家先把自己的礼物放桌子上。下面有请我们的小寿星切蛋糕吧。”

白冉可看着大家纷纷把礼物拿出来，虽然没有拆，但当大家把礼物堆放在一起时，她分明看到，所有人的礼物大小、包装纸颜色，还有上面的logo都是一样的，不难猜到，那就是同一家店买的同款八音盒吧……

也许是大家看到礼物出奇的一致，人群中不免开始交头接耳——

“见鬼，你怎么跟我买了同样的礼物？”

“我上网搜索‘同事 女 生日礼物’出来的第一款。”

“我也是啊。HR说为了彰显公司人文关怀一定要每人送礼物，我跟她又不熟，就随便买了个。怎么知道每个人都这么懒，都选的搜索出来的第一款？”

“喂，她朝这边看过来了，该不会是听到我们说啥了吧？”

见人群中有人警惕地朝自己投来目光，白冉可强行压下内心的尴尬与苦涩，拿着分好的一小块蛋糕，半垂眼睑，淡淡一笑，找借口离开：“你们吃，我拿一块去给秦先生，我们下午约了。”

“哦，好呀……白医生你忙……”

端着小蛋糕来到自己的诊室门口，白冉可才真正地松了一口气。白冉可推开门，发现诊室空空如也。

他没有来。

是因为生气，所以不来了吗？

白冉可的心头仿佛是被什么笼罩住了，有一种说不出的压抑感。她叹了一口气，把给秦休央拿的那一小块蛋糕放在桌子，手肘却不小心碰到了桌上的资料，一张 A4 纸掉到了地上。

白冉可弯腰捡起，发现那张纸是秦休央的档案资料。浮屠紧急救援事务所常年受聘于鹤去市民防局，这份档案资料就是秦休央被吊销救助师证后，为了方便秦休央的咨询治疗，民防局那边转给她的。

档案上记录着秦休央的生日，就是今天！他跟她同一天生日！

居然这么巧！震惊之余，白冉可忽然冒出了一个想法，她要借此机会给秦休央送个礼物，然后跟他道歉，增加他原谅自己的概率。

可是，这一时半会儿的，去哪儿给他找礼物呢？

白冉可盯着手机的淘宝 APP，摇了摇头，不行，买搜索“不熟朋友 男 生日礼物”出来的第一款实在有点过分、太不上心了。

于是，白冉可点开支付宝 APP，给秦休央充了三十块话费。

充完之后，白冉可点开秦休央的微信，在对话框里输入道：生日快乐，秦先生，给你送了个小礼物，希望你喜欢。之前的话，我真的真的是无心的，我真的真的不是那么想你的，我向你保证没有下一次了，你可不可以原谅我？

可是白冉可还没来得及把话发出去，就听到诊室外传来一阵窸窸窣窣的声响。

诊室的阳台外就是一个小院子，白冉可循声望去，就看到院子里的一棵树上隐约被树叶遮掩的人影。

白冉可回想起之前小护士们在茶水间里讲的八卦新闻，不由得警惕了起来，心里想，难道这是遇到了传说中的偷窥狂？

她推开玻璃门，放轻脚步悄悄地从阳台踱到了院子处，脱下了脚上的白帆

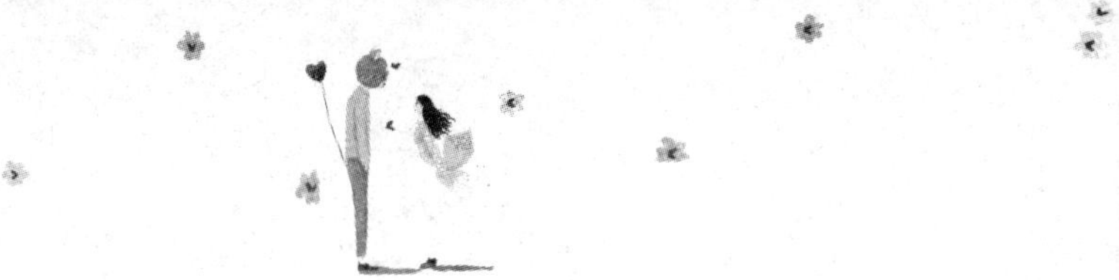

布鞋，瞄准树上的人影就使出吃奶的劲扔了过去。

只听一声钝响，一个男子从树上重重地掉到了地上，一只漂亮的蓝鸟叫了一声，从他身上飞走了。

白冉可掩着嘴巴，在内心暗暗地叫了一声“不好”。虽然男子背对着她，但一看到那熟悉的丸子头，她就不难猜到他是谁……

秦休央“嘶”地倒吸了一口气，转过头没好气地瞪了白冉可一眼，声音不自觉地提高了几分：“你砸我干吗？”

“你待树上，人家以为你是变态嘛……”白冉可先是被秦休央有点凶巴巴的样子吓到，然后感觉自己又把他从树上砸下来，他更不会原谅自己了，杏眸里便涌上了亮闪闪的泪珠，委屈地嘟起小嘴巴，“对不起啦，人家错了……”

看到白冉可这个样子，秦休央的五官都要拧成了包子，一脸的为难和嫌弃：“好啦好啦，我最怕女人哭了，原谅你了……”

“那……那我之前说错话的事情，你能不能也原谅我？”白冉可一双湿漉漉的泪眼，直直地盯着秦休央。

秦休央蹙起了眉毛，警觉地盯着白冉可，提醒道：“喂，你不要得寸进尺……”

话音未落，见白冉可一副又要哭了的表情，秦休央“啧”了一声：“你不要给我装啊！你是真哭还是假哭的？”

“怕了你了，原谅原谅。”过了一会儿，秦休央只好一脸嫌弃地妥协，但他的目光终究还是软了下来。

一贯嘴巴不饶人的秦休央居然肯吃亏服软，这可不多见。可她自己也没想到，自己居然会忍不住想向他撒娇。白冉可在心里暗暗称奇。

见白冉可破涕为笑，秦休央低声嘟囔：“我也知道，如果你真那么想，当初在茶餐厅时就不会帮我……”

“对了。”白冉可像忽然想起了些什么，点开了手机的界面，把手机屏幕转向秦休央，“我也是下午不小心翻你档案的时候，才发现今天是你生日。也没啥准备，就给你充了三十块话费，不好意思啊……”

“不用不好意思……”秦休央也有些尴尬地说，“我也是今天下午来到医院，看到你的同事在给你办生日 Party，才知道你和我同一天生日的。因为事出突然，我也没准备啥礼物。在院子转悠时，看到一只挺好看的鸟，本来想抓来送你，但你把我砸下来时，我手一松，它飞走了……”

秦休央捡起蓝鸟飞走时，挣脱在地上的一根羽毛，递给白冉可，眸子一挑，语气听起来傲娇：“我知道你在 Party 上肯定是收了不少礼物了，现在鸟是没有了，只剩一根羽毛了，你要嫌寒碜可以不收。”

“这确实是我今年收到的最寒碜的礼物了。”白冉可如此说着，却忍不住高兴地笑了起来。

虽然寒碜，但这是我今年收到的最用心的、真正为我准备的一份礼物了。

秦休央听罢把羽毛收了回去：“不要的话，你就从我这儿连毛都得不到了。”

“我又没说不要！”白冉可见状，连忙伸手去抢秦休央手中的羽毛。

在拉扯中，白冉可不小心碰到了秦休央的手臂，秦休央吃痛地皱了皱眉。白冉可这才发现他的右臂擦伤了，血渍弄脏了他今天穿的白衬衫。

看到白冉可生生停住动作，一脸愧疚地望着自己的伤口，秦休央把白冉可想要的蓝色羽毛递到她的手心：“小伤而已，没什么大事。”

“可是好像擦伤得挺严重的，还是好好处理一下吧。我爸就是医生，而且我家离这里也不远，你还是去给他看看吧。”白冉可把落到不远处的鞋子捡了

回来，一边绑着鞋带，一边咳了两声，“再说，也是我把你砸下来你才擦伤的，你不去的话，我良心稍微有点痛。”

(6) 朋友？野男人？姐夫？（上）

秦休央站在白冉可身后，白冉可才刚用钥匙打开门，白母的声音就从屋里传来：“昨晚不是说了要赶着给白姝的生日弄纸玫瑰花吗？你怎么还这么晚回来？”

“伯父伯母好……”

听到一个陌生男人的声音，在客厅里做纸玫瑰花的白父白母，还有弟弟白翎都齐齐抬头望着秦休央，脸上神色各异——

“朋友？”白父表情淡淡的。

“野男人？”白母的脸上写满了反感和不悦。

“姐夫？”白翎的眸子间透露着兴奋与惊喜。

面对着众人对秦休央身份的猜测，白冉可一个都没有附和，而是提出了新的定义：“不，是我的病人。”

“我以为在你心里，我至少算是你朋友。”秦休央有些不满，小声地抱怨。

“你又没跟我手拉手一起去过厕所，怎么能算我的朋友？”白冉可望了秦休央一眼，不以为然。说罢，她把秦休央带到了白父面前，“爸爸，他今天下午从树上掉了下来，手臂擦伤了，你能不能……”

白父只是匆匆瞥了秦休央手臂上的伤口一眼，并没有停下做纸玫瑰的动作：“小伤来的，不碍事。我现在没空，你拿药箱的消毒水给他消毒，再拿纱布随便包扎下就行。还有啊，我说，你要谈恋爱在外面谈就好，别找到些什么烂借口就把人往家里带，邻居很容易以为我们家风不正的。”

“我知道了……”白冉可一边向秦休央投去几分歉意目光，一边尴尬地去回应白父，“爸爸，我们家药箱在哪里……”

白冉可话音未落，白翎便以消防员救火般的速度把药箱递到了她面前，俊朗一笑，露出皓齿：“姐姐，给！”

“哦……好……”白冉可愣了一下。

“你快给姐夫包扎吧！”

不知是不是自己的错觉，她竟然觉得今天的弟弟对自己谜之热情，而且他望着自己和秦休央的眼里，居然闪出了一丝期待。

白冉可和秦休央几乎是被白翎齐齐推到了沙发上，可能是白翎这一声“姐夫”叫得亲热，白冉可和秦休央的脸上，都不免有些尴尬。

“我去做花了，不打扰你们，你们继续继续！”白翎露出一抹了然于胸的微笑，迅速转身回去坐着，继续做花，只留白冉可和秦休央在沙发上。

“咳咳……”白冉可干咳两声，有些难为情地开口，“小孩子不懂事，随便喊喊，你不要介意。”

“没事。”

秦休央的脸微微红了。

白冉可拧开消毒水的瓶子，转移话题：“我要用消毒水先给你清洗伤口，可能会有些疼，你忍忍。”

白冉可娇眉紧蹙，拿着棉签，轻轻细细地清洗上药，不时满眸担忧地问：“疼吗？”

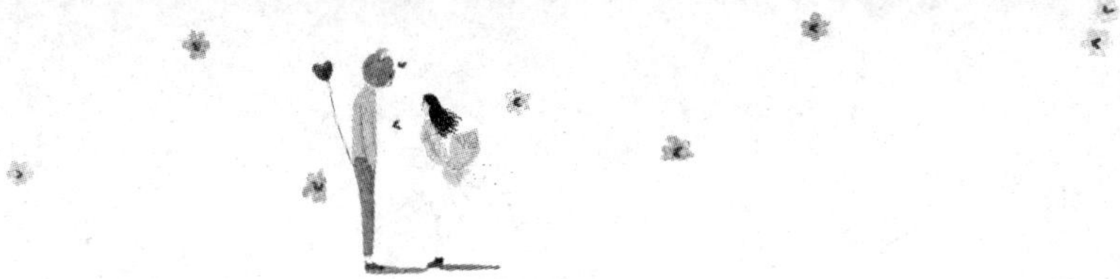

“你这样子，让我很容易以为我是什么娇滴滴的大小姐的。”秦休央吐槽，“我之前出任务时骨折、烧伤、被刀砍了都能忍着去继续救人，这点伤也就只有你会当回事了。”

秦休央说得这么云淡风轻，可白冉可听了可一点都轻松不起来，甚至还有点心疼。

白冉可还没来得及接秦休央的话，不远处的白母的声音传来：“就是，你手脚快些，赶紧包扎完去吃饭，吃完做花！”

“那个花是做来干什么的，我一进来就听你妈一直说起？”秦休央问道。

白冉可为秦休央缠上纱布，她的眼睛一直盯着纱布，嘴角微微扬起，却看不出什么笑意：“下个月是我姐姐白姝的生日，妈妈让我们从今天开始，每人每晚六点到八点都要在家做纸玫瑰花，在白姝生日那天做够 999 朵，送给她，表达我们对她的爱。”

“今天不是你的生日吗？那他们送你的礼物呢？”

白冉可没有回答秦休央，她在纱布收尾处很用心地打了一个蝴蝶结，随后抬起头，挤出一个笑容：“你饿了吧，幸好今天妈妈留饭了呢，一起来吃饭吧。”

“嗯……”秦休央用鼻音应了一声，脸上阴晴不定。

白冉可领着秦休央来到餐桌，打开餐桌罩，却发现白母难得为她留的饭，却和她想象中的留饭不大一样。

桌上一共有三碟菜，灯笼椒炒牛肉已经没有了牛肉，蒜蓉菜心只剩下蒜蓉，最好的是豆豉鱼，除了粘在鱼骨头上的小碎肉，还有吃剩的鱼头和鱼尾。电饭锅里剩下的饭不多，白冉可用饭勺刮了好一会儿，连锅巴都刮出来了才勉强凑够一小碗饭。

她把饭碗放到秦休央的面前:“你吃吧,我下午吃了蛋糕不饿,我去做花啦。”

白冉可来到白母所在的桌子前坐了下来，刚好坐在白母的对面。桌子上摆放着各种做纸玫瑰的原材料和几朵已经做好的成品。是十分高档的绒布纸做成的蓝色妖姬，花枝被喷成了与枝茎同样的颜色，花瓣上还镶嵌着小珍珠做成的露珠，每一朵都精致华美，不难看出做的人花了多少的心思。

白冉可模仿着繁杂的制作步骤，脑海里却不由得回想起了小的时候。妈妈从前也是这么会为她花心思的人呢，在自己很小的时候，妈妈就给自己做过一个很漂亮的绢花头饰吧。只不过那已经是白姝回来之前的事情了，白姝回来了，自己就再也不会收到妈妈那么用心做的礼物了吧?

本来在心里说好是毕业后就搬出去的，后来试用期工资太低，又告诉自己等到转正后才搬出去住。其实，自己是还在奢望，只要自己还在这个家里，也许有一天，爸爸妈妈的爱还会回来吧?

白冉可望着妈妈做好的漂亮的纸玫瑰花，她好想要，但是她心里分明知道，她这辈子都不可能会再收到。只是，她还没有做好心理准备，应该如何独自一人过承认不被爱的人生。

“怎么说都是鹤去大学毕业的人，怎么做朵花都这么慢？磨磨蹭蹭的，你是不是想着白姝不是你亲生姐姐，没啥感情不想做？”看着白冉可笨手笨脚的样子，白母训斥道。

“没有，妈妈，不是这样的，我做快点……”忽然的训斥让白冉可慌张，她拿起美工刀，去削花枝。可能是因为太慌张了，美工刀就切到了她的手指，鲜血从她的指腹里渗了出来。

看着白母不悦地盯着自己，白冉可也不敢去处理伤口，只好假装没事发生

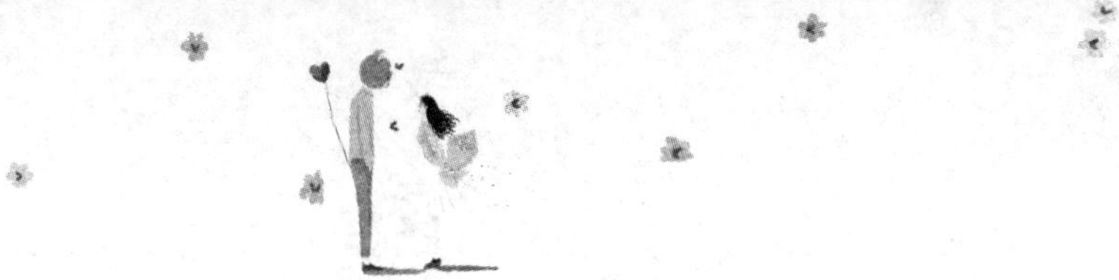

一样继续着刚才的工序，用右手拿着玫瑰花的花瓣，准备给它镶嵌珍珠。

“你这手流血了，瞎啊？不会换只手拿花瓣吗，花都沾上血了！”

白冉可连忙换了一只手，她刚才伤到的是左手的食指，她忍痛用左手使用镊子去夹珍珠。可毕竟左手不是她的惯用手，而且伤口处被镊子磕得更痛了，一个没拿稳，镊子便掉到了地上，在安静的环境中发出了尤为清晰的声响。

“你……”

看着白母怒目圆睁，白冉可咬着嘴唇，准备承受她接下来的怒气。此时，却听到了椅子被拉动的声音，随后一道熟悉的男声响起：“伯母。”

（7）朋友？野男人？姐夫？（下）

秦休央来到白冉可面前，他望着白母，眼睛半眯着。他眼角有泪痣，一般只要笑起来就会让人感觉到似是脾性柔了一分，但此刻他的笑，却让白冉可觉得有点冷。

“我也来帮忙吧。”

“随便你。”白母对秦休央这个忽然出现的“野男人”并没有什么好脸色。

秦休央坐了下来，纤长的手指捻着玫瑰花瓣。他的脸上挂着浅浅笑意，语气轻松，像是在闲聊般说起：“伯母一定是世界上最爱白姝的人了吧？”

“那当然。”白冉可看到白母在回答时，眼角眉梢间尽是自豪的笑意。

“既然如此，伯母可得多做些花才是呢。毕竟不是说了，这花是用来表现对白姝的爱的吗，伯母可千万不能错过这个这么好的表达爱的机会啊。”秦休央把白冉可手中做花的材料推到了白母面前，“我听可可说，伯母每天都会给白姝准备早餐……”

在白冉可诧异的目光下，秦休央又接着把白翎面前的材料也推到了白母面前：“因为白姝喜欢跳舞，伯母每个周末无论多忙都会抽空接送她去舞蹈室……白姝生病了，就算是一个小感冒，伯母都会彻夜不眠地守在她的床边呢。”最后，他把白父面前的那篮小珍珠扫到了白母面前，因为力度有些急促，小珍珠抛起落下时发出了“沙沙”的声响。他眯起眼睛盯着白母，脸上的笑容不知道什么时候消失了，“这么多的爱，可可没有得到的爱，请您都在花里表达出来吧。”

白母被秦休央此番举动气得不轻，当下便用手臂把桌上的东西都扫到了地上，篮子里的小珍珠洒了一地。

白父和白翎都愣住了，白冉可反而被吓得回过神来，拉着秦休央就往门外走。

身后很快传来了白母爆发的辱骂声：“我养她二十多年，她居然带个野男人回来气我！她是什么货色，也能跟我的白姝来比？心里不高兴，有本事就搬走，别住我这儿啊！”

难得的是，白翎竟然在劝白母——

“妈！都是一家人，你说这种气话干什么？现在也晚了，花先别做了，你和爸早点睡吧！”

直到走到门外，白冉可才放开了拽着秦休央的手，问道：“你这是干什么？”

“我为你感到不值！”秦休央双手交叉放在胸前，脾气并不比白母小，“你没听到她怎么骂你的吗？今天我在她都这么对你了，可想而知她平时对你就更不怎样了！更何况，今天还是你生日，她早忘了吧？她这么不喜欢你，你留着干吗，搬出去啊！今天就搬！”

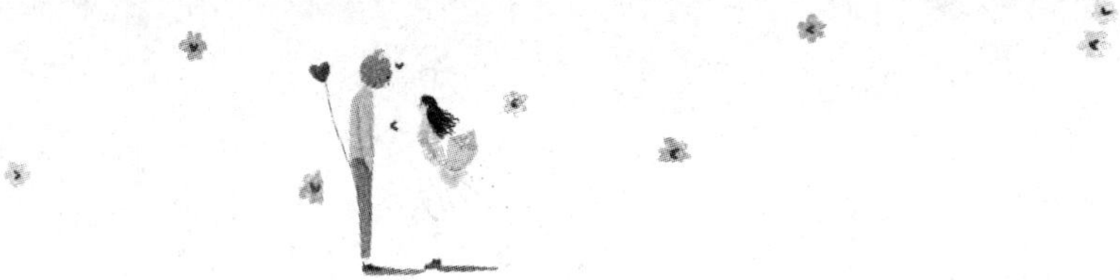

他这个人啊，说话就是不留一点情面，近乎残忍地把她一直想要遮遮掩掩的真相撕开。

白冉可觉得心里很不舒服，但她又没有办法去反驳秦休央，因为他说的都是事实。她躲避着秦休央的目光，缓缓地往屋内走："她对我再不好，也是我妈妈。你先回去吧，秦先生，我不送你了。"

"我不懂，这个家，你到底还有什么留恋的地方？"夜风吹动着秦休央的发，他的双唇微微张启，目光幽暗。

"起码我弟弟还是护着我的。"

白冉可关上了门。

她不敢把自己内心的奢望告诉秦休央，她知道，以秦休央这种性格一定会立马把自己这种不切实际的想法击得粉碎。她只好又找了一个理由，一个站得住脚的理由。

白冉可回到家中，大厅里一片狼藉。白父白母已经被白翎劝回了房中休息，也就让白冉可避免了一些尴尬。

看到白冉可回来，白翎又忙来宽慰她："姐姐，你别难过了。妈她更年期，脾气来得快去得快，她就是说句气话，可能明早起来，她就忘记这事了。"

"嗯。"为了不让白翎担心，白冉可勉强挤出了一个笑容，"今天真是谢谢你帮我解围了，小翎。"

"一家人说什么谢。"白翎不好意思地用手擦了擦鼻子，"我这人是大老粗，不怎么会表达。我不知道爸妈为什么一直偏心大姐姐，但在我心里，你比大姐姐好多了。大姐姐简直被爸妈宠坏了，一副谁都看不起的样子，还总是嘲笑我是因为念书不好才上的体校，而姐姐你从来不会嘲笑我，还对我很好。姐姐你可别搬出去，我舍不得你。”

看着白翎越说越委屈的表情，白冉可也被煽动得有点伤感，她轻轻抱住了白翎，就像小时候那样。

“不会的，姐姐不搬。”

“对了，姐姐。”

白冉可松开手，问道：“怎么了？”

“我报考救援队的事情，今天已经通过了笔试，一周后在浮屠紧急救援事务所的实战训练场参加实操测试。姐姐你要不要来给我加油打气？”白翎笑了笑，带着他这个年纪的男孩子特有的腼腆。

“就是你一直很想加入的那个救援队吗？真棒呢，你要实现你的梦想啦。”白翎的好消息让白冉可脸上的阴霾一扫而光，“我一定去给你加油！”

“嗯，有姐姐去给我加油，我一定会顺利通过考试的！”白翎这句话说得很肯定，不大像是在给自己鼓励，而像是在讲一个已经确定下来的事实。

(8) 秦队你那个很厉害的女朋友

浮屠紧急救援事务所的吸烟间处于背阳处，只要不开灯，就算是白天也光线昏暗。秦休央坐在飘窗上，一双腿自然地伸着，手指间夹着一支香烟。在黑暗中，他的情绪晦暗不明，只有点着的香烟散发着明亮的猩红。

就在这时，吸烟间的门被“吱呀”一声打开，二狗推门而进，抱怨地催促：“秦队，你怎么还在这儿优哉游哉地抽烟？实操测试都要开始了，你是负责人，大家都在等着你呢。天啊，你居然还没穿制服外套！”

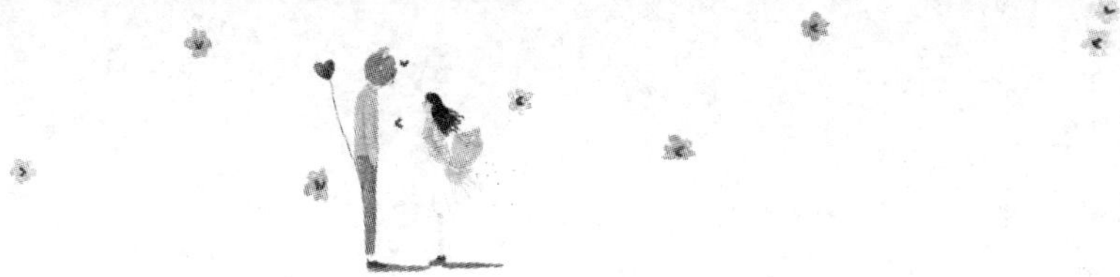

二狗本名“罗家良”，因为在家中排行老二，而且属狗，所以救援队的人便都叫他“二狗”。据二狗自述，他本是鹤去市警校的一名小学警，因为在实习期间看到秦休央在爆炸现场惊险救人的场景，被秦休央帅到每天夜里睡不着，所以在别人睡着后起床疯狂训练，最终在去年成功加入了秦休央所在的一分队，成了一名救援队员加秦休央的贴身迷弟。

见是二狗，秦休央只含混不清地应了一声“唔”。

“秦队，你快点啦！”看着秦休央懒懒散散的样子，二狗有些抓狂，他抓起秦休央挂在墙上的制服外套就往秦休央身上砸去。见秦休央皱着眉头不情不愿地慢慢熄灭烟头，他直接上前一个劲地推着秦休央往门外走。

秦休央打着哈欠，被二狗一路连拖带拽地拉往事务所的实战训练馆。

“秦队你打起精神来呀。”见秦休央兴致不高，二狗在旁边说，“我们救援队也有三个招新名额呢，今年你是负责人，你可要看仔细点，把最好的选入我们一分队啊。”

秦休央抬起眼皮，平静地说：“今年入选的，就让二分队、三分队的队长先挑人吧。”

“欸？”二狗停下脚步，睁大眼睛，感到不可思议，“秦队你不抓住这个机会跟二分队示个威吗，二分队的人那么编排你。”

“哈？”秦休央拉着长尾音，显得有些慵懒，“我才没有那么小气和无聊。”

“副队他们的人说，他们在茶餐厅被你和你那个很厉害的女朋友狠狠教训了后，你还记恨他们，所以别的分队都没有要去训练潜水，就你让我们一分队加训潜水项目。”二狗说得有点委屈。

“说清楚了！我只是嘴巴上怼他们，可没有跟他们动手！”秦休央的反应就像是一只被踩了尾巴的猫，“再说，我让你们加训潜水项目，只是为了让你们在救援行动中，不会因为能力不够而救不了想救的人而徒留遗憾罢了！”

“这可不是我乱说的。他们还说，在餐厅里就看到了有一个跟你关系很好，而且跟你一样很会说话、吵起架来很有气势的女孩子……”一路上，二狗喋喋不休地说着。

秦休央走过很长的一段路，终于来到了熟悉得不能再熟悉的实战训练馆。他才刚走进实战训练馆，便可以看到“生命至上”四个大字，这是他们浮屠紧急救援事务所的宗旨，也是救援队所有的队员的座右铭。

因为今年实操测试考的是地震救援，所以用的场地是E馆。秦休央走上主席台，无意识地往四周望去，目光就被观众席上那个熟悉的小身影吸引住了。

白冉可生着一张鹅蛋脸，柳眉弯弯，目如水杏，玫瑰色的小嘴唇就像是在等待亲吻般微微嘟起。她今天只是穿了最普通不过的白T恤和浅蓝色牛仔裙，但在秦休央看来亦是说不出的清秀可人。

二狗见秦休央盯着观众席上的那个女孩子看了好久，便有些好奇地问：“秦队，你认识？”

“就是你口中的那个我很厉害的女朋友。”秦休央双手交叉放在胸前，似是很随口这么一说，可是他的嘴角却又忍不住扬起一丝窃喜。

不过，她怎么会来这里？

秦休央见白冉可的目光一直在往参赛者那边望去，便问二狗：“参赛者名单给我看看。”

“好的，秦队。”

当看到名单上出现“白翎”的名字时，秦休央的心头无故生起了一种不好

的预感，眉宇几乎是下意识地蹙了起来。

二狗没有注意到秦休央神态的变化，先行一步走到桌上的麦克风前，说道：“各位参赛者，你们好，我是浮屠紧急救援事务所一分队的队员罗家良。恭喜你们通过体测、笔试，顺利来到实操测试环节。

“我们事务所的救援队以‘生命至上’为宗旨，因为良好的作风与专业的素质，长期受聘于鹤去市民防局，曾参与我国 4 · 17 地震救援、A 国 7 · 22 海啸救援以及 B 国的 10 · 28 反恐救援等活动，是鹤去市最有名的救援队，在全国的救援队中亦是数一数二的……

“我们今年实操测试的试题是地震救援。候选人将一个个参加测试，要求通过训练馆中的障碍路段，到达指定地点后，把模拟地震被埋压的人员通过正确的救援方法救出来，带到安全区，按用时多少进行排名。今年我们救援队有三个招新名额，所以我们会在 47 名候选人中，选择这次实操测试中的前三名进入我们救援队……”

二狗面对着台下的参赛者，满脸的自豪、满腔的热血，说得滔滔不绝。秦休央坐在一旁用关爱智障的目光默默地望着他，好几次欲言又止。

大概过了十五分钟，二狗才收了话尾，用充满崇拜的目光望着秦休央：“下面请我们一分队的秦队跟大家讲几句！”

“我没啥好说的了，赶紧开始吧，要不今天就测不完了……”秦休央微微凑近二狗递来的麦克风，说了一句。

训练场上，一群新人精神抖擞、摩拳擦掌，看着他们跃跃欲试的样子，秦休央仿佛看到了五年前，他刚加入救援队的时候。

“秦休央，你为什么想要加入救援队？”

秦休央还记得所长当时这么问他。

“因为我希望，如果在这世上有不被爱之人，在他遭遇危险之时，在他仍想拼了命地活下来之时，可以有一个人去救他。我想要成为这个人。”

……

“计时人员已就绪。”二狗的话打断了秦休央的思绪，“下面请一号候选人——来自鹤去市武警消防大学的张纵横进场；二号候选人——来自鹤去市警官学院的罗萝请准备！”

……

白翎排在最后，今年的候选人的成绩都特别好，在他出场之前，第三名的成绩已经被刷到了 7 分 24 秒 52。

“下面请最后一位候选人——来自鹤去市体育大学的白翎进场！”

秦休央眯着眼睛，朝白翎处望去。白翎神色紧张，额上早已渗出了细细密密的汗珠，可以看得出前面的人的成绩给了他很大的压力。

（9）原来你是这么想的吗？

“哔——”

随着一道哨声，白翎开始往前冲去，他前面的冲刺速度很快，但因为没有做呼吸调整，秦休央注意到他脸色潮红，胸脯在不正常地起伏着。秦休央的身子往椅背靠去，下意识地抿了抿唇。

到了障碍跑的后半段，也许是因为体力不支，白翎的速度比起先前，明显是放慢了。等到他到了指定地点后，已经是 5 分 21 秒 24 了，明显落后于现在

排在第三位的罗萝。

“快……快救救我……我快不行了……”模拟地震被埋压的演员，表情痛苦，十分敬业地发出了呼救声。

“我这就来救你！”

见白翎一边喘着气，一边直接开始搬动埋压物去救人，二狗的眼睛睁得滚圆，激动地对秦休央说道：“秦队！他没有做埋压物支撑！”

“看到了，不瞎。”秦休央蹙着眉宇，看着白翎直接把人从废墟里扯了出来，把对方的手臂架在自己的脖子上，就带着他飞快地朝安全区跑去。

当他进入安全区时，计时员手中的旗子落下，报时道：“7 分 23 秒 58……”

计时员话音刚落，之前埋压着演员的废墟因为失去了支撑物应声坍塌，发出了“轰咚轰咚”的声响。

观众席的人见状纷纷露出了惊愕的表情，白冉可的喜悦与兴奋亦僵在了脸上。

待到观众席上的人合上了因为震惊而张开的嘴巴时，便开始议论——

“这样算过关吗？废墟是在救出人之后塌的，应该不影响吧？”

“话不能这么说，万一现实中没这么巧，迟了一两秒救出来，里面的人不就被砸死了吗？”

众说纷纭之下，秦休央站了起来，众人的目光随之往他身上挪去，以为他会给个说法。秦休央没有理会众人的目光，只是默默地往主席台下走去，二狗说了句“比赛结束，我们工作人员将会整理录像，进行偷跑、毁坏障碍物、不正当操作等违规情况的检查，具体的名次与录用人员，我们将会一个小时后在官网进行公布”后，就跟着秦休央走了。

秦休央才刚在小会议室拿到二狗从技术部那边取来的录像整理结果，就看到白翎跑到了小会议室门口，喊了声：“姐……秦队。”

对于突然造访的白翎，秦休央也愣了愣。对于白翎为何会来，秦休央心里多少能猜到个七八分。这孩子，也太大胆了点。

白翎鬼鬼祟祟地朝二狗使着眼色，秦休央点了点头，二狗也就先出去了。

“姐夫。”白翎的紧张神色缓和了不少，眼睛里带着些怯怯的期许，“我这次的实操测试，你看能不能……”

“不行，你没有加固支撑埋压物，很有可能会造成坍塌危险，属于错误操作，被取消了成绩。你明年再来吧。”秦休央直接拒绝。

秦休央是特地支开的二狗，如果被救援队的其他人知道，白翎曾经来找过自己求情，这孩子可能会被永久性取消报名资格。

可是白翎并没有领他这个情，急急躁躁地说：“姐夫，我是真的很想进救援队，而且我在我们学校一直是成绩最好的一个，所有人都以为我会一次性过的，如果我今年被刷下来了，他们会怎么看我，我一定要今年就进去！姐夫，你是这次新人选拔考试的负责人，能不能看在我姐姐的份上……”

秦休央听着白翎的话，不悦地眯起眸子，眸色深深。

白翎说着说着，忽然停了下来，秦休央朝着白翎的目光望了过去，就看到了出现在小会议室门口的白冉可。

在比赛结束后，白冉可就怕白翎会紧张，所以想陪着他，却没有在参加考试的人中找到他。也是遇到了二狗，她才知道弟弟去了找秦休央，于是不放心地找了过来。

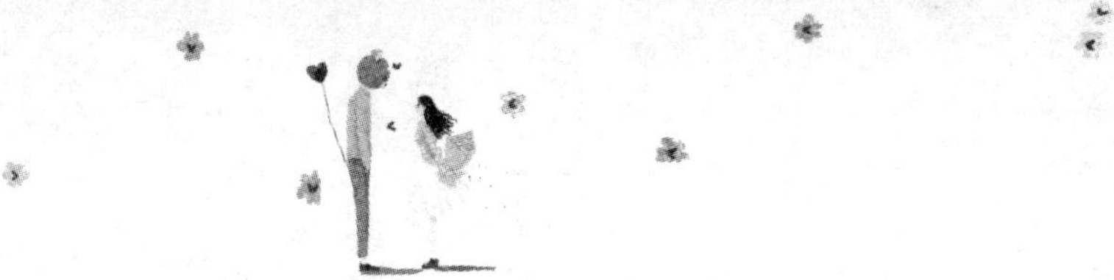

“姐姐，姐姐，你快帮我跟姐夫求求情！”白翎见白冉可来了，便像是见到了救命的稻草一般，焦急地抓着她的手，把她拉进了小会议室。

白冉可低下头，困窘地躲开了秦休央的目光，咬唇沉默了好久，她才抬起头望着白翎，挤出一丝微笑：“明年再来吧，明年小翎一定可以的。我们今天先回家吧……”

“回家？什么回家？那才不是你的家！”白翎一把甩开了白冉可的手。

白冉可有些愣住了，呆呆地望着白翎。

白翎一脸冷漠与厌恶的样子让白冉可觉得很是陌生。

白翎狠狠地剜了她一眼，声音高得有些刺耳：“你以为你是谁啊？你真当你是我姐姐？你只是我爸妈在福利院里收养的一个孤儿而已，跟我们好心在外面收养的一条流浪狗没什么区别！我本来还以为你跟秦队关系好，可以帮我进救援队。捡的流浪狗还会朝我们摆尾，而你，从小到大，一点用处都没有！”

白翎一番话说得咬牙切齿，知道秦休央不可能让他进救援队，就懒得再顾白冉可的反应，直接甩门而去。

白冉可望着白翎离开的背影，久久地愣在了原地，失焦的双眸一片空洞，就像是反射不出光的深渊。过了好久，她的眼眶红了，可她偏偏又哭不出来，所有的委屈、酸涩与伤痛，最后变成了嘴角边凌乱的浅浅苦笑。

“是吗，原来你是这么想的吗……”

// 第三章 //

秦先生住对面

（1） 你对鹤去市的房价一无所知

白冉可打开行李箱，在房间里收拾东西。当一切都被撕碎后，她已经找不到任何留下来的谎言与借口了。

白冉可打开衣柜，想要收拾一些衣服，却发现衣柜里的衣服虽然多，但大多都不能穿。

衣柜里大多是小时候妈妈给买的衣服，而长大后的衣服，却只有自己买的那么寥寥几件，可惜那些小时候那么好看的衣服，却再也穿不了了。妈妈是什么时候不再给自己买衣服了的呢，她记不真切了，大概是白姝回来后不久吧……

白冉可把为数不多的能穿的衣服放进行李箱后，来到书桌前。从小到大，她都习惯把自己最宝贝的东西锁在书桌的抽屉里，而此刻的抽屉，只静静地躺着两样东西——秦休央送的蓝色羽毛和妈妈送的绢花头饰。

只是秦休央送的羽毛还很鲜艳，但妈妈送的绢花头饰，虽然一直被妥善保管、细心存放，但还是褪色了。

白冉可记得，她上幼稚园的时候特别喜欢这个绢花头饰，她天天都戴。头饰上的绢花是如此鲜艳、如此精巧，以至于让她惹来所有小朋友的艳羡，以至于让她得到所有老师的偏爱，以至于让她在整个幼稚园期间，都觉得自己是最幸福的小女孩。

只是就像绢花上那鲜艳的颜色褪去，那段美好的日子也永远不会再回来了……

白冉可终于还是没有带走绢花头饰，她把秦休央送她的羽毛放进行李箱里，然后往楼下走去。

白翎还没有回来，楼下只有白父和白母在看电视，见白冉可提着行李箱从楼梯上走下，他们只是望了她一眼，便不再理会。

白冉可拉着箱子，走到白父白母的面前，犹豫了好一会儿，才下定决心开口："我有一个问题，一直想不明白，为什么白姝回来后，你们便不再爱我了？我想知道，我到底是有哪里做得不如白姝好？"

"不是白姝回来了，我们就不再爱你。"白母望着白冉可，眼神却是冷冰冰的，其实那双眼睛的温度已冷却了十几年，但因为当初那几年的目光太过炙热，炙热到烙在了她的脑海，所以她今天才发现，"而是白姝走失的那几年，你夺走了本来属于她的爱，后来不过物归原主。"

白冉可抿着唇，闭上眼睛，深深地鞠了一躬。

我曾经有那么爱的人，我曾经那么被爱过，可最后还是要放下……

"我明白了。我从今天开始要搬出去住了。非常感谢你们这么多年的照顾，爸爸，妈妈。"

白冉可拖着行李箱走进房屋中介所，里面的中介非常热情地凑了过来：“小姐，请问有什么可以帮得到你？你是要租房吗？”

“是呀，我一个人住，你们这儿有没有一房一厅？”白冉可问道。

中介笑着连声应道：“有有有！”

“那有没有带小阳台，阳光充足的？”

“有！”

“有没有独立厨房，可以自己做饭的？”

“有的！”

看着中介满脸自信的微笑，白冉可终于问出了她最后一个问题：“那有没有既有小阳台，又有独立厨房，而且房租不超过两千块一个月的一房一厅？”

“有。”

得到中介肯定的回答，白冉可的眼睛几乎能迸射出光来，连忙问：“哪里？在哪里？”

“梦里，梦里什么都有！大佬，你这是在鹤去市啊！鹤去市什么房价你心里没点数吗？”中介整张脸都耷拉了下来，甩了白冉可一个白眼，他指着大门，对白冉可说，“门在那儿，出去时给我关好点，别浪费了我的冷气！”

白冉可被训了一顿，也只能在背后对他做了个鬼脸，拉着行李箱垂头丧气地走了出去。

看着天色渐渐暗下，白冉可正不知如何是好之时，两个陌生男子走了过来，热情地问：“这位小姐，你是要租房吗？”

“唔……”想到刚才中介冷漠而又鄙夷的态度，白冉可只是草草地支吾了一声，不抱任何希望地问了句，“有两千块以下的一房一厅吗？”

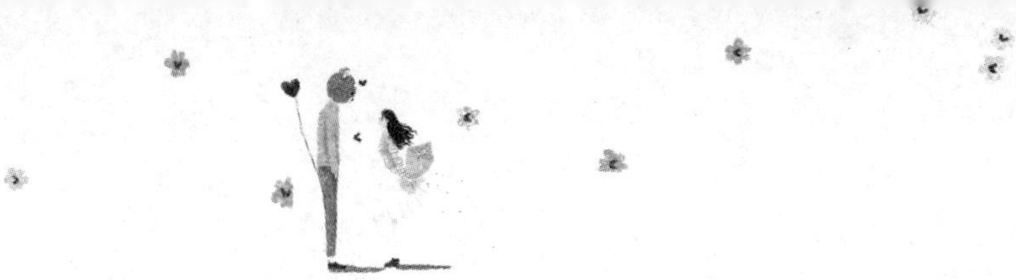

“有。”其中一个男子立马应道，“我们俩换了工作，刚好要搬，有房子急着要低价转租，只要一千五百块，你要不要现在跟我们去看看房？”

白冉可看着男子，莫名觉得他笑得有点油腻腻的。应该是天气热，小哥也没用控油的洗面奶吧，白冉可如此想着，便应了下来：“好呀，小哥现在带我去看看吧。”

想到租房有望，白冉可开心地跟在了两个男子后面。可是随着两个男子走街串巷，越走越偏僻，她似乎意识到了什么不对劲，脸上的笑容渐渐淡下，眉头也皱得越来越深。

“前面，再前面一点就是了……”两个男子还想把白冉可往里带，却发现白冉可停下了脚步，两个男子不由得回头看去。

白冉可抿了抿唇，明亮的杏眼警惕地盯着他们：“不对吧，再往里面就不是居民区了。”

两个男子对看一眼，见被发现了，脸上也没有丝毫慌张的神色，其中一个男子咧嘴笑道：“是啊，可惜你发现得太迟了。这里已经足够偏僻了，就算我们现在想干点啥，你又能怎样啊？”

“你……你们别过来……”

眼看着两个男子目光贪婪地朝自己步步逼来，白冉可下意识地用手紧了紧自己胸前的衣料：“你们该不会是想……”

“我去，你能不能不要搞得我们像想要劫色一样？我们对女生的样貌也是有追求的好吗？”两个男子操起路边的玻璃酒瓶，把它砸碎，“乖乖拿出八千块给哥俩花花，否则别想平安无事地出去！”

白冉可盯着锋利的碎玻璃酒瓶，一步一步地往后退，心里扑通扑通地跳个不停……

(2) 一股尸臭的味道（上）

白冉可抿着唇，脑子在飞速转动。她所在的地方地形复杂，她这个路痴绝对不能凭借自己的力量跑出去；而且退一万步来说，就算她知道怎么出去，以她的体力也绝对跑不过这两个年轻力壮的男子。

一番思量过后，白冉可决定先给钱，然后出去后再想办法报警。

白冉可咽了一口唾沫，强装镇定："你……你们支持微信支付吗？"

"你玩我们啊？微信支付会留底的，警察一查就查到了！"

眼见着两个男子被激怒，白冉可吓出一身冷汗来，就在她不知所措之时，一道熟悉的声音从身后响起。

"是你们在玩人吧？现在哪有人随身带八千块现金的？"

白冉可回过头，便见到秦休央眯着眼睛，慢慢悠悠地走到了她身旁。

白冉可怦怦直跳的心，不知道为何一下子安稳了下来，也许是因为他是为数不多的会在乎自己会保护自己的人吧？

那瞬间，她看向秦休央的眼光里有依赖，只是她自己完全没有发现……

"你什么东西啊，敢跟哥俩横。"两个男子拿着碎玻璃瓶就往秦休央身上扑去，可他们又怎么会是救援专业出身的秦休央的对手，三两下就被秦休央打得灰溜溜地逃窜。

白冉可见秦休央轻轻松松的样子，并没有去想他为什么会忽然出现，只是忍不住夸道："好厉害，不愧是紧急救助师，真是四肢发达，头脑……"

白冉可顺口一接，可很快意识到了接下去的话有些不对，怕惹秦休央生气，便把话咽了下去。

“好过某些人头脑简单，四肢也不见得发达到哪里去呀。”秦休央很明显是猜到了白冉可咽回去的话，白了她一眼，自然而然地伸手去拉她的行李箱。

白冉可眨巴着眼睛，愣了愣：“你干吗？”

“我们房东恰好还有房。”秦休央拖着白冉可的行李箱扭头就走，白冉可只好跟了上去，“就是你要求的那种既有小阳台，又有独立厨房，而且房租不超过两千块一个月的一房一厅。”

“可我咋觉得条件这么好的房子，不会这么便宜的？”白冉可一脸的怀疑。

“你刚才要是懂得这么想就好了，还用得着我出手救你？”秦休央凭借着身高优势，居高临下地望着白冉可，声音里似乎还有些不耐烦，“你到底去不去？”

“去去去。”白冉可一边笑嘻嘻地讨好着秦休央，一边嘀咕着她的小算盘，“反正我有你资料，你骗了我，我就去你事务所找你们所长，再不行，我就找到民防局去。”

秦休央“喊”了一声，便没有再跟白冉可搭话了。

白冉可跟着秦休央来到了不远处的一个比较老的小区——锦心花园。小区里种着一棵棵老梧桐树，偶尔有风吹过，发出“沙沙”的声音，让人听来觉得平静而又悠闲。树下坐着两个老人，一边下着象棋一边闲聊。

“听说超强台风‘珍珠’过两天要登陆隔壁茶光市呢，你说对我们鹤去市影响严不严重，老欧？”

“怕啥，我们都在鹤去市活了七十多年了，什么样的台风没见过呀。将军。”

秦休央走到聚缘楼时，停下了脚步，敲了敲一楼的门，然后对白冉可说：“你在这儿等一等吧，我先去跟陈老头说一下你的情况。”

听到里面传来了一声长长的“在”，秦休央便打开了没锁的门，走了进去，丝毫不客气地对陈伯说：“老头，我对面的房间你还没租出去吧？我有个朋友正好要租房，我把她带过来了。”

白冉可站在房外，听不到秦休央和陈伯在里面说了啥，但见陈伯朝自己投来目光，还是礼貌性地笑着点头示意。

陈伯看到白冉可，便一副了然于胸的神情，他没有直接回答秦休央的话，只是淡淡地笑着说：“我今天本来想去房屋中介所拜托中介把你对面的房子租出去，却恰好看到那小姑娘跟着中介所门口的两个男的走了。怕她被人骗，我本来想去制止她的，但是我看到你在后面一直跟着她，我就放心先回来了。”

其实实操测试结束后，秦休央放心不下白冉可，自她从事务所出来后就一直在暗暗跟着她了。见自己跟踪白冉可的事情被陈伯发现，秦休央多少有点难为情，连忙为自己找着借口：“她会从家里搬出去住，这里面多多少少有我的责任……”

看着陈伯颇有深意地望着自己的眼神，秦休央立马转了话题：“对了，你每月收她一千八百块房租吧，剩下的一千块，加在我的房租里吧。她去年才刚毕业，现在还是个在试用期的心理医生，没什么钱。还有，这件事你和我知道就好了，不要告诉她。”

“好好好。我们秦队呀，可能真的是长大了，变成了一个温柔的人呢。”陈伯满口答应，笑得撑起了满脸的皱纹。

面对陈伯的打趣，秦休央恼羞成怒：“别说这么恶心的话，老头，你到底租不租啊？”

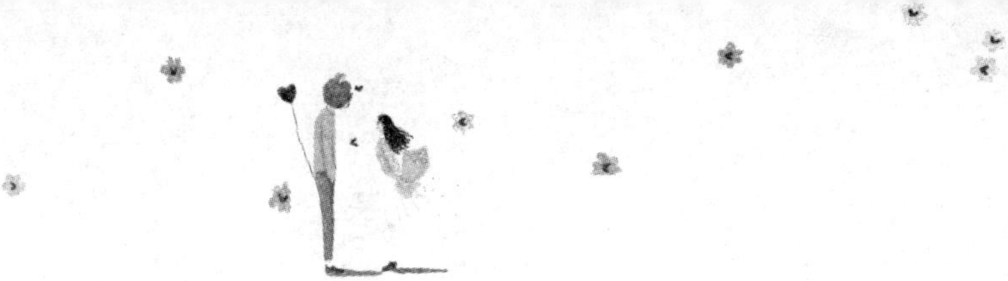

“租。”陈伯缓缓敛去笑意，“其实你房间弥漫着一股尸臭味，肯住到你对面的，就算只要一千八百块一个月，我也会租的。”

“租就带人去看房。”秦休央把陈伯放在桌面的钥匙抛给了他，催促道。

陈伯带着秦休央和白冉可往二楼走，在路过秦休央的房间时，白冉可猛嗅了两下：“我怎么好像有闻到死尸的味道？”

听了白冉可的话，陈伯在一旁偷偷地笑了起来。

“你不说话没人当你哑巴。”秦休央瞥着一脸蒙的白冉可，黑着脸说道。

“就是这里了。”陈伯用钥匙打开202的房门，精致的一房一厅，宽敞明亮、家具齐全。

白冉可走了一圈，看到她脸上浮现的喜色，陈伯就知道她喜欢这里，于是拿出了合同和笔，说道：“这里房租一千八百块一个月，要是你喜欢，就签一下合同吧，小姑娘。”

“好。”白冉可接过笔和合同，就是有点不解，“可是陈伯，你这房子很不错呀，为什么要租这么便宜给我？”

陈伯闻言望了一眼秦休央，思考了一会儿，随后摆出了一副煞有介事的模样，试探性问道：“刚才你来的时候，不是闻到了一股尸臭吗？隔壁房间最近死过人，小姑娘你不介意吧？”

“完全……不介意……”

(3) 一股尸臭的味道（下）

“呼！好大雨！台风天太可怕了！”白冉可收了伞，提着从超市买来的食材和零食礼包进了家门。经过这两天的收拾，这个家被她布置得温馨可爱。

白冉可来到厨房，调着奶油炖菜的汤汁，只是锅里的汤汁还需要再煮很长的一段时间，她便趁这个时间，提着好几个零食礼包出门了。她想给这栋楼的邻居送点礼物，一方面是出于礼节，另一方面也想认识一下邻居。

当她送完所有的邻居后，她便抱着一个最大的零食礼包来到了秦休央所住的 201 房。虽然她总是跟他拌嘴，但其实心里还是想好好感谢他一下……

白冉可敲了好一会儿秦休央的房门，都不见有人应答。

是不在家吗？

白冉可正想把零食大礼包给他放门口后离开，就又闻到一股尸臭味从秦休央的房里传了出来。她不由得停止了脚步，想从门缝里往里张望。那家伙的家里为什么会有尸臭味？陈伯说我房间隔壁最近死了人，该不会是就是死在了他家里吧？

“喂！你在我家门口鬼鬼祟祟的干什么？”

白冉可正看得专注，就听到了秦休央的声音。他穿着的上衣被雨水打湿，应该是刚从外面回来。

白冉可吓得立马站直，像个做坏事被抓包的孩子，心虚地把视线挪到了一边，干咳两声说道：“我新搬过来，想着给邻居送送礼物，人手一份。”

“哦。”秦休央望了一眼白冉可手上的零食大礼包，也没再怀疑，掏出钥匙打开门，“进来吧。”

当门被打开的那瞬间，一股尤为清晰的尸臭味扑面而来，差点没把白冉可当场熏晕过去。

白冉可强忍着阵阵眩晕，往里望去，只见厅里什么都有：外卖盒、吃剩的

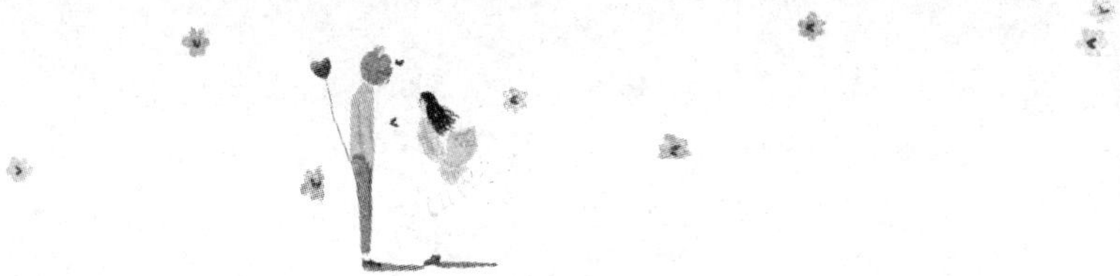

泡面、开过封的啤酒、抽剩下的烟头、满地都是没洗的脏衣服脏袜子以及一些脏得已经分辨不清其本来面貌的不明物体。

白冉可千百次强压下呕吐的冲动，去问秦休央："秦先生，一个人为什么会住在一个比狗窝更脏乱差的地方，你对这个问题就没有一点点的想法和行动吗？"

"有的。这说明现在的狗住得太好了，在宠物狗生活得如此奢侈的同时，我们还有很多人类同胞在过着水深火热的生活，这应该要引起社会足够的注意。我决定要为此给《鹤去日报》的社论版投稿发表我的观点，并去给山区贫困儿童捐款。"

"懒你就直说。"看着秦休央一本正经地胡说八道，白冉可在心里翻了他好几个白眼。

白冉可径直走进房里，拿起垃圾袋就收拾起了地上的啤酒罐："看在你帮我找房子的份上，我就帮你搞一次卫生吧。"

秦休央关上房门，若有所思地望着白冉可忙里忙外地为自己收拾着客厅的样子。那个小小的身影，让他那双漆黑的眼眸都暖了起来。

白冉可艰难地把客厅收拾干净，便已经累得腰酸背痛，但她还是秉着"帮人帮到底，送佛送到西"的心情打算去给秦休央收拾卧室。

秦休央的房门没有关上，白冉可进去时，他正在把被雨水打湿的上衣换下来。在卧室橘色的灯光下，他袒露着上身，性感的锁骨下是结实的肌肉，流畅的人鱼线勾着人的目光一直往下延伸，直到那让人害羞的部位。他穿着衣服的时候显得颀长清瘦，白冉可完全没有想到他脱了衣服之后，身材这么好……

可能是灯光问题，秦休央并没有发现她的脸红，只是像没有看到她进来一般，继续裸着上身在杂乱不堪的衣柜里寻找着一件能穿的上衣，但可能是衣服太乱，他找了很久。他的眼睛习惯性地微微眯着，完全不知道自己这个样子有多么让人血脉偾张。

看着秦休央一副没事人的样子，白冉可也就只好假装不介怀，背过身去给他整理床铺。她分明感觉自己的心跳快了不止半拍。明明已经看不见了，可是刚才看到的那诱人风光却一直在她脑海里回放，她的脸不由得烧了起来。

在心烦意乱下，白冉可也是过了好久才把房间收拾好。

大功告成后，她擦了擦额上的汗水，走出房间就看到秦休央从冰箱里拿出了一袋泡面，忙问道：“你要干吗？”

“台风天叫不了外卖，我吃……”

秦休央话音未落，手上的泡面就被白冉可夺走，塞回了冰箱。白冉可关上门，说道：“你们救援队员的身体很重要的。别吃泡面了，我做了奶油炖菜，去我家吃晚饭吧。”

白冉可带着秦休央回到家时，炖菜的汤汁刚刚煮好，整个厨房都散发着奶油的浓郁香气。白冉可指着厨房里摆放的食材，问秦休央：“你喜欢什么食材，就拿出来吧，我帮你直接下锅炖就好。”

厨房里的众多食材，秦休央发现有很多都还没处理，只有一碗虾仁被剥得干干净净，看上去晶莹剔透，不难让人猜到这是主人快要准备下锅的材料。

“你喜欢吃虾仁？”秦休央有些在意地问。

“不是，那是给主任准备的。我打算在奶油炖菜里面放虾仁，明天带去送给他吃。我经常看到他带的便当里会放龙井虾仁，所以有一次就问起了他。他跟我说，他太太在世时，知道他喜欢吃虾，特意为他学做的龙井虾仁……”

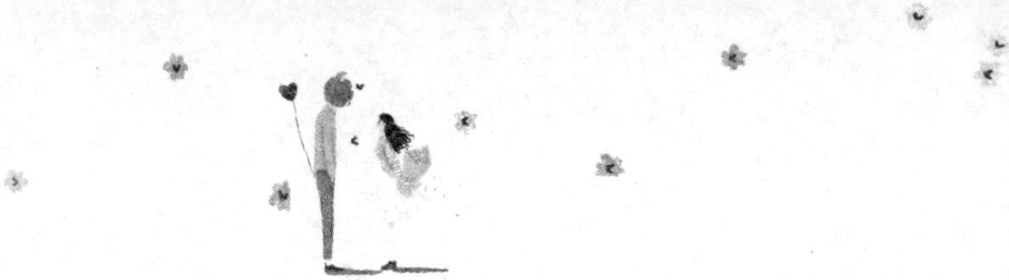

白冉可话还没说完，就被秦休央冷冷地递到她面前的一碗牛肉打断了，秦休央看上去有点不悦：“我吃这个。”

到嘴的话被迫咽了下去，白冉可心里有些不爽，但又不好发作。她把牛肉处理干净放进煮好的汤汁锅里，心里念叨着：真是的，不帮我想办法追主任就算了；我每次一提起主任，他都要硌硬我一下是什么意思？

牛肉放进锅里的时候，白冉可看到汤汁没冒泡，觉得有些奇怪，低头一看，发现没火了。

其实昨晚做菜的时候就发现快没燃气了，白冉可便让燃气师傅今天送了一瓶新的过来，只是下午的时候，白冉可上班没在家，燃气师傅便把燃气瓶放在了一楼的储物间里。白冉可发现自己下班后便把这事忘了。

住老城区就是这点不方便呢，没有天然气。

“没燃气了，我去储物间搬瓶新的来换，你等一下啊。”说着，白冉可便打算解围裙。

“哪有让女孩子去干这种搬搬抬抬的活的。”秦休央抓起筷子就往白冉可头上敲去，他望着她的眼里，有几分嗔怨又有几分无奈。秦休央打开门，往楼下储物间走去，抛下的一句话却不大像是就事论事，“真是个蠢女人……”

可是，之前在家的时候，她也是自己搬的呀。所有人，就连她自己都习以为常了呢。

看到秦休央搬着燃气瓶回来，白冉可便想着自己去换，可秦休央似乎是没有猜到她会想自己换，就没有让开。白冉可一弯腰，便撞进了秦休央的胸膛。淡淡的香烟味道撩动着她的鼻尖，他的胸膛呀，似乎比看上去要柔软和温暖呢。

被自己这个想法吓到，白冉可连忙往后退了两步，这才怯怯地抬起头，去看秦休央。

秦休央双眸暗了几分，脸色似乎不大好："一边去，别挡着我。"

生气了吗？白冉可乖乖地让到一边，看着他把燃气换好。

白冉可重新开火，看着锅里的食物冒出一个个小泡沫，发出"咕噜咕噜"的声响。她用勺子，耐心地顺时针搅拌着炖牛肉，轻轻缓缓。

她朝客厅望去，秦休央懒懒散散地瘫坐在客厅的沙发上，等着吃饭，就像是在自己家一样。窗外，因为台风天雷雨交加，她本来是个很怕打雷和闪电的人啊，但不知道为什么，此刻却觉得很安心。她第一次觉得人生好像有了一个庇护所一样，只要躲在了里面，外面无论有什么东西，都不会被伤害到了。

"好了，吃吧。"白冉可把做好的炖牛肉放到秦休央的面前，见一向意见超多的秦休央默默吃着，忽然很在意他觉得好不好吃，便凑过脸去，"好吃吗？是怎样的味道？"

秦休央平时那么吊儿郎当的一个人，此刻却停了动作，想了很久，才很认真地说："具体什么味道有点说不上来，有点像是家里饭菜的味道。不过，我也很久没在家吃饭了……"

"如果不介意的话，要不，你每天晚上来我这儿吃饭吧。"

不知道为什么，白冉可觉得秦休央的话听来有些落寞……不知道为什么，她便把这句话脱口而出……

（4）溶洞救人事件（1）

秦休央倚在衣柜上，微眯着的双眸在卧室昏暗的灯光下，深情款款。白冉

可埋在他的怀里，双手在解着他衬衫的第一颗纽扣，他性感的锁骨在衬衣下若隐若现。白冉可一颗一颗解开纽扣，缓缓向下，直到他的胸脯完全暴露在了空气之中，她才停住了动作。

可此时，她的手却被他抓住了，他深情地望着她，漆黑的眸子里似乎有火焰在静静燃烧。他把她的小手放在他的皮带上，声音里似乎带着一丝欲望："这个……也解开吧……"

……

白冉可从床上爬起来，连喝了好几杯水才勉强调整过来呼吸。

见鬼了！见鬼了！怎么会做春梦梦到秦休央那家伙？一定是昨天不小心看了他换衣服的原因！

现在才清晨六点多，距离上班时间还早得很，要是平时白冉可肯定就回去睡回笼觉了，可现在怎么还可能睡得着！白冉可去了厨房，把今天要带去江氏心理医院的炖菜一一准备好。

但她万万没想到，当她提着两大袋子的便当盒出门的时候，居然刚好看到了从对面出来的秦休央。正如她万万没有想到，秦休央昨晚也做了一个梦。

他梦到白冉可在他房里为他整理着床铺，为了把床单铺平，她整个身子都几乎趴在了他的床上。她穿着夏天的连衣短裙，年轻的身体曼妙柔软，连衣裙下的双腿修长白皙，可能是因为有些热了，她把长发绾到了一边，露出的光洁脖颈迷人得让人挪不开目光。

他一手搂上了她不满一握的细腰，一手握住了她的纤腕，把她压倒在床上。她倔强而又羞怯地望着他，双颊殷红，一双杏眼仿佛能掐得出水来。他在慢慢地欺近，她把脸微微别开，语气听来半分像命令又半分似求饶，让人心痒不已：

“轻……轻点……”

……

因为经常训练的原因，秦休央平时都很早起床，但因为昨晚的梦境实在太香艳，他今早硬是拖到了快九点，才从床上起来。

虽然彼此都不知道对方昨晚的春梦，但两人见面时，都尴尬不已。

“早……”白冉可咽了一口唾沫，打着招呼。

“嗯。”秦休央眼神躲闪，见白冉可提着两大袋子的便当盒，便飞快找了话题，“你给林时无带这么多吃的，他吃得下吗？”

“不都是给主任的。全医院那么多人盯着，光送主任一个有点难为情，所以我给医院里关系跟我比较好的都带了一份。但别人都是一次性便当盒，只有主人的便当盒是特别的。”

白冉可见秦休央眼神淡漠，便不爽地把其中一个便当盒递到了秦休央的面前：“昨晚不是说不能让女孩子做搬搬抬抬的活吗，帮我拎着。”

秦休央好像小声地骂了句什么，夺过白冉可手上的两袋便当，便头也不回地往前走去。

“我学着食谱，做了奶油炖菜，大家试试看好不好吃，给我点建议。”白冉可笑着把便当盒一个个分发给了在茶水间的同事，见林时无并不在茶水间，便假装随口一提，“主任呢，我顺便拿一份给他。”

“在他的诊室里。”小护士一边吃着，一边回了句。

白冉可紧紧地把那个特别的便当盒捏在了手心，深呼吸一口气，敲响了林时无诊室的门。可能是因为一见到坐在桌后的林时无就开始紧张不已，她感觉

她的手心已经开始渗出了汗来。

“冉可？”林时无抬起目光，循声望去。

白冉可抿了抿唇，走进诊室，害羞地把藏在身后的便当盒拿了出来，拘谨地笑了笑：“主任，我做了奶油炖菜……那个随便做的，你要不要拿来当午饭？”

林时无望了一眼便当盒。白冉可一直没敢鼓起勇气直视林时无的眼睛，所以她并没有看到林时无了然的眼神。也是呢，那么漂亮的便当盒，一看就是用心准备的吧？

“不好意思呢。”林时无并没有伸手去接白冉可手上的便当盒，他的脸上浮出几丝带着歉意的微笑，“我刚点了外卖。”

白冉可有点愣住了，她留意到林时无手机屏幕上刚弹出的点餐软件的插屏，这说明才刚刚打开点餐软件，绝对还没有点餐的。

为什么主任总是毫不犹豫地就拒绝自己？这么久了，为什么自己每次如此精心地准备，主任却连一点点的机会都不愿意给自己？自己……真的不可能会被人喜欢吗？

“嗯……”白冉可勉强挤出一丝笑意，点了点头，拿着便当盒走出了林时无的诊室。

在她转身之时，她听到林时无的手机响起，手机语音提醒“朱颜来电”。

当她回到自己的诊室时，秦休央坐在椅子上，看着她灰溜溜的样子，一脸欠揍地问：“咋了？又被林时无拒绝了？”

“什么叫又？”白冉可白了他一眼。

她在秦休央对面拉开椅子，把便当放在桌上，像个泄了气的皮球一样坐了下来，用手托着腮帮子，叹了一口气，跟秦休央抱怨：“我为了做这个奶油炖菜，足足准备了一个多月，熬汤汁的调味料，也是我跑了大半个鹤去市才买齐的。但是主任别说吃了，连看都不愿意再多看一眼。为什么每次都是这样，为什么主任就像是害怕病菌一样拒绝我的好意？我真的有这么没用，这么让人讨厌吗……”

白冉可说着说着，声音里便染上了几分酸楚。

“他不吃我吃。”秦休央打开便当盒，夹了一口虾仁塞进嘴里，有点夸张地拉长慵懒的声调，“这不是做得挺好吃，挺有用的嘛。”

白冉可“扑哧”一笑，杏眼扬起：“算你识货。”

看秦休央津津有味地吃着炖菜，白冉可心头的阴霾被一扫而光，似乎体会到了一种被需要的满足感。

“等我下班要不一起去买菜吧，你想吃什么我给你做。”

还没得到秦休央的回答，白冉可就看到门前出现了一个熟悉的身影：“主任……”

该不会是主任在点餐软件看了一圈，都没看到想吃的外卖，所以改变主意，还是决定吃我做的奶油炖菜吧？脑海里冒出了这个想法，白冉可立马望向便当。

白冉可的目光让秦休央感受到威胁似的，他警惕地凑近便当，飞速地扒了几口，把虾仁吃了个大半。

可是他们很快便发现，在林时无的身后，还有另外两个人——

“院长！”

“刘局！”

白冉可和秦休央同时喊了起来。

江氏心理医院的院长江重华和鹤去市民防局的刘局一起出现，让白冉可的

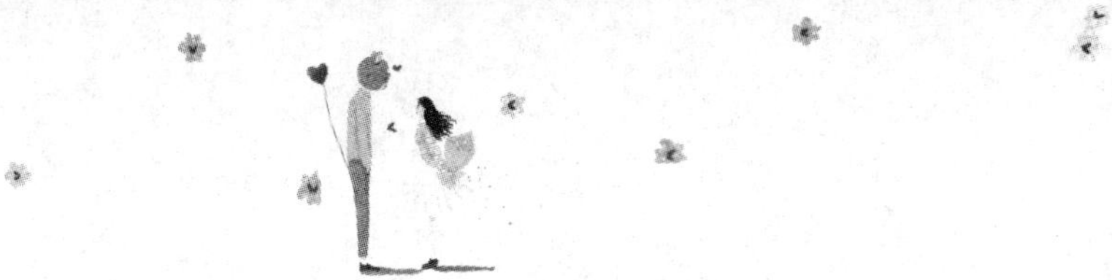

内心隐约生出了一丝不安。

“是有什么事吗？”白冉可忍不住率先开口。

刘局点了点头：“茶光市有十名大学生昨天去了‘玫瑰溶洞’深处庆生。可是因为昨晚台风‘珍珠’登陆茶光，超强暴雨导致溶洞水位上升，他们被困在溶洞无法安全撤出。现在水位还在上涨，他们的情况十分危急。我们市民防局决定派出救援队进行支援，经过讨论，决定暂时取消秦休央的吊销紧急救助师证的处分。所以现在，鹤去市浮屠紧急救援事务所一分队队长秦休央，立马前往茶光市，参加救援任务！”

“嗯。”江重华上前一步，推了推厚重的金丝边框眼镜，望着白冉可，“出于秦先生现在还处于心理咨询干预期的考虑，作为他的主治医生，冉可，你跟着一起出任务。”

（5）溶洞救人事件（2）

直升机在距离溶洞最近的空地上降落，白冉可刚跟在秦休央的身后下了直升机，就听到一把粗犷的嗓音，声声急促：“所长，你就让我进去吧！”

白冉可循声望去，是之前在隆记茶餐厅为庆祝秦休央被停职送横幅给唐浩然的男子。他正站在卢所长面前，一脸的焦急与哀求。

“副队，你冷静一点……”

二狗话音未落，副队便红着眼吼了二狗一句：“我唯一的儿子就在溶洞里面，你让我怎么冷静？”

“要不让我来指挥吧，所长。”唐浩然见状上前，对卢所长说，“你给我一个机会，秦休央能做的，我也能做！”

“终于来了……”卢所长看到秦休央和白冉可来了，脸上的沉重表情瞬间舒缓了几分，丝毫没有注意到唐浩然说的话。

唐浩然吃了个瘪，内心自然不爽，白了秦休央一眼就开口：“这么危急的时刻，你还来得这么迟？真是的，就知道跟小女友卿卿我我！”

什么鬼？我们一接到任务就马不停蹄地过来了好吗？还有谁是小女友？谁卿卿我我了？

但是见现场气氛凝重，白冉可也就没有把话说出口。

“你费这么多口水说这些有的没的，还不快把情况跟秦休央交代下！”

被所长如此一怼，唐浩然只好无奈地跟秦休央说明着情况：“现在溶洞里有十名被困人员，九男一女，都是茶光大学的大一学生，生命体征稳定。

“溶洞通道狭窄，地形复杂，因为台风‘珍珠’带来的暴雨，溶洞内的水位急剧上升，水流湍急。而且目前雨势较大，所以，抽水设备也没法及时进行排水，水位仍在上升。如果三个小时内不能把人救出，那么被困人员很有可能会面临着被溺死在溶洞内的危险。

“所以，我觉得应该立刻在热源定位的基础上，用我们现有的最大功率的钻井机自上往下打出足够一人通行的洞，利用绳索把人一个一个地救上来。”

“不行。”秦休央很干脆地拒绝了唐浩然的计划，他的表情很鲜见地变得严肃起来，“溶洞地形复杂，就算有热源地位，也未必能保证钻井机在作业期间路线不会出现偏差；而且溶洞的地质条件并不好，我们也不能保证钻井机的大规模运作，会不会引起塌方。”

“那你有什么办法？”

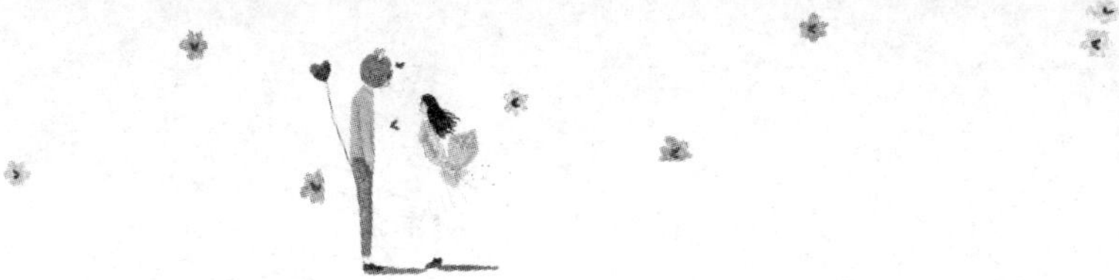

秦休央蹙着眉宇，黑眸熠熠，抿唇沉思好一会儿，随后面对身后的救援队喊道：“全体立正！”

训练多年得出的服从性，使救援队员们立刻在秦休央的命令下，三秒内站成了整齐的方阵。

“已经获得了 PADI（国际专业潜水教练协会的缩写）的救援潜水员证书的队员上前一步！”

包括唐浩然在内，有五名救援队员站了出来。

“连我在内六人，两人一组，我和唐队一组、罗家良和罗萝一组，剩下的两个人一组。每组带着潜水设备，依次进入溶洞，去到被困人员所在地点，每次带一个被困人员出来。在保证安全的前提下，一定要快！明白没有？”

白冉可玫瑰色的双唇因为震惊而微微张启。秦休央一身黑色制服，目光坚定、表情冷峻，完全没有半分平时吊儿郎当的样子。他的声音褪去慵懒迷离的声调，低沉而又使人信服。

这样认真的秦休央，让白冉可有些移不开目光。

“明白！”回应秦休央的是清晰响亮的声音。

为了增加救援的安全性，卢所长要求前去参加救援的六名人员都戴上微型摄像头和通话装置，虽然摄像头在水中无法工作。

见作为第一组出发的秦休央忙着整理潜水装备，白冉可便问二狗要来秦休央的摄像头和通话装置，打算帮秦休央戴上。

秦休央愣了愣，但很快恢复了平常神色，他一言不发，继续整理着潜水装备，任由白冉可为自己把东西戴好。

……

救人刻不容缓，前去救援的秦休央与唐浩然很快消失在了溶洞的水面。大概过了十分钟，实况转播的屏幕上出现了影像，影像很快变得清晰。几个孩子出现在屏幕之上，目光惊惶。

“是……是我儿子！”副队几乎整个人扑到了屏幕前面，目光欣喜。

守在屏幕前的参加救援的人，紧揪着的心亦稍稍放了下来。

“我们是鹤去市浮屠紧急救援事务所的救援队员，我们这就来救你们出去。”屏幕里传来了唐浩然的声音，“我们会有救援队员分批进来，每次送进一套潜水设备，每次带其中一人撤离。我们会教给你们一些简单的潜水技能，我们会想尽办法保证你们的安全。希望你们保持冷静，跟我们有序撤离。”

“想尽办法保证我们安全？你们说得好听！”屏幕之中，一个高个子的男生情绪激动地反驳着唐浩然，“这水位升得这么快，迟一点出去的不分分钟被淹死了吗？”

男生话音刚落，其他被困学生纷纷起哄——

“我要先出去！”

“带我先出去！我爸妈还等着我回家！”

“我才刚成年还不想死啊！我还不想死啊！”

“……”

“一分钟之内给我猜拳决定顺序。要是一分钟内没解决好，我就走了，留你们在这儿慢慢吵。”秦休央的声音听来有些隐忍着怒意的阴冷。

一开始吵得面红耳赤的孩子，都纷纷冷静了下来。

“那个……大哥哥……”有一个方才一直站在角落里的清秀男生指着在场唯一的一个女生，怯怯开口，“如果我选择最后一个出去，你们可以带她第一

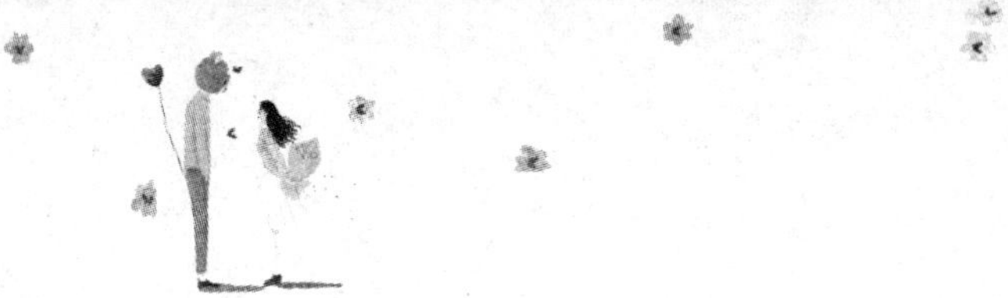

个出去吗？”

（6）溶洞救人事件（3）

“可以。”屏幕里没有投射出秦休央的脸，白冉可也就不知道他说这话时，到底是什么样的心情。

被清秀男生所指的女生望着他，眼睛红红的，说道：“谢谢你，李糖心。”

就这样，女生排第一、李糖心最后，其他学生也通过猜拳很快决定了顺序。秦休央跟女生交代了一些基本的潜水技巧，唐浩然为女生戴上潜水设备后，便带着女生下水了。

随着屏幕重新变得一片漆黑，众人的心又开始不安了起来。

大概过了二十分钟，溶洞前的水面激起了一阵特别大的水花，秦休央和唐浩然架着被救出来的女生就往高地上走。

女生因为脱力坐在了地上，守候在一旁的医疗队员连忙上前，要带女生去医院检查身体，但是女生却死活不愿意离开，一双眼睛紧紧地盯着屏幕：“我要等他出来……”

秦休央走到第二组要出发的二狗和罗萝面前，拔开氧气罩面具，跟他们交代着救援要注意的事项。

可能是因为有着第一组的经验，第二组很快把人救了出来，是之前反驳唐浩然的那个高个子男生。

见高个子男生被救上来，本来坐在地上的女生挣扎着站了起来，冲了过去，一把抱住他，喜悦的泪水从她的脸上滑落：“太好了，我们都没事就太好了。”

她拉着高个子男生的手，含泪带笑，“我们都跟医生去医院检查身体吧。”

看到女生跟着高个子男生走远，在场的人心里都很不是滋味。那个毫不犹豫地选择以命为代价救她的男孩啊，就这样被她毫不犹豫地遗忘。

白冉可看到副队狠狠地往旁边的桌子上砸了一拳，久久没有说话。

一个半小时过去了，水位越涨越高，被困学生还剩两名没有被救出。秦休央与唐浩然互看一样，居然很默契地潜入了水中。

在屏幕上，白冉可可以很清晰地看到，被困学生已经被水淹到了膝盖。

秦休央和唐浩然加快速度地为除了李糖心之外的那个卷发男生戴着潜水用具。

“李糖心，这趟我出去，我们以后就不知道能不能再见面了。有一件事，我一直想不明白。”卷发男孩望着李糖心，犹豫了好久，最后还是说了出来，“你也知道你女朋友阮蔻跟立帆好上了吧。你用命去救她，值得吗？你死了，他们不是就更有理由开开心心地在一起了吗？”

李糖心的脸上浮出了几丝与他年龄并不相称的苦涩笑意：“如果阮蔻她觉得跟立帆在一起，比跟我在一起更幸福的话，那我在天之灵也会祝福他们的……”他喃喃着，“我最想的是她要幸福，就算这份幸福里没有我也没有关系。”

“秦休央，怎么了？体力不支吗？”在一旁的唐浩然见秦休央停下了给卷发男生戴潜水用具的动作，便问。

“没事。”

两人刚把卷发男生带出溶洞，只听“轰咚”一声如雷巨响，众人循声望去，便见得溶洞口坍塌了，原本宽敞的溶洞口被滚下来的石块堵塞住了。准备下水

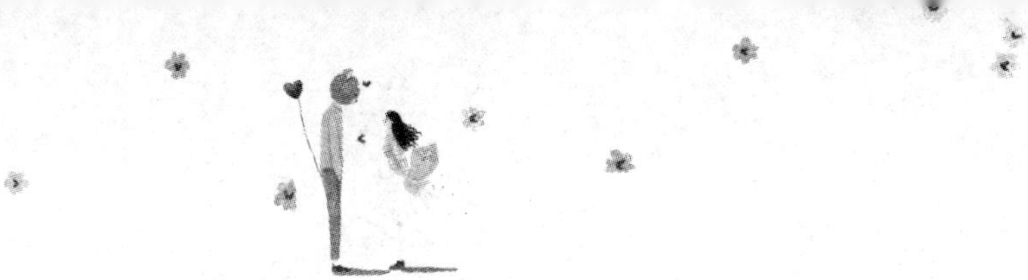

去救李糖心的二狗和罗萝愣住了，他们迅速前去检查溶洞入口。

“秦队，这个入口已经很难容人通行了，强行通行会有危险，怎么办？要不要立刻组织人清除障碍？”二狗向秦休央投去了求助的目光。

刚解下氧气面罩的秦休央一边喘着气，一边说：“里面的人等不到我们清理石头了。”

“把那孩子的潜水用具给我。”秦休央夺过唐浩然手中的潜水用具，“你刚拿牌没两年，别进去了，进去也只能添乱。”

“你难道想自己一个人去救那孩子吗？一个人带着潜水用具去给那孩子穿上，然后护着他游出地形那么复杂的溶洞，你这也实在太乱来了！”唐浩然不敢置信地望着秦休央。

秦休央只是淡淡说道：“我不能眼看着那孩子去死。”

得知秦休央想要独自去救人的想法，卢所长也走了过来，一脸担忧地望着秦休央。

“你的体力能支撑得住吗？”

“我没问题的，所长。”秦休央的声音因为脱力而有些虚弱，却不减坚定。

见秦休央坚持，眼下也没有别的办法，卢所长也不好再劝阻，只是一脸愁色地望着秦休央，欲言又止。

看到大家担忧的样子，白冉可不可能猜不到秦休央此行有多么危险。她看着秦休央镇静地检查着装备，但是她却比秦休央要慌张。

眼看着装备一样一样地被检查好，白冉可的心里油然而生一种恐惧感。她在害怕，她害怕那个她平时觉得很讨厌的秦休央、那个嘴硬心软的秦休央、那个会护着她的秦休央，会回不来了……

刹那间，她忽然好想去抓住秦休央的手，可是她却不能这么做。她只能安安静静地看着秦休央继续他的动作，鼻子却不自觉有些泛酸。

可能是秦休央留意到了她的不舍目光，在出发前朝她走了过来。

白冉可有些怔住了，抬起目光呆呆地望着秦休央。

“等我回来一起去买菜吧。”

秦休央只留下了这么一句话，就消失在了溶洞的水流中。

等到屏幕上重新映出画面时，白冉可发现，水位已经上升到李糖心的胸口。秦休央催促着李糖心赶紧戴上潜水设备，李糖心反而催促着秦休央离开。

“大哥哥，你赶紧走吧。我从小水性就特别差，我知道我肯定出不去的。你能把阮蔻救出去，我已经很感激了。我知道现在情况肯定很危险，如果你为了救我，和我一起死在这里的话，我内心会很不安的。”说完，李糖心的脸上反而露出了很解脱的表情。

秦休央久久没有说话。

“我这人啊，不太会安慰人。”过了好一会儿，白冉可才听到屏幕里传出声音，“白医生，你听得到我的声音吧，要不你教教我怎么说鸡汤吧？”

被秦休央点名的白冉可夺过卢所长的通信器，说道：“还说什么鸡汤！你帮我跟他说，去他的‘这份幸福里可以没有我’！如果没有他，谁去给阮蔻幸福，立帆吗？用脑子好好想想，这次立帆都没有舍命去救阮蔻，下次阮蔻有危险，立帆能像他豁出命去救阮蔻吗？他一定要活下去！他一定要出来！就算是为了留着命在阮蔻危险时再去救她一次都好！”

你一定要活着，你们一定要给我都活着！

秦休央把白冉可的话复述给了李糖心，李糖心这才配合着秦休央，穿戴好

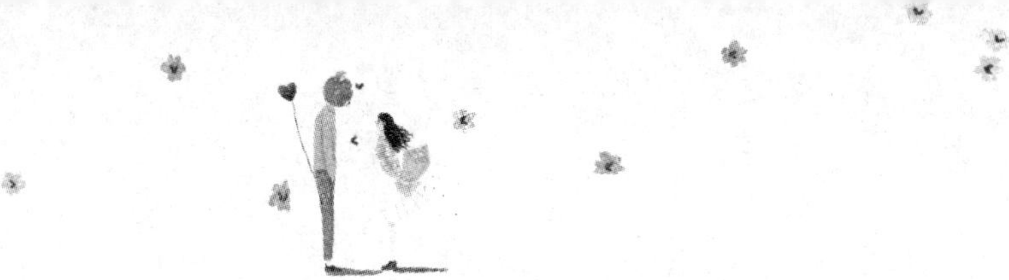

潜水用具，下了水。

二十分钟过去了，要是平时人早就出来了，可现在溶洞口前什么都没有，一点水花都没有。屏幕也是一片漆黑，这种过分的安静让人害怕。白冉可紧紧地握着拳头，丝毫没有留意到指甲已经把掌心掐出印痕来。

又过了五分钟，水面上忽然激起水花，穿着潜水设备的李糖心出现在了大家的视野中。

“儿子！”副队立马扑了过去，把李糖心拥在怀中。

秦休央呢？他怎么还不出来？白冉可盯着平静的水面，心里莫名开始有些不安。

“爸爸！”李糖心解开氧气面罩，一脸焦急和内疚，“爸爸你快去救那个大哥哥！在游到一半的时候，我的氧气面罩撞到了岩石上撞坏了，那个大哥哥就把他的装备给了我，他把我往出口这边推，自己却被水流冲走了！”

（7）溶洞救人事件（4）

白冉可被李糖心的话吓蒙了，后背出了一层冷汗后，只觉通体冰凉。

二狗、罗萝和唐浩然立马穿好潜水设备，在卢所长的指挥下，进入溶洞内一百米进行搜救，却一无所获。

天上又开始下起了暴雨，却没有人有心思撑伞。

“所长，怎么样了？”把李糖心送到医疗队在一旁的临时帐篷后，副队连忙赶了回来。

卢所长摇了摇头：“怕是凶多吉少，你去联系一下他妈妈……”

听了卢所长的话，白冉可望着溶洞口，隐忍已久的泪水扑簌而下。

就在这时，在距离溶洞出口大概几十米的地方，一个黑色的身影出现在了白冉可的视线中。

秦休央拖着疲惫不已的身躯，涉水而来，才刚走到高地，便累得呈大字形躺在了地上，闭上了眼睛。雨水簌簌而下，可是他却像脱水已久的鱼一样，一动不动。

白冉可连忙撑开伞，去给秦休央挡雨。

秦休央感觉脸上的雨水停了，便像一个忽然被叫醒的孩子一样，睁开带着迷惑的惺忪眼睛。见是白冉可在为他打伞，便半眯着眼睛，又重新恢复之前那种懒懒散散的调子，像工作日要上班而周末不想干家务活的丈夫一样说道："我太累了，你先让我歇歇再去买菜吧。"

白冉可破涕为笑，轻轻地踢了躺在地上的秦休央一脚。

"可以。但我买菜的时候，想顺便再买五十斤米，粮油店送上门的话要另外加钱的，你负责搬吧。"

秦休央抱怨："真是一个不懂得心疼人的女人呢。"

插科打诨你是比不过秦休央的。

白冉可懒得跟他说些有的没的，便有些好奇地问："你是怎么出来的？"

"我被水流冲走后，爬上了溶洞里的另一块高地上。我发现那块高地不远处有一个地方，有一部分水流往那儿分流了，我就猜测那边可能有出口。我顺着分流的水流游了过去，就游了出来。"

秦休央话音刚落，白冉可就听到身后传来了数人的脚步声。

白冉可转身望去，便看见副队领着一大群人在向秦休央走来，他们手上都

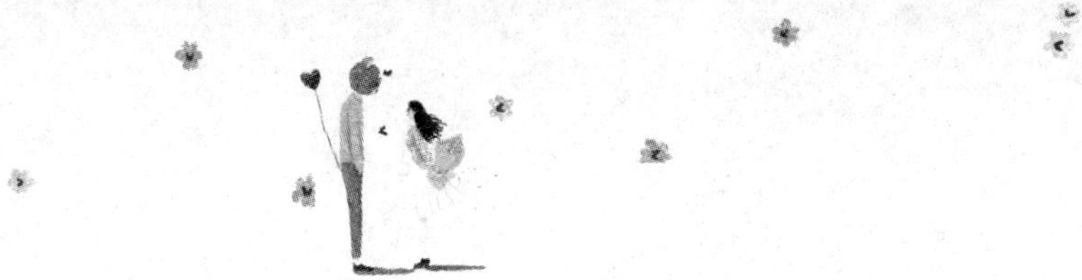

拿着从一旁柳树上折下的柳枝，脸色阴沉。

回想起之前在隆记茶餐厅的种种，白冉可内心暗叫一声不妙，又见秦休央像条咸鱼一样躺在地上一动不动，更是忧心忡忡，便用手护在了秦休央前面，冲他们气势十足地喝道：“你们想干吗？你们所长现在也在看着啊，你们不要乱来！”

秦休央见黑压压一群人朝自己走来，也勉强支撑着站了起来，把白冉可拉到自己身后。

“秦队，我错了！”副队猛地一鞠躬后，跟在他身后的七八个人都跟着鞠躬了，“之前的事情请你大人不记小人过！”

说罢，副队把手上的柳条双手递了过去，其他人也整整齐齐地递了过去，动作整齐划一得可怕。

“今天，我李霜染负荆请罪。秦队你要是觉得心里还有气，就用它打我出气，打到气消了为止！”

白冉可有点被这气势吓到了，而秦休央只是摇了摇头，淡淡地说：“不了吧，我证还没拿回来呢，感觉一柳条打下去，今年就都得在停职中过去了。退一万步来说，就算我现在没被停职，这样做也不好，别人很容易以为我们有什么特殊的癖好。”

听秦休央如此一说，李霜染陷入了沉思，过了好一会儿，他才挥了挥手，把李糖心叫了过来。

“既然我儿子的命是你救的，那以后我儿子就是你儿子了！”李霜染冲李糖心说道，“来，儿子，叫干爸！”

李糖心乖巧地朝秦休央鞠了个躬，怯生生地叫了声：“干爸。”

“恭喜你啊，喜当爹。”白冉可用手肘轻轻地撞了一下秦休央的肚子，一脸坏笑，用只有秦休央能听见的声音说道。

她还没来得及等到秦休央的回应，便又见李霜染指着自己对李糖心说：“叫干妈！”

“不！我不是！我不是！”白冉可连连摆手否认。

“很快就是了。”李霜染露出一副“我懂的”的表情。

“不，误会误会……”白冉可手忙脚乱地想要解释，可是当她看到在场所有人都带着一种“不用害羞嘛”的笑容望着她时，便觉得解释了可能也没什么用，便只好长长地叹了一声。

就在这时，她听到秦休央的声音从她的头顶传来：“喂，你们不要随便乱说话。”

太好了，事主要帮她澄清了。

白冉可连忙接着秦休央的话：“是呀，我和你们秦队……”

可白冉可还没来得及说多少话，就见所长腆着个油腻腻的啤酒肚走了过来，拍了拍秦休央的肩膀。

“秦休央你真是的，人家女孩子害羞也就算了，你一个大老爷们还害什么羞！”

“是呀，是呀！”救援队里一片附和之声，“秦队你啥时和嫂子去扯证？”

唉，似乎事主澄清也没什么用呢……

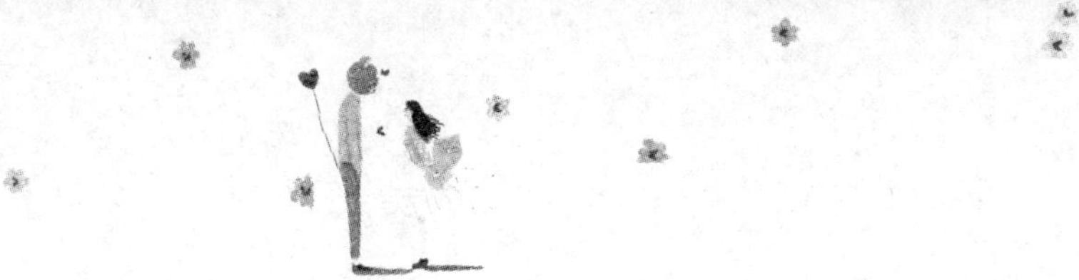

// 第四章 //

现在喜欢的是我了不起啊？

（1）林医生真的是个很好的人

刚刚做完最终测评的秦休央坐在林时无对面，他看到林时无拿着平板电脑，在专心致志地看他的测评结果。

林时无的诊室要比白冉可的大上几倍，装修多用冷色，看上来有几分极简、禁欲的味道。诊室的窗户今天只拉了白色纱帘，阳光从纱帘中渗了进来，洒在林时无的身上，他的脸在阳光中苍白得几近透明。他垂着眸子，长长的睫毛向上微卷，在狭长的眸子中留下荫翳，他嘴角似乎是习惯性地微微上扬，眼底却没有多少笑意，让人感觉温柔而又有些清冷。

这就是她喜欢的人啊。秦休央望着林时无，不免有些发呆。

林时无抬起头，望着秦休央浅浅一笑："秦先生的测评结果比起刚进来时似乎是有不少改变。从前坚持要做正确的事的秦先生，在这次的测评里，也认为'善意的谎言是可以被允许的'呢。是有什么事情，让秦先生的想法发生了改变吗？"

林时无的眼神和语调都温和得没有一点的侵略性，让人很容易对他敞开心扉。作为一个心理医生，他这条件得天独厚。

“我有一个朋友……她跟家里关系不是很好，家人对她很不好。但是她可能是真的很喜欢那个家，所以一直在很努力地忍耐。可是当时的我却气不过跟她家里人吵了起来，把真相撕给她看，劝她从家里搬出来……她却还是选择相信她的家人……”

秦休央像是陷入了回忆：“直到有一天，她发现，家里唯一对她还好的弟弟，原来只是为了利用她。她终于相信了我说的真相。她是那种眼睛里会有光的人，但是当她接受真相的那一刻，眼睛里所有的光都暗淡了下去，她的那种绝望感，让我觉得害怕。

“每次只要回想起她当时那个失落到极点的表情，我就觉得自己很残忍。

“如果可以，我从一开始就会假装不知道真相，甚至会想方设法让这个真相不被她发现。我开始觉得有些事情，也许不是正确就足够了……”

林时无安静地听秦休央说着，目光里似乎掠过了一丝艳羡。

“秦先生呀，是因为有了软肋，所以变得温柔了呢。”林时无下意识地把玩着自己的戒指，“那位朋友，对秦先生一定很重要吧？秦先生一定要好好照顾她啊。我当初就是因为没有好好照顾我的妻子，所以她才离我而去的。”

秦休央也是第一次听林时无说起他自己的事情，不免有些讶异。他望着林时无，开口问：“林医生和太太是怎么认识的？”

“是很久之前的事了，还是不说来耽搁秦先生的时间了。”林时无淡淡笑了笑，恢复了从前那种滴水不漏的样子。

他在测评结果上签上了自己的名字，把测评结果递给秦休央：“恭喜秦先

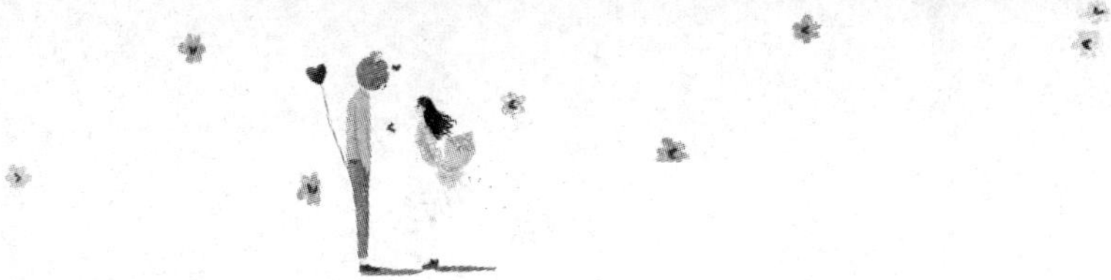

生通过测试，秦先生拿着这个去民防局走一下流程，就可以拿回紧急救助师证和恢复正常工作了。”

秦休央拿着测评结果走出诊室，在提起亡妻的时候，林时无的警惕态度让他稍微有点在意。他记得白冉可说过，林时无极爱自己的妻子，在她死后，林时无一直保持单身。可是为什么，一个对妻子如此深情的人，却不想别人提起他的妻子？

秦休央正是想不通的时候，就看到医院走廊上走过了一位老医生。老医生姓方，秦休央记得他在江氏工作好长一段时间了。

“方医生，有空吗，我想问你一件事。”秦休央一只手搭上了方医生的肩膀，把他拉到了一个比较偏僻的角落，压低声音问，“你知道林医生的太太是怎么去世的吗？”

方医生吃惊不已，问道：“怎么忽然问这个？”

“稍微有点好奇……”秦休央敷衍了过去。

方医生谨慎地望了望四周，见没有人，才小声地跟秦休央说：“他太太叫江鲤涟，是我们院长的独女。林医生和林太太是在大学的时候就认识了，两人感情特别好。林医生在大学时期就在心理学和精神病学里取得了重大的研究成果，被保送去国外知名研究院学习和工作。但是为了林太太，林医生毅然放弃了出国机会，选择了来江氏工作。

“他和他太太在毕业后，就立即结婚了，夫妻俩十分恩爱。但是好景不长，有一晚，他太太去参加同学聚会的时候，在聚会地点的天台遭到了轮奸。他太太无法接受这个事实，从天台上跳了下来，当场身亡。而当初轮奸他太太，造成这起惨剧的人，却因为证据不足，至今逍遥法外。

“他太太死后，有不少机构向他抛出了橄榄枝，但是都被他以‘要留下来照顾亡妻的父亲’为由拒绝了。即使他太太去世多年，他与院长依旧关系密切，大家都说他已经把院长当成了自己的父亲。林医生呀，从进入江氏以来，就一直很用心地对待每一位病人，而且对刚进来的年轻的心理医生，也是悉心教导。比如，你的负责医生白医生，她进来江氏后，也一直是林医生在带她。

“林医生真的是一个很好的人，在医院里，你最好不要提起他的伤心事。”

说罢，方医生便离开了。

白冉可早就等在了诊室里，她看到秦休央回来，立马站起来凑了过来，眼睛里迸发着让人难以忽略的光彩：“听说你通过主任的最终测评了！”

“你消息可真灵通。”看着白冉可高兴不已的样子，秦休央脸上的表情倒是有点淡了。

“告诉你一个好消息。”白冉可把藏在身后的手机拿了出来，把屏幕对着秦休央，笑得如同得到了糖果的孩子一般满足，“刚才HR给我发了短信，上面说，因为你的case非常成功，所以医院让我转正啦。接下来你的三个月跟踪检查期，也是我负责。为了庆祝今天我们双双好事临门，我们今晚一起出去吃饭吧？”

“你为什么不找林时无庆祝？”

秦休央这句话把白冉可给问蒙了。是呀，为什么不找主任？她自己也不知道，甚至没想到这个问题。因为当她得到这个消息时，她第一个想到的就是秦休央！

“大……大概是因为这好事是我们共同努力得到的结果吧，所以应该就是我们一起去庆祝我们的幸运日！”白冉可一时胡乱地编了个理由。

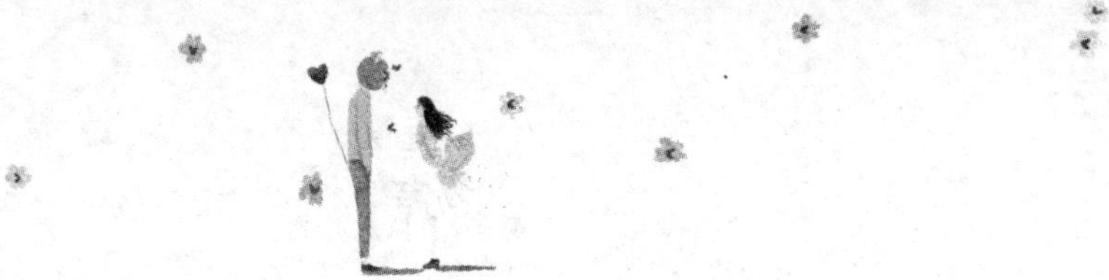

白冉可望向秦休央，不知是不是她的错觉，她觉得秦休央的脸上有一丝犹豫与挣扎，但很快消失了。

他像平素一样半眯着眼睛，一副吊儿郎当的样子：“那就去吧。前几天老李还说为了增进我和他儿子之间的干父子感情，要把他儿子借我玩几天。我今晚顺便叫他出来一起吃饭吧。”

儿子都能借来玩？是亲生的吗？

当然白冉可只是在心里这么嘀咕，到了嘴上便是：“嗯，我要带我干儿子去吃烤肉！”

（2）你该不会是嫉妒吧？

万象琉璃作为鹤去市最有人气的商业区，即使是深夜，也是灯火通明、人流不断。

出于强大的母性以及要转正了的底气，白冉可硬是拉着秦休央和李糖心在街上逛了整整两个多小时，给李糖心买了衣服和鞋子，顺利地花掉了她自己上个月一半的工资以及秦休央上个月的全部工资。

在秦休央钱包都掏得差不多后，白冉可这才恋恋不舍地带着李糖心进了烤肉店。

待到牛肉上来后，白冉可便不停地把烤好的肉夹到李糖心的碗里：“干儿子，你正是长身体的时候，多吃点！”

“谢谢干妈，谢谢干妈。”李糖心的碗里，嘴巴里都塞得满满的。

被晾在一边的秦休央，用筷子敲了敲空空如也的碗，提醒道：“虽然孩子的干爸已经不长身体了，但偶尔也请给干爸来点。”

“喊！”白冉可鄙夷地扫了秦休央一眼，把本来要给李糖心的肉递了过去给秦休央。

可因为秦休央坐在她的正对面，白冉可一时没注意，在递过去的时候手就被烤肉的锅烫了一下。她条件反射似的放开烤肉夹子，收回了手。

“干妈你没事吧？”李糖心见状立马放下了手中的碗。

秦休央也盯着她。

白冉可摸了摸被烫到的地方：“没事，没事。”

秦休央满眼的担忧，话说出来却是带着嫌弃的味道：“真是的，烤个肉都能烫到，我来吧。”

说罢，他操起夹子，把锅里的肉都夹给了白冉可后，便勤奋地烤着肉。

肉在锅里发出“刺刺”的声响，刺激着人的食欲。就在这时，烤肉店里传来了一阵渐近的高跟鞋的声音，白冉可循声望去，便见一位身材高挑的大波浪卷的年轻女子在朝他们走来。

女子上身穿着雪纺波点上衣，下身穿着鱼尾裙，得体的衣服勾勒出迷人的线条。她化着精致的妆容，潋潋桃花眼，灼灼小红唇，举手投足间都有着说不出的妩媚。

“秦先生吗？”女子望着秦休央，莞尔一笑，“浮屠紧急救援事务所一分队队长秦休央？”

“是。”秦休央的眸子里有些疑惑，但亦如实答道。

“冒昧打扰。我叫朱颜，是鹤去市最大的私营电视台——星辰电视台的节目策划人。有些话，我想单独跟秦先生聊一聊，秦先生方便出来一下吗？”

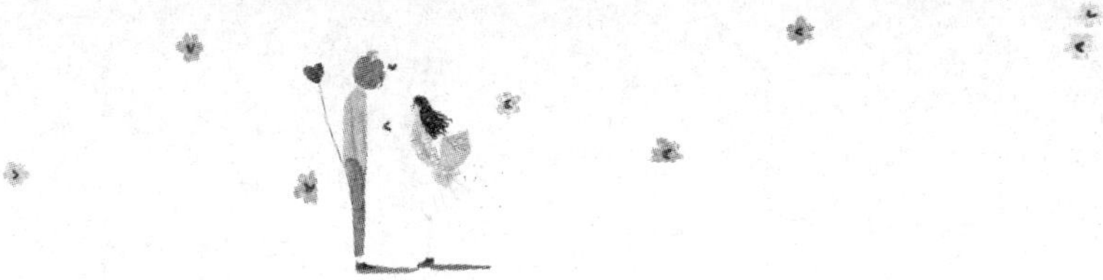

她的声音有几分江南女子的轻软味道，听起来像是开了一瓶杏花酿，气息撩人心尖。

秦休央也没有拒绝，跟着朱颜便出了门。

烤肉店的门是透明玻璃材质的，白冉可看着朱颜和秦休央在门口说话，因为隔得有点远，她听不清两人在说着些什么，但她看到两人好像……站得有点太近了啊。

白冉可移开目光，不满地对李糖心说：“你看看你干爸，一看到好看点的女孩子就贴了上去，很快你就要有新干妈了。”

李糖心默默地吃着碗里的牛肉，强忍着笑意，假装没听见白冉可刚才说的话。

过了好一会儿，秦休央才回来，朱颜跟在他身后唤了一声：“秦先生。”

“嗯？”秦休央回过头。

朱颜更近一步，几乎贴上了秦休央的胸膛，她把一张名片轻轻地塞进了他上衣的口袋，随后用那葱白般的手指拍了拍：“这是我的名片，要是秦先生改变主意了，随时可以找我。我为秦先生 24 小时 on call（待机）。”

她扬起眸子，勾唇一笑，不论是那勾人的红唇，还是眼角那抹绯红色的眼影，都美得摄魂。

说完，她转身离去，并没有看到白冉可充满敌意的眼神，而重新坐下的秦休央似乎也没有注意到。

秦休央想要把烤好的肉夹给白冉可，却见白冉可连忙把手中的碗避到一边。

“怎么了？”

“别用被别的女人碰过的身体来给我烤肉！”白冉可气呼呼地嘟着嘴。

“哈？”秦休央正一脸蒙，又见白冉可拎着包站了起来，便更是不解，“你又怎么了？”

“我去洗手间补个妆。”

“都这么晚了还补什么妆？”

“我乐意，我就是要做整条街最漂亮的女孩子！”白冉可撂下一句话，便头也不回地走了。

餐桌上便只剩下了秦休央与李糖心两个大男人，你看着我，我看着你，气氛一时尴尬了起来。

“话说，阮蔻的事情……你就这么算了，不再争取一下吗？”还是秦休央最先发话打破了沉默。

“不了。”李糖心红着脸，腼腆地笑了笑，“阮蔻喜欢的是立帆。她只会为他笑，只会为他哭，她的眼睛里只有他，她的神经只为他所牵动。有些东西只有是他给的，她才会觉得幸福啊。”

李糖心的话让秦休央沉默了好久。

他点了一支烟，仰起头双眼迷离地望了天花板好一会儿，吐出长长的烟雾：“像立帆这样的人真是幸福呢。”

他真的是很嫉妒林时无啊。

从烤肉店出来，已是晚上十点半了，白冉可和秦休央打了车，把李糖心送回学校。

学校离两人住的地方不远，白冉可便提议走回去。一路上都是白冉可在说，秦休央鲜见地没怎么接话。

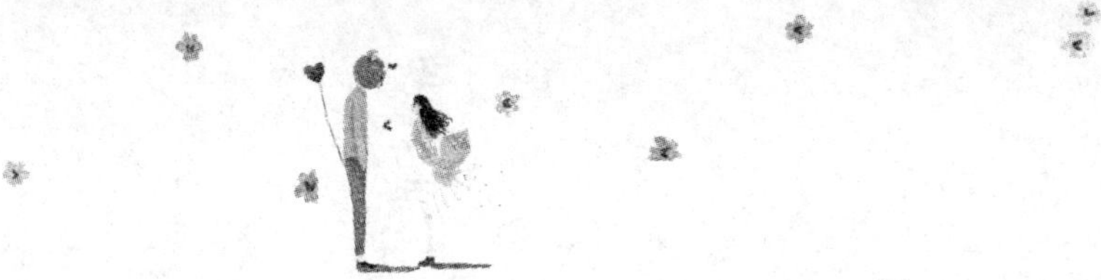

两人走到一家甜品店门口时，秦休央却忽然开口：“你之前不是想让我教你追林时无吗？”

“嗯？”白冉可不知秦休央为什么忽然提起这事，但当她看到甜品店门口的小黑板时，忽然明白了过来。

小黑板上写着——网红双层告白巧克力盒，本店有售！快带走它向心爱的TA告白吧！

秦休央买了一个巧克力盒子，和白冉可一起坐在甜品店的巴洛克风小桌子前。

“这个盒子有两层，第一层是普通的巧克力，第二层是心形巧克力。下面我跟你示范一下应该怎么用。”

“嗯嗯。”白冉可颇为认真地点了点头。

秦休央打开了盒子的第一层，里面装的是造型可爱的巧克力，有小熊形状、鲜花形状、云朵形状的。

“可可。”秦休央这一声喊得低低的，有点像情人间的呢喃，“要不要吃巧克力？”

白冉可被这一声喊得双腿发软，鬼使神差地拣了一颗巧克力，朝嘴巴里送去，可是视线却被秦休央的眼睛抓住了。

不知是不是甜品店的灯光太暧昧，还是秦休央此刻的目光放得太柔软，她居然从秦休央的眸子中看到满满的宠溺。被这样的目光注视着，白冉可不禁有些难为情。

“你吃着巧克力听我讲个故事好不好？我在出任务的时候，遇到一个女孩子，第一次见面，就被她说教了好久，当时就觉得她挺烦的，真的是不想再见到她第二次。

“但是很快，我们又见面了，她还成了我的心理医生，我当时心里很不服，拼命惹她生气，她却居然关心我、护着我，还傻傻地为我去跟一大队的人吵架。

“明明生日时我送的礼物那么寒碜，却又要那么高兴地收下；明明是因为我的原因，才不得不从家里搬了出去，但是看到我家脏了乱了的时候，却又帮我收拾干净；看到我在吃外卖和泡面，又要给我做饭；明明嘴上说着那么讨厌我，但是以为我在救人时出意外死了，又会伤心地哭了起来……”

秦休央深情款款，一双眸子温柔得似乎能滴得出水来。

白冉可的脸红了大半，心里像是闯进了一头小鹿，扑通扑通地乱撞。她甚至感觉，自己呼出的气息都是热的。

“其实有一句话，我一直很想跟那个女孩子说……”秦休央用纤长的手指打开了盒子的第二层，里面是一整块的白色巧克力，上面是黑色的字母“LOVE”，“我喜欢你……”

白冉可的心跳漏了一拍，世界好像忽然安静了，四周的景象在渐渐变得模糊。她的眼睛里似乎只有秦休央，她的脑海里满满的只有秦休央此刻温柔的目光。在这安静的世界里，只有秦休央那句“我喜欢你”像水滴滴进湖面一般，漾起了丝丝涟漪，在她耳边不停地回响……

他在向我告白，他喜欢我……

白冉可被这个念头吓了一大跳，立即摇头把脑海里的所有想法甩了出去。一定是那家伙他太会演了，弄得我差点都要信了他的大头鬼！

白冉可深呼吸一口气，迅速调整着心情。她笑着拍了一下秦休央的手臂，赞许道：“看不出来，你挺会撩妹的啊！”

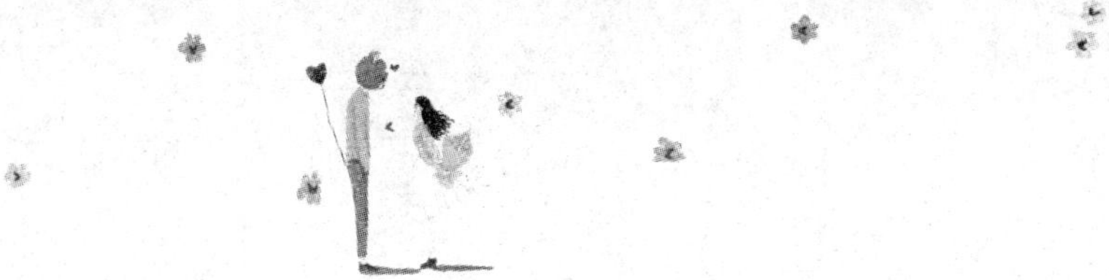

秦休央眯起眼睛，盯了白冉可好久，才小声地念叨了一句：“白痴。”

秦休央起身往门外走，白冉可带着巧克力盒追了上去。夜空只有疏疏几颗星，无论是挂在广袤的苍穹中，还是落入秦休央的眼底，都显得有些寂寥。

秦休央放慢了脚步，这段路走了好久好久，两人才回到家门口。

在白冉可掏出钥匙正在开门的时候，秦休央忽然小声地说了句：“真的只有和很喜欢的人在一起，才会觉得幸福吗？”

“啊？”白冉可没有听得太清楚秦休央在嘀咕什么，转过脸去打算让他再说一遍，却发现秦休央已经进屋关上了门。

（3）我对她的爱，并不因为她的死亡而终止

白冉可去到江氏的时候还很早，距离九点上班还有两个多小时，可她看到林时无已经坐在他的诊室里研究着病人的case了。

此时的光线还并不是很充足，可林时无没有开灯，但是在这种晦暗不明的环境中，他的神色倒是自然、放松了许多。

“主任，这么早。”白冉可拿着巧克力盒走了进去。

林时无闻声缓缓抬起了目光，他穿着亚麻色的上衣，可能是清晨气温有点低，他添了一件深灰色的薄开衫，衬着他苍白的皮肤，给人一种虚弱阴郁的感觉。

“嗯。我有一位新病人，她是我大学时代的学妹，她最近精神压力很大，所以过来找我了。我劝她去休假放松一下，但是她又不愿意放下她的工作，所以我在想有什么别的办法可以疏减一下压力。还有陆方奇，我也想看看我这边

有没有什么能帮上忙的，所以来早了一点。”

要说学妹还可以理解，但是陆方奇已经转到隔离精神病院，也就不归主任负责了吧？主任还这么劳心劳力，真的是一个好得让人没话说的心理医生呢，好得都让人感觉到有点不真实了。

“不光是学妹，主任偶尔也要放下工作放松一下呀。”白冉可抿了抿唇，把巧克力盒放到了林时无的桌上，“我昨晚逛街的时候，看到了特别可爱的巧克力，就给主任也带了些，主任试一下。”

林时无看了一眼巧克力盒，嘴角扬起了微微笑意：“我……”

“请主任一定要试一试。”看到林时无露出她再熟悉不过的欲要拒绝的表情，白冉可脱口而出。

当她听到自己居然对林时无说出这么强硬的话时，她被自己吓了一跳。回过神来，她才发现，什么时候她在主任面前的那份怯怯不安已经消失不见了？好像是从今天踏进这个诊室开始，她的心就很平静了吧？

不光是白冉可，林时无也愣了一下，随后轻轻地应了一声：“好。”

待白冉可打开第一层的巧克力盒子时，林时无挑了一块云朵形状的巧克力，含在口中耐心地等着巧克力融化，也在耐心地等着白冉可接下去的话。

白冉可望向林时无，他的目光温柔得就像是那皎洁的白月光，一如她初见时那般。

“主任吃着巧克力听我讲个故事好不好？”白冉可咽了一口唾沫，暗暗下定决心，是时候给自己这么久以来的感情一个交代了。

她水杏般的眸子紧紧地盯着林时无，目光褪去往昔暗恋时的羞怯，多了几分坦率与挚诚，如同在发光的璞玉，让人难以移开目光。

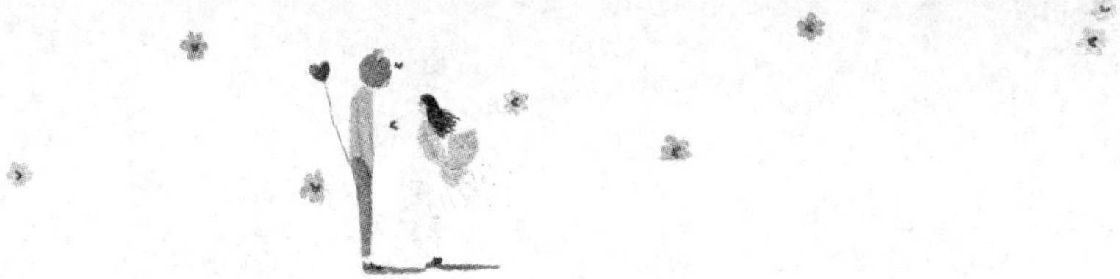

“我毕业之后，就来了江氏。江氏是我们鹤去市心理医院的权威。我进来时，我的成绩是被选上的应届生里最差的，我一直很惶恐、很害怕，我不知道江氏为什么会选我。直到有一天，有一个人告诉我，我有一双很坦率的眼睛，让人愿意毫无保留地把心里话告诉我，说我假以时日，一定会成为一个很优秀的心理医生。

“在入职培训的时候，这个人带着我们这些应届生做光线疗法。为了让我们更好地体会，就让我们在密不透光的小黑屋里待了两个小时。等到时间到了我想要出来，他却叫住了我。他走进小黑屋，用手掌遮住我的眼睛，才让我一步一步慢慢走出来。等到我逐渐适应了外面的光线亮度后，他才完全放下遮在我面前的手。

“其实，就在黑暗里待了两个小时，就算是忽然接触到光，那种程度的光也不至于对眼睛会有什么实质性的伤害吧？可他偏偏那么考虑周到、那么体贴入微，不想让人感觉到哪怕一点点的不舒服。

“他呀，不光对我如此，对每一个病人更是无微不至。看到病人在夸他好，我甚至比他还要高兴。

“等到回过神来，我发现我已经没有办法从他身上移开目光，我一直在偷偷地追逐着他的脚步，想要一直待在他身边，想要成为像他那么好的人……”

白冉可把手放到了巧克力的第二层，正要拉开，脑海里却忽然冒出了秦休央那张吊儿郎当的脸。

他抱怨饭菜不好吃时半眯着眼睛的不满，他瘫在自己家沙发抽烟时的百无聊赖，他护在自己前面时的霸道与认真……

她忽然犹豫了。

就在她失神的时候，林时无白皙的手指抵在了盒子上。

白冉可微微张开了嘴巴，有些惊愕地抬起眼睛，却对上了林时无有些疲倦和苍白的笑容。

“作为回报，我也给你讲一个故事好了，关于我和我的太太。

“我和我太太是大一的时候在大学的图书馆认识的，当时我在找一本很感兴趣的书。当我找到的时候，她也刚好伸手去拿那本书。我与她肌肤相碰，四目相对，一见钟情。

“我觉得她是这个世界上最好的人，没有任何人可以比得过她，从前如此，今后亦是如此。”

林时无垂眼望着他手中的婚戒，即使是在浓密的睫毛的遮掩下，他眸子中坚定与执着的欲念依旧让人瞩目，那狭长的双眸中，似乎有火焰在悄无声息地燃烧。

“在给她戴上戒指的那一刻，我向她起誓，我这辈子只爱她一人。我对她的爱，并不因为她的死亡而终止。”

即使去世这么多年，依旧能让主任对她念念不忘，主任的太太真的是一个幸福得让人嫉妒的人呢。

听了林时无的这番话，白冉可心里的石头像是落了地，忽然放松了。可是放松之后，却又无来由地感觉到了一种轻飘飘的空虚。

“我记得秦先生好像很喜欢甜食吧？第二层的巧克力，还是留给他吧。”

林时无的话让白冉可从发呆中回过了神来。

天开始亮了起来，在夏日的阳光下，诊室之前的阴暗一扫而光。林时无如同往常一样浅浅地笑着，温柔得像是没有棱角。这给白冉可一种错觉，刚才的

一切都像是没有发生那般。

林时无的笑容里隐约带着些打趣，只是白冉可没有察觉出来：“你还负责秦先生的跟踪检查吧，今天顺便去他的事务所一趟好了，回来把这周的跟踪检查报告发我。”

“嗯！”白冉可点了点头，跟林时无告别后，拿着巧克力盒走出了诊室。

刚才的一切都像是没有发生过？不，白冉可知道，那真真切切地发生了，就在刚才，以往那偷藏的爱慕，和那清晨前的晦暗一起，都在这夏日的清新阳光中消失了。

白冉可拿着巧克力盒哼着小曲，去了浮屠紧急救援事务所。

唐浩然在慢跑，一看到她来了，像是看到天上掉了一大袋人民币一样，本来还跟她隔了半圈的跑道，硬是以百米冲刺的速度奔了过来。

跑到白冉可身边的时候，他喘着粗气，露出幸灾乐祸的笑容，热情洋溢地说：“白医生，你是不是来找秦队？我知道他在哪儿，往这边走，过两个门就是了，他在三楼小会议室！用不用我带你过去？”

“呃……不用了，我自己过去就行。谢谢唐队啊……”唐浩然一反常态的热情让白冉可觉得有点害怕，连忙拒绝了。

顺着唐浩然所指的方向，白冉可走了过去，才刚走进小会议室所在的大楼的闸门，就看见了正在大楼里玩手机的李霜染。

李霜染一见是白冉可，就像是见了鬼，吓得手机都掉地上了。

“秦……秦嫂，你怎么来了？”李霜染说话都有些结巴了。

“是呀。”白冉可也没注意到，自己自然而然地接受了这个称呼。

见白冉可继续往前走，李霜染连忙捡起地上的手机，拦在了她面前，说道：“秦嫂呀，我们家糖心上周在他们学校的音乐节上弹钢琴了呢，那样子特别可爱。我拍了照片你要不要看看。”说罢，便开始打开手机相册，准备翻照片。

白冉可笑着说：“我跟糖心昨晚才刚见面，那照片他给我看过了。”

“秦嫂！”

李霜染忽然大喊一声，让白冉可愣了愣。紧接着，她就看到了李霜染一副严肃的表情，他像是下定了决心要宣告什么重大的秘密一般：“其实我……是一个儿子控！如果我儿子的可爱照片没能当着我的面被别人看见，我就会焦急得睡不着！”

“这……”白冉可被李霜染的一番发言惊到，用诡异的眼神自上而下地把李霜染打量了好几次后，才说道，“那……那我再看一次吧。”

“糖心啊，真的是越看越可爱。”白冉可接过李霜染的手机又重新把照片看了一次，随后把手机还给了他，往小会议室走。

见白冉可上了楼梯，李霜染一边追了过去，一边扯着喉咙喊：“秦嫂——秦嫂——你再等一等！”

眼见着白冉可已经来到了三楼的闸门前正要推门，李霜染连忙挡在了门前，额上冒出了汗水：“秦嫂，你等一下再进去吧！”

“为什么？”白冉可被弄得一头雾水，“副队，你还有什么事吗？”

“因为……因为……”

见李霜染久久不能说出个所以然来，白冉可急着想见秦休央，便绕开他打开了闸门，里面的景象惊得白冉可的眼珠子都差点掉了下来。

（4）男人都是大猪蹄子！

二狗一只手扣住了今年刚进一分队的罗萝的手腕，强势地把他压在了墙上，另一只手自腰部探进了罗萝的上衣之下。二狗“邪魅一笑”：“呵，小萝儿，你还想往哪儿跑？你以为你能逃出我的手掌心吗？”

“家良哥，你坏坏……”罗萝“一脸娇羞”地别开目光。

李霜染的嘴巴张成了一个“○”形，过了好久才定下神来，轻咳两声：“我都叫你先等一等嘛，秦嫂，这两个小年轻没吓着你吧？”

“没……没有。”虽然白冉可偶尔也会萌一些二次元的《镇魂》同款兄弟情，但是真人版的对她来说还是过于刺激。她咽了一口唾沫，勉强使自己镇定下来，“爱情无关性别，我祝福你们……我去叫你们秦队出来一起祝福你们！”

为了掩饰自己的尴尬，白冉可飞快地往会议室走去。

“哎，秦嫂！你别进去——”

身后传来急促的制止声，可已经来不及了，白冉可推开了小会议室的大门。在继惊掉眼珠子之后，白冉可的下巴也没能逃脱被惊掉的命运。

她看到秦休央坐在一张椅子上，朱颜正在他面前俯下身去，两抹雪白在蝉翼般单薄的纱衣下若隐若现。

听到会议室门被打开的声音，秦休央抬起头，一脸疑惑地问：“你怎么来了？”

“我负责你的跟踪检查，怎么不能来？”白冉可的小嘴巴都快要噘上天了，她不悦地扫了一眼秦休央和朱颜，“倒是你们两个偷偷躲在会议室里干吗？”

“秦先生同意参加我们电视台求生类真人秀节目《带我逃出生天吧，秦先生！》的录制，正准备签合同。这里面涉及一些商业机密，不能向无关人士透露。”朱颜望了白冉可一眼，随后把目光投向秦休央，笑意盈盈地问，“秦先生觉得是我先出去，你和这位小姐先谈；还是这位小姐出去，先等我们谈完呢？”

她柔和的声音似乎还带着一点嗲嗲的味道，但是那挑衅的目光，却告诉白冉可：这个朱颜，可不是什么省油的灯！

“对，你说，是我出去，还是她出去，我给你一分钟时间考虑！”白冉可听朱颜这么说，也把目光投向了秦休央。

“哈？这种事情我为什么还要一分钟时间考虑？”秦休央想也没想。

对嘛，肯定是让她出去！她哪有我重要？白冉可在心里如此想着，嘴边不由得露出了得意的微笑。

“当然是你出去了。”秦休央望着白冉可，脸上似乎还有些不耐烦，“你就住我对面，有什么事我们不能今晚回去再慢慢谈？”

“你……”白冉可气得不轻，却又无言以答。

朱颜掩唇轻笑，在白冉可看来充满了嘲讽意味。朱颜朝白冉可做了个手势：“这位小姐，请吧。”

秦休央，你给我记住了！

白冉可忍着一肚子气，走出了小会议室。

这时，身后又传来秦休央的声音——

“顺便把门带上。”

“啪！”

白冉可狠狠地关上门，气冲冲地往外走。早就惴惴不安地守候在门外的李霜染、二狗和罗萝立马围了上去。

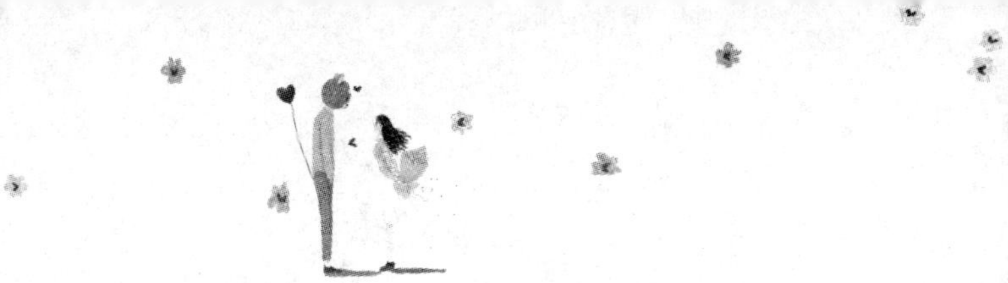

二狗率先开口：“秦嫂，你别生气呀，秦嫂……”

“谁是你秦嫂？”白冉可瞪了他们一眼，“你们骗我的时候心里怎么不想着我是你们秦嫂？还装儿子控！还装兄弟情！哼！你们男人都是大猪蹄子！”

……

白冉可从浮屠紧急救援事务所出来，本来想回医院，却发现林时无在她刚出医院的时候，贴心地给她批了今天的外勤。她也不好意思再去医院，只好提着那始终没送出的巧克力回了居住的小区。

这个时间点，晨练的老人早就回家去了，小区里空荡荡的。

白冉可在小区里闲逛着，看到有个五十多岁的妇人在梧桐树下的小道上缓慢走着，步伐有些不稳。

见状，白冉可连忙走上去，扶住妇人：“阿姨，您没事吧？”

“没事，我没事……”妇人说话也是有气无力。

白冉可扶着妇人在梧桐树下的石凳上坐下，她见妇人脸色苍白，额上还在冒冷汗，连忙拿出手机，打算打 120。

“我送您去医院吧。”

“不用，我这才刚从医院回来。”妇人用手轻轻拍了拍白冉可的手，示意她不要打电话，“我这只是去医院检查要空腹，所以没吃东西，有……有点低血糖。”

白冉可这才松了一口气，然后忽然想起了些什么，说道：“阿姨，我这儿刚好有些巧克力，如果您不介意的话，先吃点吧。”

“那小姑娘谢谢你了……你人真好……”

妇人吃下巧克力后，脸上渐渐有了些血色，呼吸也平稳了。

白冉可放下心来。

妇人问：“小姑娘，我住聚缘楼203房，你应该就和我住一个小区吧？我有点走不动，你能送我回去吗？”

“当然可以。说来也巧，我就住聚缘楼202房。”白冉可微微一愣，“我记得203房好像也是单身公寓吧？阿姨您一个人住吗？”

“嗯。”被白冉可这么一问，妇人有点尴尬，“我儿子也住这附近，只是他跟我关系不大好，不愿意让我和他住一起，所以给我在他隔壁租了房子。”

见妇人不愿多谈的样子，白冉可也不好再问下去。

白冉可扶着妇人回到聚缘楼下时，就看到邻居家的小朋友正一个人站在那儿哭。这个小孩学习成绩不好，小孩的父母却对成绩看得很重，每次考完试都会体罚他。

白冉可不放心地前去询问，得知小孩这次又考差了，小孩的父母去上班之前把小孩从家里赶了出来，在他们下班之前不许他进家门，更过分的是，小孩从昨晚开始就什么都没有吃。

“姐姐这里还有些巧克力。”白冉可听得心都揪了起来，她把剩下的巧克力都给了他，怕他不够吃，又从钱包里拿出二十元塞给他，“要是还不够吃，你就去小区的店里买些你喜欢吃的，千万不要饿着自己。”

“谢谢可可姐姐。”小孩破涕为笑，提着巧克力开心地往小区的秋千处跑去。

看着小孩满足离开的背影，白冉可不由得叹了口气，跟妇人抱怨：“这爸妈也真是的，怎样也不能饿着孩子呀。”

“有些孩子天生就不讨喜。”一直沉默在旁的妇人冷冷开口。

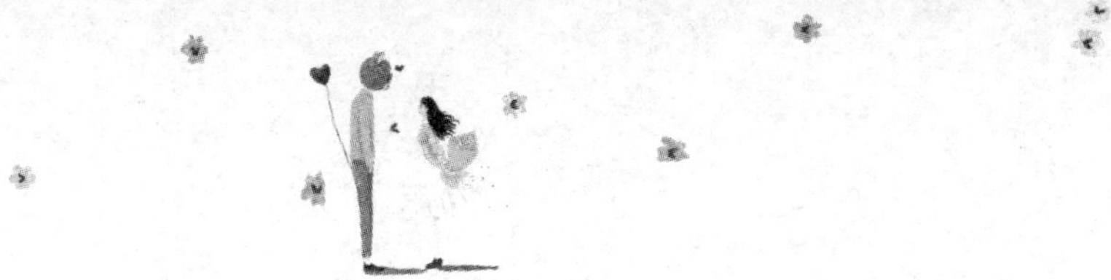

看着妇人一脸冷漠的样子，白冉可的心头多少有些不悦，但是妇人还病着，她也不好发作。

她把妇人送到203房。

看到妇人上了年纪，仍一人独居，她多少有点放心不下，便对妇人说：“阿姨，我就住您旁边。我姓白，是个心理医生，有事您喊我。”

“嗯，我姓叶，你可以叫我叶阿姨。”

……

真是的，居然可以放着病重的母亲不顾，这儿子怎么当的？唉，男人啊，果然都是大猪蹄子！

傍晚六点半，白冉可正在烤架上做着盐烤青花鱼的时候，“大猪蹄子”之一——秦休央便回来了。他像一只灵巧的黑猫嗅到鱼香一般凑到了拿着蒲扇的白冉可面前，把手机屏幕对准她。

白冉可朝屏幕望去，屏幕里正在播放着一则视频——

先是一位美女困在火海，被一位黑衣男子救出；然后有一个孩子掉在湖里，一位黑衣男子跳进水中把他拉上了岸；接着一位老人被持刀歹徒绑架，被一位黑衣男子救下。这三个分镜中的黑衣男子都只留下了一个背影，但可以让人判断出是同一人。

就在这时，BGM（背景音乐）响起，秦休央绑着丸子头，穿着一件黑底花衬衫，戴着一副黑框眼镜朝着镜头走来。在走到镜头前时，他帅气地摘下眼镜，半眯眼睛朝观众递了一个眼神，配音——

“如果是你的请求，那么即使是让我从死神手中夺人，我也会去！大型求生类真人秀节目《带我逃出生天吧，秦先生！》每周五晚上八点，星辰电视台准时播出！”

屏幕中秦休央那眼神，很明显有把白冉可惊艳到。白冉可不得不承认，他那低沉的嗓音配上那么酥的台词确实很撩人。花衬衫很挑人的，可他真的是很适合穿花衬衫啊。她记得他第一次陪她去看电影的时候，就是穿的花衬衫吧。当时她就觉得很好看了，而这次这件，很明显更有设计感一些……

“朱颜是朱氏传媒集团董事长的女儿，她最近在和她的妹妹朱辞镜竞争继承人资格。朱辞镜和她一起进的朱氏传媒旗下的星辰电视台，她妹妹之前策划的明星旅行类真人秀节目很火，所以她需要一个收视率更高的节目来赢过她妹妹。我答应了她去参加录制。”看着白冉可一直盯着视频中他的衣服，秦休央有些得意地问，“这件衣服朱颜帮我选的，好看吗？”

听到秦休央提起朱颜，白冉可的脸一下子拉了下来。

她白了秦休央一眼，又低头继续用蒲扇扇着炭火，赌气道：“骚气！”

没听到秦休央像往常一样反驳她，白冉可有些不安地抬起眼睛去看秦休央。

秦休央一副无所谓的态度：“对了，我这几天要参加录制，晚上就不回来吃饭了。你不用煮我的饭了。”

白冉可愣了一下。

也许是他一直守候在自己身边，一直跟自己如此亲密，一直在默默地对自己好，所以自己就从未想过，他有一天会离开，有一天会喜欢别人，有一天会去为了别人而努力……

这么想着，白冉可不自觉地红了眼睛。

“怎么，林时无又拒绝你了？”秦休央很快察觉出了白冉可的异常，眉蹙了起来，“你别这样，我给你想别的办法。”随后，又是一副很苦恼觉得很麻

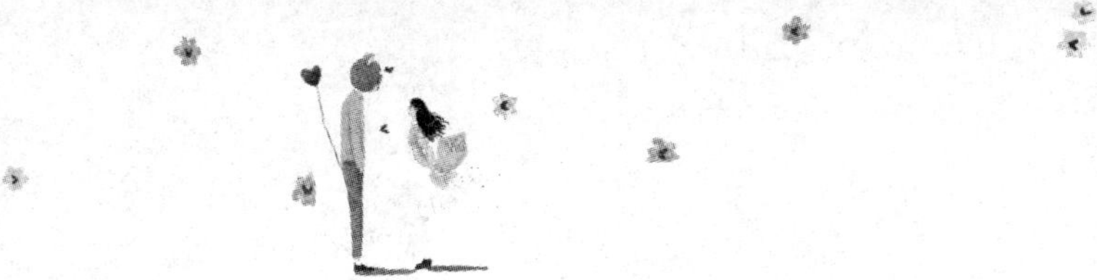

烦的样子,“真的是,如果不是怕你心疼,我就直接打到他同意跟你在一起好了。”

“不，跟主任没有关系，我……”白冉可本来想告诉秦休央，她已经不喜欢林时无了，她现在喜欢的是他，可是想到这个大猪蹄子跟别的女人那么亲近……她改了口，“我是被这烟熏的。”

秦休央拧巴着的脸这放松了下来，又抱怨道：“干吗要做这么复杂的菜，我随便吃些就好。”

“是你站在这儿挡着烟，烟才蹿过来呛到我的好吗？你哪儿来的这么多话说,一边等着吃去,别在厨房阻碍着我！”白冉可一巴掌拍在了秦休央的手臂上。

（5）秦休央的过去（1）

本来白冉可只是因为朱颜而吃醋，可是随着《带我逃出生天吧，秦先生！》的爆红，秦休央成了新的国民男神后，鹤去市粉上秦休央的女孩子，分分钟打翻了白冉可的醋缸。

而打翻醋缸的人啊，往往对空气中弥漫的醋意丝毫不觉。比如说江氏心理医院的茶水间里，两个高兴地聊着秦休央的小护士，就根本没有察觉到在她们旁边的白冉可，那一脸不爽的神情。

“哎，你有没有看最新那集《秦先生》呀？”一个小护士捧着红成苹果般的脸蛋，“秦休央真的是超帅的！”

“是啊，要是能当他女朋友就好了！”另一个小护士双眼冒着桃心，一脸花痴地附和。

“别想了，人家现在可是国民男神，怎么会看上你……”

小护士话音未落，就听到茶水间里的电视机传来的声音：“追星现在已经成了一种潮流，出格的追星行为更是屡见不鲜，呼吁理性追星必须提上议事日程。”

“听到没有，说你呢，还想做秦休央女朋友。”小护士一边看新闻，一边调侃。

新闻继续：“近日随着真人秀节目《带我逃出生天吧，秦先生！》的走红，我市救援队员秦休央成了家喻户晓的人物，在真人秀中帅气勇敢的形象，更是俘获了许多年轻女性的芳心。

“今早，有一位疯狂的女粉丝为了见到偶像，故意爬上了百米高塔制造险情，拨打救援热线，并在电话中指明要让秦休央亲自来救她。现在请看从现场发回的录像……”

听到新闻里提到秦休央，本来在默默喝茶的白冉可立马抬起目光看去——

“我就是要秦休央来救我！你们其他人谁敢上来，我就跳下去，死给你们看！”一个女子站在高塔之上朝下吼着。塔下的救援队员不敢上前，生怕女子情绪激动之下做出什么傻事。

过了好一会儿，秦休央才赶到，把女子从高塔上救下。下到地面后，女子抱着秦休央硬是不肯撒手。秦休央无奈之下朝二狗和罗萝递着眼神，最后还是二狗和罗萝硬生生把女子从秦休央身上拉开，这出闹剧才算结束。

白冉可被这起新闻弄得腻味之时，就听茶水间门外有医生在喊她：“白医生，有人找你。”

谁呀？

白冉可跟着那个医生往外走，就在医院大厅里见到了一个焦急的身影。

“二狗？”

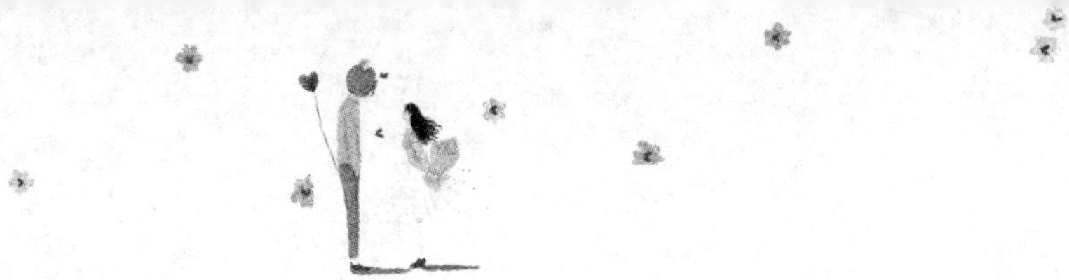

“秦嫂，不好了！”二狗见到白冉可，立马走过来，一张脸几乎拧成了包子，“你快帮帮秦队！”

“他有啥要我帮的？你们秦队现在好得很，国民男神呢！我刚才看新闻还有小迷妹为了见他寻死觅活的。”白冉可双手交叉放在胸前，一张小嘴几乎噘上了天。

“这件事都上新闻了，怪不得所长那么气……我们事务所，本来就不赞成救援队员兼职，但想到秦队是我们队里最好的救援队员，所长也就睁一只眼闭一只眼了。可是万万没想到有人看了节目要特意制造险情求助，我们所长为这事今天狠狠地骂了秦队一顿，警告他不要再去参加节目录制了。可就在刚才，秦队接到朱小姐的电话，还是出发去了录节目的地方，我没拦住。秦嫂，你赶紧去劝劝秦队……”二狗急得直跺脚。

啥玩意？你这还在跟踪检查期呢，就敢这么来？秦休央你是嫌你这千辛万苦拿回来的紧急救助师证拿着碍手，又想被吊销了对吧？

白冉可在内心扇了秦休央无数个巴掌后，问二狗：“你们秦队录节目的地方在哪里？”

因为《带我逃出生天吧，秦先生！》这期的主题是爆炸现场救人，所以节目组就没在电视台录制，而是出了外景，在郊区。

等到白冉可匆匆忙忙赶到节目组的时候，并没有看到秦休央，只看到一个小助理，惴惴不安地在问朱颜：“朱小姐，我们真的不用后期，直接用真的火药吗？对秦先生来说，会不会太危险了？”

“后期哪有真的爆炸视觉效果好？”朱颜不屑地睨了小助理一眼，“再说，之前已经告知过他，他也同意了。”

什么？为了节目效果，这是要拿秦休央的命来玩吗？

白冉可正欲去制止朱颜，就听现场“轰隆”一声巨响。在她不远处，火光冲天，爆炸掀起的气浪把在场人的衣服和头发吹起。

之前完整的取景山洞被这剧烈的爆炸轰得骤然崩塌，滚落的黑色巨石上还带着熊熊燃烧的火焰，风把四散的齑粉扬起，现场看来惨烈。

“啊！血！”

一阵女生的尖叫声十分刺耳，听得白冉可的心跳都漏了一拍。他不会有事吧？

一位男子从爆炸的方向跑来，惊魂未定：“朱小姐，出……出了点意外。新来的场务摆放火药的位置出了点偏差，秦先生被炸伤了……”

男子话音刚落下，白冉可便看到秦休央被几个人围着走了过来。在看到秦休央那鲜血淋漓的左臂时，白冉可的泪水便如同溃堤之洪一般，抑制不住地流了下来。

“你怎么来了？”秦休央见到人群中的白冉可，吓了一大跳，又见她哭成了一个泪人，连忙把受伤的手臂稍稍往后缩去，安慰道，“我没事。”

都伤成这样了，怎么可能没事，你当我是傻子吗？白冉可拉着秦休央的手，就要走：“走！跟我去医院！”

朱颜拦在了她的面前，娥眉微蹙：“他不能走，后面还有别的录制内容。”

“不用管我，你先回去吧……”

白冉可抬起头，双唇咬得发白，一双含着泪水的眼睛倔强地盯着秦休央，心疼又委屈：“你走不走？她对你来说真的这么重要吗？重要到可以连命都不

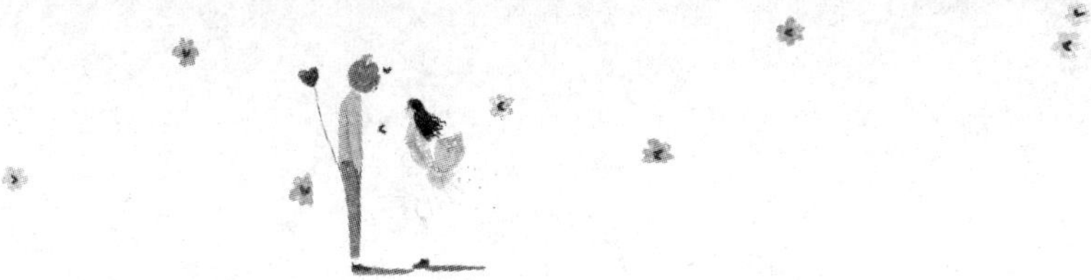

顾了？”

秦休央垂下眼睑，双唇微抿，过了片刻，他放开白冉可拉着他的手，目光有些闪烁。

“你今天先回去吧，我不会有事的。”

得到秦休央的答复，朱颜满意地展露笑颜，吩咐小助理：“快，拿件深颜色的长袖衬衫给秦先生换上，遮住伤口，继续拍接下去的内容。”

白冉可久久地望着秦休央，失望透顶。

她走出录制的地方，本来想直接回家，可是在路过药店的时候，终究还是放心不下秦休央，便买了纱布和药，又折了回去。

她赌气地把纱布和药丢到秦休央手里，见秦休央一脸疑惑地望着她，她抛下一句“我怕你死了”便匆匆走了。

她没有看到，秦休央望着她离开的背影时，脸上的苦涩笑意……

（6）秦休央的过去（2）

从坐上出租车直至回到小区，白冉可哭了一路。本来哭累了的她想回家休息一下，可是才刚上到二楼，就看到叶阿姨躺在家门口，不省人事，她连忙拨了 120。

见自己的房客出事了，房东陈伯也紧随白冉可一起来了医院。

叶阿姨还在抢救，白冉可和陈伯在急救室外不安地等待着。

“陈伯，您不是打电话让叶阿姨她儿子赶紧过来的吗，这都过了半个多小时了，他怎么还没到？”想到这个把生病母亲丢着不管的儿子，白冉可不由得心里来气，“等他来了，我一定要替叶阿姨好好骂他一顿才行！”

望着白冉可，陈伯欲言又止，过了很久，才开口：“冉可，叶阿姨……她是秦休央的妈妈……”看着白冉可惊愕不已的表情，他解释，“但你别骂休央，这事也不能全怪他。”

陈伯长长地叹了一口气：“他刚搬来我这儿住的第一年，过年的时候，大家都回家去了，只有他还在，我便叫他陪我这老头一起吃年夜饭。我问他为什么大过年的也不回家，他当时喝多了，便跟我说，他早就没有家可以回了。

“他妈妈当年是怀的双胞胎，休央是老大，他还有一个弟弟，叫秦安久。休央的生命力比他弟弟要旺盛，他弟弟从出生开始就体弱多病，药不离身。医生对他妈妈说，是因为哥哥在子宫里抢了本来属于弟弟的那份营养，所以导致弟弟机体发育不完全。

“休央的妈妈因此记恨休央，觉得正是因为他的存在，所以才导致小儿子的多病。妈妈心疼小儿子，每次小儿子生病，妈妈都会暴打休央来出气。休央小时候身上总是旧伤未好，又添新伤。

“在他初中的时候，有一次秦安久难得身体稍微好了点，他们一家四口就一起开车去郊游。在一个超市前，妈妈下车去给弟弟买零食，爸爸把车停在路边等妈妈。本来是休央坐在副驾驶座的，但是因为秦安久想更清晰地看车前的风景，所以跟休央换了位置。

“可是换了位置后不久，路的对面忽然有车失控地撞了上来，爸爸和弟弟秦安久当场身亡。休央也受了重伤，后座车门被撞得严重变形，他卡在车里出不来。汽油流了出来，车辆随时有爆炸的可能。休央用虚弱的声音向妈妈求救，可是妈妈认为是他跟弟弟换了座位，所以才导致弟弟的死亡。妈妈痛恨他，并

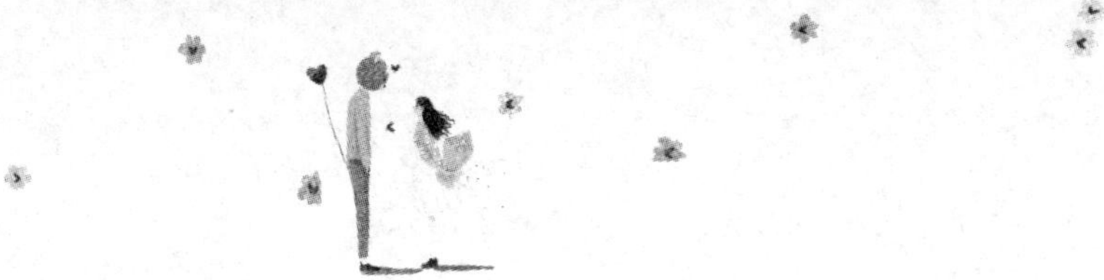

没有去救他，只是抱着死去的弟弟在一旁哭泣。

“后来救援队来的时候，问妈妈车里还有没有别人，妈妈也说没有。还好救援队出于专业素养，还是前去检查一番。当时的休央因为失血过多已经虚弱得发不出声音了，他只能无力地用手敲着车发出声响，吸引了救援队员的注意，最终被送进了医院。

“休央被送到医院，因为受伤过重需要手术。因为车祸，他妈妈获得了一大笔赔偿金，足以支付他的手术费。可是妈妈却以‘这辈子都不会去花小儿子用命换来的钱’为由拒绝支付。最后，还是苏氏房地产集团的苏少因为和休央从小就玩得来，把事情告诉了苏太，苏太为休央支付了手术费。

“休央自此对他妈妈彻底失望，高中的时候便离家出走了。他妈妈也没有再联系过他，直到前段时间，他妈妈确诊了乳腺癌，需要一大笔手术费用，才来到鹤去市找他。

“休央也是为了手术费，才答应了真人秀节目的录制。”

白冉可内心涌过阵阵酸涩的苦潮。她想起了当初在诊室里，秦休央画的那幅画，想起了他那被炸伤的血淋淋的手臂，想起了朱颜让他带伤接着录制他让自己先离开时的隐忍眼神……

小时候的他一定很无助很绝望吧？他到底做错了什么，就是因为那些如此荒谬的理由，他就要被如此残忍地对待吗？

她替秦休央觉得不甘……

走廊上响起急促的脚步声，白冉可从难过的情绪中回过神来，就看到秦休央跑了过来，气喘吁吁。秦休央看到她也在时，明显有些错愕。

就在这时，医生从急救室里走了出来，问道：“病人醒了，有病人家属在吗？”

“我是。”

“你是她儿子对吧，病人的手术不能再拖了。”医生认出了秦休央，“费用方面你尽快想办法。”说罢，便离开了。

“休央……”病房里传来了叶阿姨虚弱的声音。

白冉可跟着秦休央进了病房。

叶阿姨躺在床上，面色苍白，此刻，白冉可却对她生不出一丝同情。

秦休央垂眸望着自己的妈妈，眸底的思绪复杂不已，语气淡漠：“既然你醒了，我还有事，先走了。”

白冉可本来想跟在秦休央身后一起出去，但听到身后的叶阿姨咳得厉害，还是心软了。她留了下来，帮叶阿姨轻拍后背顺着气，随后又从热水壶里倒了一杯热水，递给叶阿姨。

叶阿姨乏力地调整着呼吸，喝了小半杯热水，脸上才恢复了一点点血色。她望着白冉可，语气里带着一丝哀求：“白医生啊，你跟休央关系好，你说的话他应该能听得进去，你跟他讲讲，让他原谅我……”

“我的话并没有那么有用。”白冉可别开目光，压下心里的厌恶，冷冷地拒绝。

叶阿姨似乎并没有对白冉可的拒绝感觉到意外，只是轻轻地握住了白冉可的手。

白冉可有些诧异地看过去，便对上了她那有些混浊的眼睛，她那细看和秦休央有三分相似的脸庞上带着淡淡的苦涩笑意。

“你们在外面说的话，我都听见了。我确实对不起休央，我想得到他的原谅，

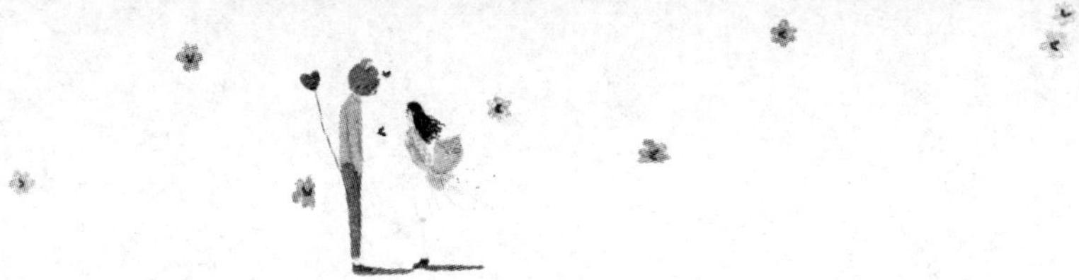

希望他给我一个机会，让我在剩下的日子里可以补偿他……”

（7）秦休央的过去（3）

“休央，这件外套你喜欢吗？入秋了，妈妈想给你买些外套。”叶阿姨拿着两件外套在秦休央的身前比画着，笑着问，“你看看喜欢哪件？”

叶阿姨出院后，白冉可便找了个机会，约了秦休央和她一起去万象琉璃逛街，而此时，叶阿姨正在商场里打算给秦休央买衣服。

见秦休央一动不动地站着，冷着一张脸完全没有理会他妈妈的意思，白冉可上前把叶阿姨手中的衣服塞到了秦休央的手中，强行把他往试衣间里推：“试试就知道了。”

很快，秦休央就拿着外套又从试衣间里出来了。

白冉可凑上前，眨巴着眼睛，问：“喜欢哪件？”

“都不喜欢。”秦休央睨了她一眼。

白冉可不服气地撇着嘴。

叶阿姨尴尬地笑了笑，多少有点讨好秦休央的意味：“没事，我们去逛下一家，挑到你喜欢的为止。”

秦休央没有应答，径直走出了商场。

白冉可和叶阿姨互看一眼，只好无奈地追了上去。

逛了很多家商场，秦休央都没有挑到一件衣服，任谁都能看出他是故意的。再逛下去，也没有特别大的意义，白冉可见旁边有一家糖水店，便建议道：“我有点渴了，你们渴不渴，我们先进去喝个糖水再逛吧。”

“好呀，我也有点渴了……”叶阿姨也想缓和尴尬气氛，立马附和着。

“你们喝吧，我去抽支烟。”说罢，秦休央便往外走。

白冉可把叶阿姨在糖水店安置好后，连忙追了过来。

秦休央正倚靠在栏杆上抽烟，身边人来人往，可是不知道为什么，他的身影却有些孤单。

见白冉可寻来，秦休央慢吞吞地吐了一口烟：“陈老头说他把我的事情都告诉你了？”

“嗯。”白冉可点了点头。

“他真多事。”

秦休央抬头望天，如此澄澈的秋空落在他的眼底里却并不明朗，白冉可觉得嗓子有些干干的，心中便无来由地生起一阵苦闷。

忽然，秦休央问了一句：“你知道我为什么把头发扎起来吗？”

白冉可摇了摇头。

“老头跟你说过吧，小时候，只要弟弟生病，我妈就会打我，所以我特别怕我妈带着弟弟去医院，因为她一从医院回来，我肯定免不了一顿打。”秦休央摁熄烟，“我记得我四年级的时候，有一次弟弟病得很重进了 ICU，我妈在医院守了三天，他才脱离生命危险。

“到第四天，我妈回家时，我在房间里做作业。我妈把我推在地上，搬起椅子就像发了疯一样往我身上砸。她说‘都怨你，你弟弟才会活得那么痛苦’，问我‘你怎么不去死’，当时我全身是血，我以为我是要死的，但是我爸刚好下班回来，把我妈拉开了。

“伤好了之后，我的头顶就留了一道疤。我大学毕业加入救援队时，所长

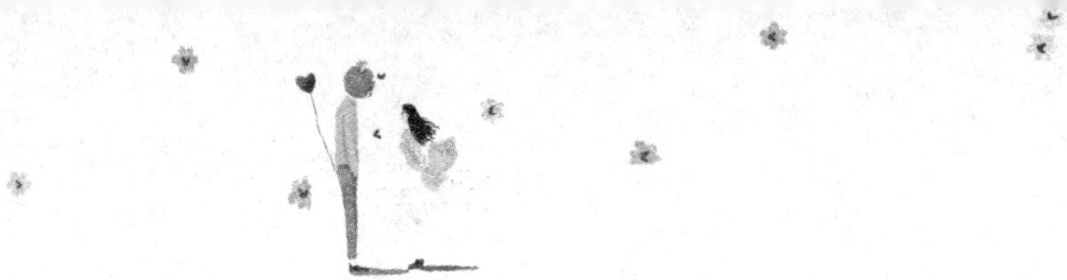

说我这道疤很容易吓到小孩子，我就把头发留长扎起来，把疤遮住了。”

秦休央把扎起的丸子头散开，白冉可第一次发现他的头顶有一道又深又长的褐色伤疤，像极了一道狰狞而又丑陋的蜈蚣。

白冉可的心像是有刀锋划过，她下意识地抬起手，轻轻地去抚摸那道伤疤。她柳眉紧蹙，问道：“当时一定很疼吧？”

“一点都不疼。我小时候还是很怕死的，我当时对死亡的恐惧压过了疼痛。”秦休央的嘴角微微上扬，笑容里带着一丝自嘲。

秦休央是用安慰的语气在说，可白冉可听了，内心反而一点都轻松不起来。

“你不应该要求我原谅她……”待白冉可把手放下时，秦休央熟练地把头发重新扎了起来，望向白冉可，眸色深沉，“如果我如此轻易地原谅，怎么对得起过去那个如此艰难的自己？”

白冉可分明看到了他眸中的委屈，他在怨她。

白冉可抿着唇，直率地迎上了他的目光：“我没有，我没有要求你原谅她。我只是希望你可以得到那份本来就属于你的爱。”

风微微吹来，吹动着秦休央散落在额前的碎发，他双唇轻启，惊愕地望着白冉可。

“可找到你们了。”就在这时，叶阿姨找了过来，“既然休央你不想喝糖水，也没看上喜欢的衣服，那我们先回家吧。妈妈给你做饭。”

秦休央坐在家中，面对着他妈妈做的一桌子的饭菜，没有起筷的欲望。

“白医生说你喜欢吃牛肉，我给你做了尖椒炒牛肉、土豆焖牛肉、牛肉丸子，你尝尝。”看到秦休央的一张臭脸，叶阿姨依旧不舍不弃，“你要不喜欢，厨房里还有牛肉，我给你做红烧牛肉去。”

“阿姨，我来帮你的忙。”

看见在一旁坐着的白冉可也跟着自己的母亲进了厨房，秦休央半眯着眼睛，心里掠过一丝动摇。他举起筷子，正想夹一筷子菜，可是想了想，又放下了。

这时，白冉可拿着一瓶牛奶就出来了，她把牛奶放在秦休央的跟前后，忍不住用手摸了摸耳朵：“烫，烫，烫，好烫。”

秦休央罕见地没有骂白冉可蠢，只是怔怔地望着那瓶牛奶。

“天气凉了，阿姨特地给你热的……”

（8）秦休央的过去（4）

秦休央记得，小时候他们家每天晚上餐桌上都会有一瓶热牛奶。弟弟肠胃不好，只要喝了冷的，就会拉肚子，妈妈每晚都细心地帮他热好牛奶。所以，热牛奶，从来只有弟弟的份……

秦休央鼻子不禁有些酸了，他想起了他还是个孩子的时候，每次看到弟弟在喝热牛奶时，都会羡慕地想，如果身体不好的那个是自己就好了。

“厨房里还有汤，我去端。”叶阿姨把红烧牛肉端了出来。

“你别忙活了，坐下来一起吃饭吧。妈。”

听了秦休央的话，叶阿姨睁大眼睛，整个人都愣住了。

白冉可也望着他，虽然没有说话，但是秦休央可以看到她水杏一般的大眼睛里全是惊喜之光。

叶阿姨难以置信地望着他，声音里还有些颤抖：“你……你刚才喊我什么？”

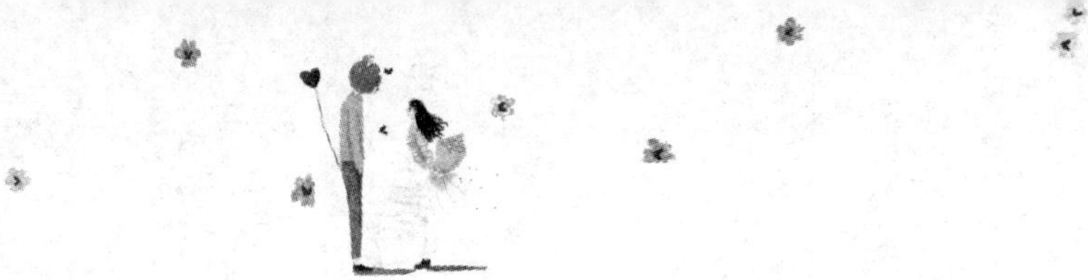

秦休央本来只是想缓和一下气氛，就脱口而出那么一句，并没有其他意思。但他的目光下意识地朝白冉可那儿瞥去时，发现她正一脸期待地望着自己，不想让她失望，秦休央终究还是开了口——

“妈……”

在完成一季12集的真人秀节目录制后，秦休央顺利地从朱颜那里得到了演出费用，这笔费用恰好用来支付他妈妈的手术费用。

手术后过后两个月，叶阿姨的身体渐渐好转，就跟秦休央说，不想再打扰他，想回老家。于是，秦休央请了半天假，打算和白冉可一起送她去高铁站。

时间还早，白冉可带着叶阿姨去了超市买东西还没回来，秦休央便站在他妈妈住的地方的阳台上抽烟。

忽然，听到门被打开的声音，他循声望去，便见他妈妈走进来。他妈妈把白冉可给她买的东西放在沙发上，然后打开了自己的行李包，把一个花纹古朴的木盒子拿了出来。

秦休央一眼可以认出，那是弟弟的骨灰盒。在他记忆中，弟弟死后，妈妈去哪儿都带着弟弟的骨灰盒。这么多年过去了，他以为妈妈会改变，可他错了。

他妈妈把骨灰盒放在茶几上，用手轻轻地抚摸骨灰盒，就像是小时候她轻轻地抚摸着弟弟柔软的头发那般。她微微笑着，声音听来是如此温柔：“抱歉呢，安久。妈妈最近对害死你的秦休央这么好，你不会怪妈妈吧？妈妈也是没有办法，妈妈如果不假装对他好，他就不会帮妈妈付手术费，那妈妈就要动用你的死亡赔偿金了。那是你用命换回来的钱，妈妈就算是死也不会动的……”

难怪之前自己觉得妈妈和印象中的妈妈不一样，因为，这才是妈妈真正的样子啊。秦休央在阳台外安静地看着这一切，嘴角扬起自嘲的笑，可眼角的微红却出卖了他的心情。

“嘟嘟——”

一阵手机铃响，打断了叶阿姨的动作，她循声望去，看见白冉可站在了门外。

叶阿姨连忙站了起来，警惕地打量着白冉可，有些结巴地说：“白……白医生，你没……没听见些什么吧？”

“啊？什么？”白冉可愣了一下，把手上的一个购物袋递给叶阿姨，“阿姨，你把在车上吃的点心落下了，我给你送过来。”

阳台上的窗帘半拉着，白冉可和叶阿姨都没看到秦休央。秦休央隔着窗帘，望着客厅里白冉可带着笑意的脸，心里漾起了阵阵涟漪。

她一定是以为我妈是真心想补偿我，也为我跟我妈的和好而感到高兴吧？如果她知道真相，又该失望和难过了。

秦休央低下头，淡淡地笑了笑。他走到阳台边缘，201 房和 203 房的阳台靠得很近，作为救援队员，他很轻松便跳了过去。

他从自己家里走出来，像刚从外面回来一样重新走进了 203 房，装作若无其事的样子，望了一眼白冉可，然后望向他妈妈：“收拾好了吗？我们出发吧，否则要赶不上高铁了。”

白冉可避开了秦休央的目光。她听到了，她什么都听到了，但她不想告诉他，她不希望他知道，他妈妈迟到了这么多年的爱，少得这么可怜的爱，都是假的……

白冉可跟着秦休央把叶阿姨送到了高铁站。

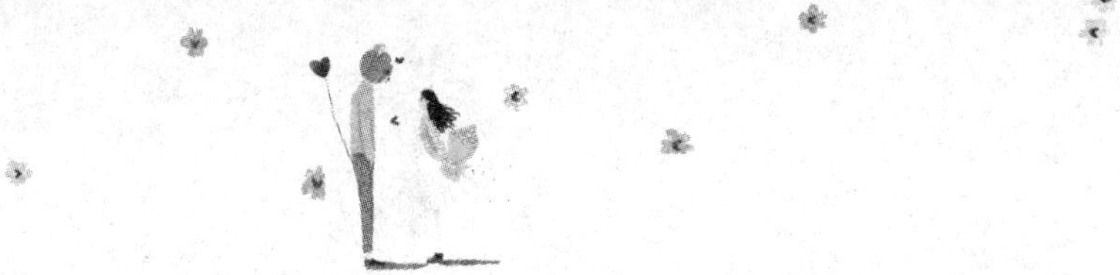

进站之前，叶阿姨细心地为秦休央整理着衣服，温和地叮嘱：“天冷了，你要多穿点衣服。妈妈不在，你要好好照顾自己。”

看着叶阿姨此刻的体贴柔情，白冉可感觉到虚伪和恶心，只是为了不让秦休央发现异常，她还是强忍着把内心的情绪压下。

送走叶阿姨后，两人慢慢地走着回程。

已是深秋，秦休央还穿着一件单薄的外套，白冉可总感觉他的身影有点孤冷，孤冷得让她心疼。她想要去握住他的手，却又没有立场。

秦休央悄悄放慢脚步，好让白冉可不用跟得那么辛苦。他看到白冉可的手暴露在空气之中，忍不住在想，她的手会不会冷？

这么想着，他便忽然希望有一个可以牵着她的手，陪她一路慢慢走着，免她寒、免她惊、免她苦的人，即使这个人不是自己……

（9）听说秦队要相亲

浮屠紧急救援事务所的食堂里，所有的救援队员都看似在安静地吃饭，事实上，却是把耳朵偷偷地竖了起来。因为救援队所隶属的民防局的局长刘局忽然来了，而且好像还跟他们的所长在商量着些什么。

“反正，这种事对你们只有好处没坏处的，你就答应了呗。”

听了刘局的话，所长一脸的吃惊与为难：“可是，刘局，鹤去市的武警、消防那么多，还有军区在，他们那儿的未婚男同胞多的是啊，市政府再怎么要送关怀也送不到民防这儿来吧？更何况，我们救援队还是外聘机构。要不，这集体相亲活动还是免了？”

“你们救援队的秦休央最近不是很受女孩子欢迎吗？”刘局向所长使了个眼色，“要是这集体相亲活动要在你们救援队这儿举行，一定会有很多单身的女孩子报名啊，到时候群众热情这么高，官方媒体一报道，不是正好可以做个典型吗？”

“可是秦休央他肯定不会同意参加啊……你上次不是看到他旁边那个女孩子了吗……”

被所长这么一提醒，刘局想起了白冉可来，便退而求其次，劝道：“其实在你们这儿举行，也不一定强制要求秦休央一定要参加啦。我们救援队也有其他很优秀的未婚男性嘛，比如说……”

见刘局的目光在食堂里扫着，本来在吃饭的唐浩然立马坐直了身子。

功夫不负有心人，刘局的目光就落在了他的身上：“比如说你们的唐浩然也很优秀啊。不光长得一表人才，而且现在才二十五岁就当上了二分队的队长，爷爷唐龙行还是我们鹤去市最大的保洁集团的董事长，就冲这条件，该是多少女生的白马王子啊。小伙子，有没有女朋友？”

唐浩然正想答“没有”，就见秦休央站了起来，说道：“哈？我可以同意参加啊。”

秦休央！又抢我风头！

唐浩然被秦休央气得饭都没吃完，就去了外面散步，本来想打个微信视频电话跟爷爷唐龙行诉苦，却没人接听。就在内心苦闷无法得到倾诉之时，他看到白冉可从事务所门口走了进来，整个人精神一振。

他跑了过去，恨不得拉着白冉可就往食堂里走，让妄想抢他风头的秦休央陷入“正想去相亲，就被女朋友抓了个正着”的修罗场中。

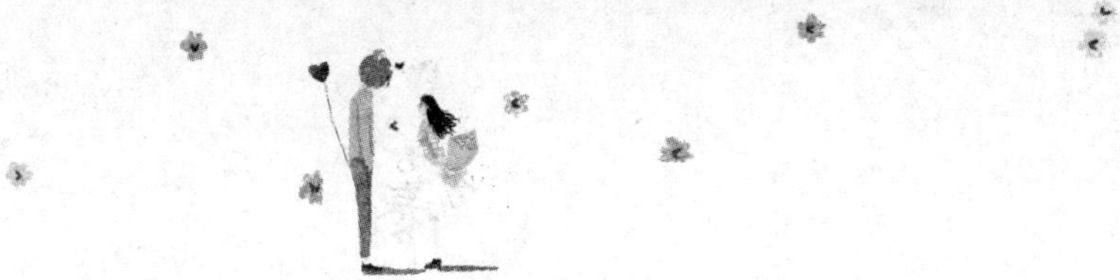

“白医生，你来啦！”

看到唐浩然脸上的表情，白冉可大概就明白了七八分，问：“咋了，你们秦队又作什么妖了？”

“可不得了了，白医生你去一下食堂就知道了！”

刚把白冉可往食堂引去，唐浩然的手机就响了起来，是唐龙行发来了视频通话请求。

唐浩然摁下绿键后，唐龙行慈祥的笑脸就出现了屏幕上：“爷爷刚才去体检了，不允许带手机。怎么了，是不是那个讨厌的秦休央又欺负你，抢你风头了？”

“是呀，我们这儿要举办集体相亲，本来他有女朋友，所长就把他 pass 掉了的。然后，刘局就跟所长说起了我，说我也很优秀，可以吸引到很多女孩子啊。眼看可以得到所长的注意，这个时候秦休央居然站了起来，说他可以去相亲！气死我了！不过……”唐浩然说着脸上出现了一抹坏笑，“不过他女朋友刚才来了，我把她引了过去，让她发现他要相亲，看他怎么死！哼！”

唐龙行听了，不禁“扑哧”一笑：“我家孙子真可爱。”

“爷爷，我都二十五岁了，你能不能别说我可爱了。”唐浩然有些不满。

“那你就别干这么幼稚的事哦。”

就在唐浩然被唐龙行打趣之时，白冉可已经走进了食堂大门，李霜染、二狗和罗萝正好端着餐盘来到靠近门口的餐具回收处，当他们看到白冉可时，脸上都露出了微微错愕的神色。

有了上次的教训，白冉可警惕地盯着他们：“你们是不是又想拦我？”

“不，秦队这次的操作实在太气人了。”李霜染面如死灰。

二狗的脸上亦透露着前所未有的绝望：“没救了。”

“唉……”最年轻的罗萝亦是长长地叹了一口气。

三人并没有挡住白冉可的去路，待他们放好餐盘后，李霜染用看破红尘，不愿再掺与任何尘世俗事一般的姿态道：“走，我请你们去食堂的自动贩卖机买饮料喝。你们两个想喝啥？”

“可乐。”二狗用万念俱灰的目光回应李霜染。

“柠檬茶。”罗萝稚嫩的脸上竟也有超脱的气息。

白冉可被他们生无可恋的样子弄得一头雾水，心中更是忐忑，找了一会儿才从穿统一制服的人群中找到了秦休央。

白冉可走近秦休央，便听得刘局对他讲：“既然你同意，那么相亲那天，你可得打扮一下哦。我看你在真人秀里穿的那件黑底花衬衫不错，要不就穿那一件……”

“什么？你要去相亲？”白冉可停住脚步，简直怀疑起自己的耳朵。

众多救援队员见到白冉可来了，都凝神屏气，齐齐用一种“坐看正室对质出轨老公”一般期待的目光望着她和秦休央。

“你……你这样做对得起朱颜吗？”白冉可质问。

在场的救援队员纷纷小声吃瓜——

“朱颜是谁？”

“好像是那个真人秀节目的策划人，她跟我们秦队有一腿？”

“有朱颜什么事啊？我跟她又没什么？”秦休央把目光重新落回到刘局的身上，“你接着说吧，刘局……”

可是秦休央话音未落，白冉可便用手扯着他的衣服，迫使他重新面向自己：

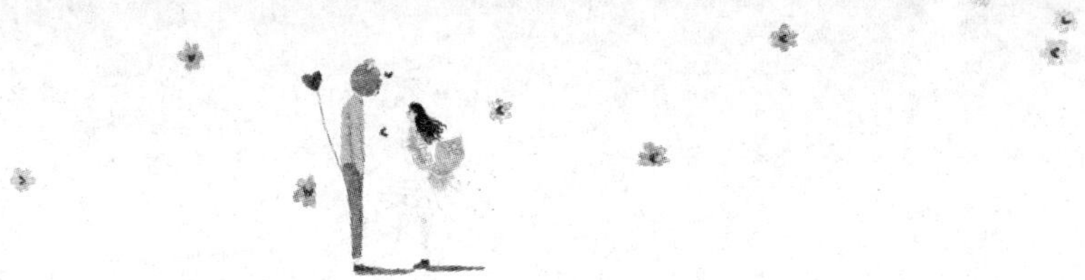

“就算你跟她没什么，你也不能去相亲！”

“为什么啊？”秦休央有点被白冉可无理取闹的举动惹恼了，“你不是喜欢林时无吗？你管我这么多干吗？”

“欸——”吃瓜群众疑惑。

“我……我……”白冉可的脸涨得通红，双眼委屈地瞪着秦休央，“我从前是喜欢主任，但我现在喜欢的是你！”

“噢——”吃瓜群众惊呼。

面对白冉可毫无预兆的告白，秦休央愣了好久，待回过神来，却又摆出一副不过尔尔的傲娇表情：“现在喜欢的是我就了不起啊，你还委屈上了。我从一开始喜欢的就是你！”

白冉可羞得低下了头，站在秦休央的身边，看着要多小女人就有多小女人。

李霜染开了一听啤酒，见到此情此景，惊得连冒出来的啤酒泡沫都没注意到：“这都行啊？我真是越来越不懂你们这些年轻人了！”

“不愧是我秦队！总是能出人意料，力挽狂澜！”二狗死寂的眸子里，又重新燃起了生之希望。

罗萝没有说话，只是一边喝着柠檬茶，一边比了个“666”的手势。

可吃瓜群众按捺不住了，连连起哄——

“亲一个！”

“亲一个！”

“亲一个！”

秦休央“啧”了一声，眯起眼睛吼道：“你们都给我闭嘴！”

“居然脸红了！”李霜染丝毫没有注意到自己的音量，“别看我们秦队长了张看上去惯入花丛的脸，事实上纯情得很！”

二狗赞同地点了点头：“我都忍不住怀疑我们秦队还是个处。”

“我有99.999999%肯定他确实是处。”平时天然呆的罗萝倒是语出惊人，“而且我猜测秦队二十七岁了，到现在连初吻都还没有送出去。”

秦休央听得一肚子气，正想怼过去，就感觉自己的衣领被人抓住了。他下意识地垂下目光，看到白冉可踮起脚，用那温软的唇瓣封住了自己的嘴巴。

她甜而清新的发香撩动着自己的鼻尖，刹那间，秦休央的瞳孔蓦地放大，周围似乎陷入了一片漆黑。

自己好像置身在一个空旷得没有任何遮掩物的地方，头顶上是浓密的乌云，雷声滚滚，闪电从乌云深处落下，自己避无可避，被一击而中。

秦休央伸出手，紧紧地抱住了这个鲁莽地闯进自己怀里的女人，他闭上眼睛，不想去在意别人的目光，只想去回应白冉可的吻。

他吻上了白冉可玫瑰花瓣一般香软的唇，舌头轻轻撬开牙关，攻城略地，两条舌头在相互地追逐、错过而又再相逢，就像是他们认识以来那般。最后两条舌头交缠在了一起，秦休央在心里想，今后就让我们也这样纠缠不清吧……

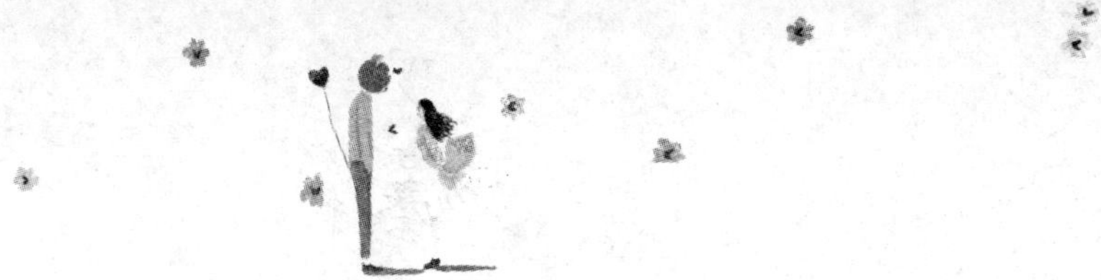

// 第五章 //

再见，林时无

（1）他简直是言情小说男主一样的存在啊

甜蜜的交往让人忘记时间，转眼就到了圣诞节。因为秦休央说今晚要带白冉可去约会，所以白冉可从早上开始就在期待了，她只想快点把今天的工作处理完，早点下班去为约会做准备。

白冉可处理完邮件，发现手上的一起 case 有问题想请教一下林时无，便往他的诊室走去。可林时无并不在诊室，路过的小护士告诉她，林时无和一位病人去了医院的小花园散步。

白冉可在小花园远远地就看到了林时无的身影，他和朱颜一起坐在小花园的木长椅上。朱颜把长发很简单地扎了起来，低低地绾在一边，她今天穿着素色的针织开衫，看着是说不出的温婉与妩媚。

只是白冉可留意到朱颜的眼神看着比之前的要呆滞了几分，显得没那么有气势了，脸上似乎也有着不正常的潮红。白冉可猜测是穿衣和妆面变了的缘故，也没放心上去。

花园里有的是医生和病人，或站或走，林时无和朱颜也就没留意到白冉可。

“时无，我感觉我要不行了。我父亲肯定要把我从继承人的位置上换下来，让妹妹来继承朱氏传媒了，你说该怎么办？”朱颜的语气不大像是要向林时无询问意见，反而有点像跟恋人撒娇。

林时无用抚慰的目光望着她，浅浅地笑着：“之前你策划的《带我逃出生天吧，秦先生！》不是特别火吗？我记得你说过，播出期间一直是收视率第一呢，在播出前你每天工作压力都大得让人担心，但那段期间你的精神状态挺不错的。”

原来朱颜就是学长之前说的在事业上烦心的学妹吗？白冉可忽然想起了之前林时无在诊室里无意提起的话。

“《秦先生》第一季确实很火，但是无论我开多高的价，秦休央就是不同意第二季的录制。而我妹妹所策划的节目，第四季现在都在录制中了……”

林时无听着朱颜的抱怨，脸上没有丝毫的不耐烦，直到朱颜把心中所有的苦闷发泄完，他才把手放到朱颜的手上，轻声问：“你不要太心烦了。对了，我给你开的药你有按时服用吗？”

主任开药了？朱颜的精神状态应该还不至于需要药物干预才对？

“嗯。服用了之后，失眠症状就减少了，就是白天的时候会感觉精神有点难以集中。”朱颜握着林时无的手，与之十指相扣。她抬起目光望着林时无，莞尔一笑。

“外面太冷了，我们待了这么久，该回去了，不然你会感冒的。”

可朱颜似乎还没有想回去的意思，她望着灰蒙蒙的天空，眉间忽生一丝遗憾：“鹤去市的圣诞节，就算是这么冷的天也不下雪啊，可没有雪的圣诞节总

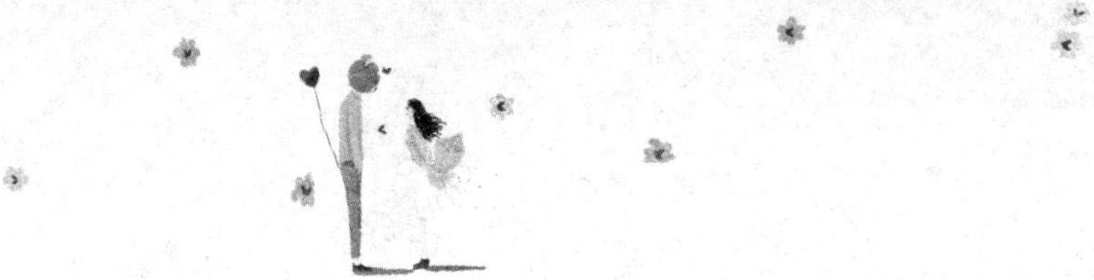

感觉少了些什么。”

“时无……”朱颜挽着林时无的臂弯，低低地唤着，“我们今天飞北海道去过圣诞好不好？北海道的雪现在一定很美，如果可以一边泡着温泉一边看雪，一定很舒服。”

“如果这样可以让你放松，让你精神状态好点的话，我去。”林时无本来就是温柔得几乎没有了棱角的人，当他去宠一个人的时候，那双狭长眸子里的柔情，简直能让人沉溺。

朱颜把头轻轻地靠在林时无的肩上，眼底是毫不掩饰的爱意：“可以哦，因为如果能和时无你在一起，那么即使是不当这个继承人也没什么关系。我从大学时代就喜欢时无你了，当初我在婚礼上看到鲤涟成为你的新娘时，真的觉得她幸福得让人嫉妒……”

白冉可看着自己暗恋已久的主任有一天要去爱别人，内心里多少有些不甘，更多的却是开心。

主任那么好的一个人，能有一个人能带他从妻子死亡的阴影里走出来，能有一个人能打动他走到他心里，能有一个人能陪他走完余生，实在是太好了……

就在白冉可内心悲喜交加之时，有一个人拍了拍她的肩膀。

“你在这儿鬼鬼祟祟的干什么？”

白冉可吓了一个激灵，转过头，发现是秦休央，便不悦地白了他一眼，说道：“你吓死我了！之前不是说晚上去约会吗？你怎么来得这么早？”

“我玩得最好的朋友刚从英国回来了，在约会之前，我想带你去和他一起吃个饭。我想把我的女朋友介绍给他认识。”秦休央也许没有察觉，他在说这话的时候，脸上带着一种炫耀的表情。

“欸？这么突然要见你朋友？”白冉可忽然有点紧张，“你等等，我先回去换个衣服、化个妆。”

“不用！他是个妹控，不会关心除了妹妹以外的女人长什么样子！”

就这样，白冉可被秦休央连哄带推地带去了 Ready Teddy 西餐厅，一个与秦休央年纪相仿的男子早已经等在那里了。男子明眸皓齿，目光澄澈，给人一种笑起来天都要亮了的感觉。

见秦休央和白冉可走来，男子缓缓地站了起来，为白冉可拉开了椅子，颇有几分绅士的作风。

“你就是白医生吧，休央经常和我说起你。”待白冉可坐定后，男子一副很感慨的样子，“真没想到，像休央这么毒舌的人也会有女朋友，而且还是老牛吃嫩草。”

成功地获得了秦休央的白眼后，男子忍住笑意，对秦休央露出一副充满歉意的模样：“抱歉，我不该心里想什么嘴上就直接说出来的。”

秦休央作势要打男子，但男子熟练地逃到了一边，不难看出两人关系有多好。

打闹了片刻，秦休央见白冉可一直愣愣地盯着男子看，像想到了些什么，立即说：“可可，我给你介绍一下，这是我的好朋友，叫……”

“不用介绍！”白冉可眼睛直直地盯着男子，抬起手打断了秦休央的话，“他叫苏放，不光是我们鹤去市最有名的苏氏房地产集团的总裁长子，而且还是世界锦标赛的马术三项赛冠军！我在主任办公室的杂志上看过他的报道！啊，总裁长子、马术冠军，他简直就是言情小说男主一样的存在啊！”

白冉可双手握拳捧在胸前，望着坐她对面的苏放，那双水灵灵的眼睛里几乎能放出光来。

“要不要给你张纸巾？”

听见坐她旁边的秦休央忽然这么一问，白冉可有点摸不着头脑，不解地看着他，问：“给我纸巾干吗？”

“你口水快流出来了。”秦休央一脸鄙夷地睨着她。

反应过来自己被戏弄，白冉可恼怒地瞪了秦休央一眼。

被白冉可像小迷妹一样崇拜着，苏放有点不好意思，下意识用手擦了擦鼻子后说道：“已经是前马术冠军了……”

“对了，你今年怎么不参赛，我在锦标赛总决赛上没有看见你？”白冉可眨了眨眼睛，一副恍然大悟的表情，“退役了吗？”

“还没，不过也快了。”苏放用手扶住额头，撑在桌面上，尴尬地笑了笑，“我在今年的小组赛上就出现差错被淘汰了。在比赛的时候，我的视线就出现了模糊的影子，导致了我的判断失误。在比赛后，我眼前有时甚至会出现幻象，队里的心理医生说，是因为我压力过大，所以建议我离队休养。所以前段时间，我才去了英国散心。”

“对不起啊……”

见白冉可一脸的内疚，苏放连连摆手，笑着说：“没关系的，白医生你别放心上。”

白冉可看着苏放阳光的笑容，便松了一口气，不知不觉地跟着苏放笑了起来。

秦休央靠在椅背上，双手交叉放在胸前，见两人第一次见面便有说有笑，完全把自己晾在了一边，一张脸很快沉了下来。

这时，侍应生走过来了，把菜单递到她的手中，问道：“请问要点些什么？”

可能是因为是圣诞节，菜单有点别出心裁。

“要一份比翼双飞情比金坚情侣套餐。”白冉可指着菜单说道。

“好的，女士。”侍应生把菜单又递给了秦休央，接着问，“那先生你呢？你的朋友们已经点好了，你单独点些什么？”

秦休央的脸上仿佛写着“你信不信我打你”七个大字，用手指了指自己和白冉可：“我们是情侣。”

“对不起，我弄错了……”侍应生先是露出了惊讶的表情，随后连忙道歉。

听侍应生这么说，白冉可想起刚才捉弄自己的秦休央，就忍不住想要报复一下，便挤了个挑事的小眼神，对秦休央说：“不，没有错，我点的是我和苏少的，你自己单独点吧。”

秦休央整张脸都绿了。

他没有打开菜单，半眯着眼睛，不爽地说：“嗯，那给我一份形单影只孤独终老单人套餐吧。”

“先生，我们没有这个套餐……”侍应生有点为难。

苏放被白冉可和秦休央这对好玩的小情侣逗笑了，出来给侍应生解围：“拜托上两份情侣套餐吧。”

“为什么要上两份？苏少一个人吃得完双人套餐吗？”

“没事。”苏放十指交叉放在下巴下，“我打包一半回去给妹妹吃，这个西餐厅就是妹妹‘安利’给我的，她说这里的东西特别好吃。我带回去，她肯定特别高兴。”

“死妹控，你确定你妹妹会跟你吃同一份情侣套餐吗？我记得我当初住你

家时，你妹妹可排斥你了。”秦休央不以为然。

“之前是因为她年纪小不懂事，现在她长大了，就明白了哥哥才是世界上最好的人。”苏放丝毫没有被秦休央脸上“死妹控真恶心”的表情影响到，反而更得意地说，“她最近知道我精神不好，经常在家给我做点心吃，而且还帮我介绍了一个心理医生。说来也巧，正是我大学时候的同班同学江鲤涟的丈夫林时无，她说林医生是整个鹤去市最权威的心理医生，一定可以帮到我。”

白冉可听苏放说起林时无，立刻附和：“是的，他还是我的入职导师。主任他真的是一个超级好的心理医生，我感觉如果他愿意接手的话，你一定很快就可以归队，然后再次夺冠的！”

“那就太好了，我可想追风者了，哦，就是我的马。我离队之后就没见过它了……”苏放笑着的眼睛含着细光，可语气里还是难掩失落和遗憾。

“我从刚才进来就发现你步伐有些虚浮、呼吸也有些乱了。”秦休央并不像白冉可乐观，“林时无的治疗对你有用吗？”

苏放微微收敛了笑容，可能是因为被秦休央如此直截了当地戳穿，所以神色有几分尴尬：“暂时还没有，而且我感觉幻象好像更严重了一些。”

白冉可看到，秦休央闻言眉宇不由得深深锁了起来。

(2) Merry Christmas！（上）

很快，这个话题便被侍应生端上的美食带了过去。

待到告别苏放，从 Ready Teddy 西餐厅出来，白冉可就发现秦休央一直板着一张脸，便试探性地问：“还在为刚才点菜的事情生气？”

“我没生气。”秦休央回答。

看着秦休央神情寡淡，白冉可有点不相信，她用手肘撞了一下秦休央的手臂：“生气了吧？”

“都说没有了。”

秦休央双手插进兜里，眯着眼睛，不耐烦地加快脚步往前走去。

白冉可加快脚步追了出去，把手背在身后，讨好似的笑了笑，说道：“别这样嘛，老秦！”

“秦队，人家错了嘛。”见秦休央不想理她，白冉可连忙换了个称呼。

秦休央没有搭话，只是放慢了脚步。

白冉可微微嘟嘴，用手轻轻扯着他的衣服，放软身段撒娇：“央央——”

秦休央这才垂下眼睑睥睨着白冉可，目光里染着几分无可奈何的味道。

“平时都是我逛哪儿，你陪着我的。今天为了补偿你，你想逛哪儿，换我陪你吧。”白冉可哄道。

“我没生气，不过既然你这么说，我还真有个地方很久没去逛了。”

秦休央把白冉可带到了一家野外拓展用具专卖店，看着店里琳琅满目的商品，白冉可硬是难以认出一二。可她却看见秦休央从容自如地在店里穿梭挑选着，一看就知道他应该是店里的熟客。

白冉可百无聊赖地跟在他的身后，这时，货架上的一条挂着小海豚形状吊坠的银项链吸引了她的注意力。她情不自禁地伸出手去，把海豚项链拿在手上细细把玩：“这项链真好看。”

“那是个微型求救器。”秦休央走了过来，拿过她手中的项链，介绍道，“只要拿它跟手机做红外线匹对，手机就可以获得这个求生器的 GPS 定位。而且，

只要摁下求救器的按钮，就是这个海豚的眼睛部分，手机就会响起警报，手机拥有者就可以根据 GPS 定位找到佩戴求救器者，从而展开救援。”

“那这个呢？”白冉可指着在货架上的同样刻有海豚图样的手环问道。

“那是第六代微型超声波冲击器，一经开启，可以轻易击碎石头、玻璃、木材、金属等非生命体。我们救援队员给它取了个外号，叫‘开路先锋’。”秦休央说罢停了下来，瞄了一眼白冉可，提醒道，“走吧，回去了。”

“欸？你不看了吗？”白冉可疑惑地眨巴着眼睛。

秦休央轻哼了一声：“算了吧，你无聊得都快睡着了，我还是有点眼力见的。”

白冉可耸了耸肩，脸上露出了被戳穿的尴尬笑容，跟着秦休央乖乖地往外走。

“老板，我要这个。”白冉可看到秦休央在收银台前停了下来，把手中的海豚项链递给了老板。

她望着项链，一脸的惊喜，细细的流光在杏眸中流转，被满足的愉悦之情几乎从眼睛里溢了出来。

“那个妹控说得对，像我这种一把年纪还毒舌的人能找到女朋友可是很不容易的，可得看紧点。”

你直接说是送我的圣诞节礼物会死吗？

白冉可忍不住抬起目光，娇嗔地睨了秦休央一眼。忽然，她像想起了些什么，顾不得秦休央和老板疑惑的目光，一路小跑，把方才那个手环从货架上取下，戴到秦休央手中。

她明亮的眸子里漾着笑意，在暖色的灯光下，看上去里面像是装载着星河：“Merry Christmas！”

结账后，两人走出专卖店。白冉可一直紧紧地把项链攥在手心里，像是攥着这世间最珍贵的宝石。她的脑海里忽然冒出了一个令人害羞的想法，这项链是不是他想留在自己身上的标记，好宣告自己被他所拥有，好叫别人不敢觊觎。

“给我戴上它吧。”白冉可停下脚步，把项链双手递给秦休央，脸颊红得像苹果一样，她的眸间有一丝紧张，又有一丝羞赧。

给我戴上它吧，我想让你亲手为我戴上这向人宣告“我属于你”的枷锁。

看到白冉可通红的脸颊，秦休央即使是在救援险境里也淡定自若的心，却无法抑制地“扑通扑通”加速跳动。

他接过项链，走到白冉可身后。为了方便他戴项链，白冉可把长发撩了起来，白冉可只是无意的一个动作，可是那带着淡淡鲜花气息的发香却随着冷风一起蹿入了他的鼻腔，在他的体内引起了若有似无的骚动。

那柔软光洁的脖颈也随着这个动作，落入了他的眸中，在他的心里拨乱了弦，留下久久的颤音。秦休央不自觉眯起了眼睛，当他把项链扣上时，双手难免触到了白冉可那温软细腻的肌肤，他的呼吸不由得变重……

“那个……”

秦休央闻声抬起头，便对上了一个穿着圣诞老人衣服在发传单的男孩子的目光。

男孩子把传单递到了他的面前，试探性地问：“我们家情侣酒店还有空房……需要吗……”

(3) Merry Christmas！（下）

酒店房间里灯光昏黄，浴室里不时传来哗哗的水声。

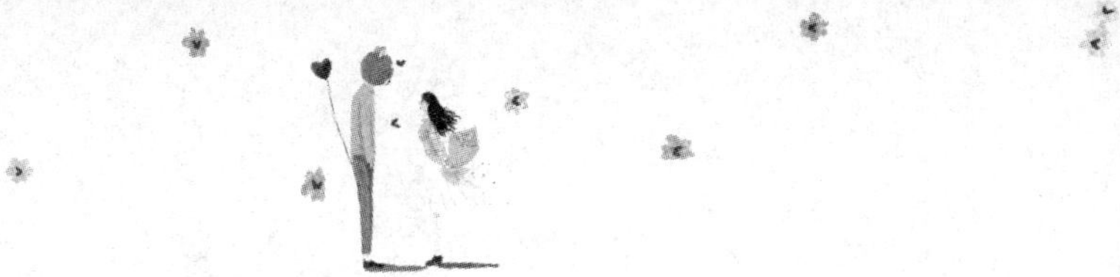

秦休央躺在床上，却总是忍不住朝浴室望去，漆黑的眸子里按捺着几分紧张不安，却又透着几分兴奋期待。

过了十几分钟，洗完澡的白冉可穿着白色的浴袍从浴室里走了出来，神色稍微有点凝重。

看到秦休央性冷淡一般地坐在床上，并没有朝她转过目光时，她内心暗暗松了一口气。

她安静地绕过秦休央，钻进了被子的另一边躺下。

很快，她就发现秦休央那都是装的！

她才刚躺好，秦休央就像是只敏捷的豹子一样扑了过来，不过三秒，她就被他牢牢地压在了身下。

“等等！”白冉可连忙用双手抵住了他的胸膛，“我……我有一个问题想问你……”

“爱；会对你负责；房子写你名字；孩子可以跟你姓。”秦休央一系列抢答。

见秦休央又欲进行下一步动作，白冉可焦急地制止他：“不，不是这个问题，你……你晕血吗？”

“不晕。”秦休央有点摸不着头脑，“为什么忽然问这个？”

“我……我洗澡的时候发现，我生理期到了。”

秦休央愣了一下，随后放开白冉可，面无表情地扯了扯被子，在她身边又重新躺了下来。

“咋？不是说不晕血吗？”见秦休央本欲一鼓作气，可又忽然偃旗息鼓，白冉可在被窝里把身子侧向他，一双清澈纯真的眼睛不解地望着他。

秦休央半眯着眸子，没好气地望着白冉可：“你都到生理期了，我还要继续下去的话，这也太混账了。还是下次吧，我们今晚就睡个‘斋’的。”

“嗯。”白冉可应下，紧了紧被子正想入睡，却被秦休央搂在怀中。

白冉可像只小猫一样趴在了秦休央的胸膛上，脸上染上了淡淡的红晕，她抬起眼睛疑惑地问：“不是说今晚先睡个‘斋’的吗？”

“我只是想抱着你睡。”秦休央的声音听来比平素要更低沉些。

这样被他抱着，白冉可本来觉得有点难为情，可是见他已经闭上了眼睛，懒得与人沟通的模样，她也就不好多说了。

她躺在秦休央的怀里，明明这么冷的天，他的身体却热得发烫。这样结实而又温暖的胸膛让人眷恋，所有的紧张和不安被渐渐驱逐，她也就不知不觉进入了梦乡。

睡得迷迷糊糊的时候，白冉可忽然感觉有一股冷风钻了进来，睁开惺忪睡眼时，便恰好见到秦休央掀开被子，下床站了起来。

“怎么了？”白冉可懵懵懂懂地问道。

秦休央转过目光看了一眼白冉可，便径直朝浴室走去，嘟囔着：“我去洗个澡。”

大概半个钟头过去后，确认把自己洗得清清爽爽的秦休央裹着浴袍走出浴室，却发现白冉可在被子下探出小脑袋，睁着明晃晃的眼睛问自己：“你怎么洗了这么久？”

秦休央本来就有点心虚，被白冉可这么一问，恨不得立刻找个洞钻进去。

“因为……天气太冷了。”秦休央目光游移，一张脸红得几乎能滴得出血来，怕白冉可怀疑，他慌忙转了话题，“你怎么还不睡？”

他掀开被子，躺了进去，却见白冉可像追随着热量的小鱼一样游到了自己

的怀里。

“你不在，我忽然有点睡不着。”她的眼睛里没有丝毫的睡意，澄净得像是被雪水洗过，坦率得可爱。

秦休央笑了笑，一手搂着白冉可的细腰，一手抱着她的头，把她的身子紧紧地往他的怀里贴。感觉到她因为冷而蜷缩成一团的身子在自己的怀里缓缓放松，秦休央的心底随之变得柔软，他贴在白冉可的耳边，低低地唤了声：“可可——”

“唔？”半梦半醒的白冉可支吾地应了声。

窗外凛冽的寒风在呼啸，可是室内却是难得的平静。在温暖的被窝中，自己的怀里是熟睡的心爱的女人，秦休央忽然感觉自己把全世界都抱在了怀里，心底是前所未有的安稳和满足。

“Merry Christmas！”

（4）等你们结婚，我可是要去做伴郎的

苏放回家休养后，秦休央与他的联系也就更密切了。总有那么几次，秦休央感觉，自己和苏放仿佛是又回到了那段打打闹闹、无话不说的学生时光。

圣诞节过后还不到一周，苏放就以“一个人在家太无聊，又恰好在家附近看到了一家很热闹的烧烤店”为由，让秦休央一定要陪他去吃一次。

这天，秦休央下了班还没来得及换衣服就往苏放发来的烧烤店地址赶，可是去到店里时，却见苏放一手托着腮，一手用筷子轻轻敲着碗，不满地抱怨着：“好慢啊，你们平时出任务就这个速度吗？从我坐下到现在，隔壁已经有四桌

人吃完走了，外面那么多等号的人看我在这儿耗这么久，心里一定很不高兴。”

“我不像你啊，苏少，我可是要工作挣钱吃饭的呀，更何况我还有女朋友要养。”秦休央吃了一口桌上的烤鸡脆骨，还是热的，明显是刚上不久，又见烧烤店里冷冷清清并无一人，便以为苏放是单纯在跟他打趣。

“说到你女朋友，你们婚礼打算安排在什么时候啊？”苏放意味深长地笑了笑，“圣诞节那天我在回家的路上，正好看到你牵着白医生的手进了情侣酒店。怎样？你们是不是在那一天打破了最后的界限，实现了生命的大和谐！”

听了苏放的话，秦休央被鸡脆骨呛到了，连忙喝了口啤酒，黑着一张脸说道：“没……”

“都进情侣酒店了还没？是不是因为你太紧张了所以没成功？没关系，休央你看开点，这个世界上有很多东西都不是说来就能来的。”苏放不知死活地安慰。

他不安慰还好，他一安慰，秦休央忍无可忍，直接操起餐桌上的抽纸，就往他的身上猛打。

抽纸很轻，不可能打疼人，但很快苏放便装出一副求饶的样子，说道：“别打了，我错了，我错了。休央冷静点，你还穿着制服，小心群众举报。”

秦休央勉强撒了气，重新坐了回去，一边吃着烧烤，一边把当晚的事情大概跟苏放讲了一遍。

“所以，后来你躲在浴室里自行解决了吗？”苏放“扑哧”一声笑了起来。

秦休央狠狠地剜了苏放一眼。

“唉——”苏放浅浅地抿了一口啤酒，眼睛里半分打趣半分感慨，“没想到从前打架、逃学、抽烟、喝酒一样不落，跟个小混混似的秦休央，现在也成

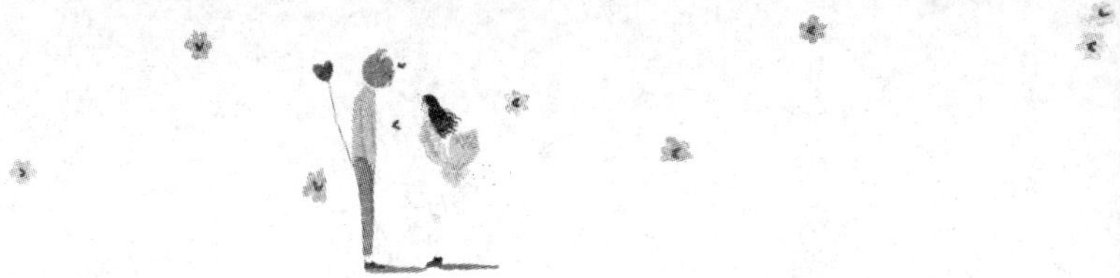

了一个体贴的好男人呢。”

……

吃完后，秦休央结了账和苏放一起并排往外走，两人之间本来隔着一小段距离，但苏放总是走几步就往他这边靠一靠，再走几步又重新拉开距离，不断反复。

等走出店门口的时候，秦休央终于忍不住问道：“喂，死妹控，刚才在店里，你干吗走得离我忽远忽近的？”

“我要躲避过道的客人啊。”苏放很自然而然地答。

秦休央的心“咯噔”了一下，半眯着的眼睛蓦地睁得圆圆的。

苏放的表情不像是在跟他开玩笑，其实从一进来开始，他就觉得奇怪了。

苏放说，那是个很热闹的烧烤店，所以他才约自己来吃。可是他来到店里的时候，却发现店里冷清得很，除了苏放，一个别的客人都没有，更别说有人在外面等号了。苏放说隔壁有四桌客人吃完走了，但旁边的桌面干净得不行，不像是有人刚吃完烧烤。

“死妹控，你别吓我，刚才店里除了你、我、老板和服务员，明明一个人都没有，你在躲谁啊……”

秦休央话音未落，就听苏放大喊了一声：“小朋友，不能跑马路上去，危险！”他回过神，就见苏放像是在追逐着些什么一样，飞快地朝马路跑去。

“苏放！”眼见着一辆轿车要朝苏放驶来，秦休央惊出一身冷汗，飞身扑了过去，硬生生把苏放拽回了路边。

因为重力作用，两人都摔坐在了地上。

此时，汽车猛地一个刹车，车主不满地摇下车窗吼：“你发什么疯啊？哪里来的小朋友？有病就去看精神科啦！知不知道忽然跑到车道上很危险的！”

“我又……出现幻觉了吗？”车主走后，苏放用手捂着脸，整个人看上去痛苦而又失落。

秦休央拉着他站了起来：“我送你回去吧，你这样子一个人回去我不大放心。”

“嗯……”苏放苍白地笑了笑，算是应答。

从小学时，秦休央就认识苏放了。苏放一直是个十分明朗的人，身上没有任何的阴暗面，每时每刻身上都充满活力和快乐。二十多年了，他还是第一次看到苏放如此虚弱和无助的样子。

秦休央只觉内心沉甸甸的，他把手插进口袋，风把他的卡其色大衣吹得飒飒发响，却无法吹动他半分心事。

走了好一会儿，秦休央忽然开口：“苏放。”

“嗯？”苏放停下脚步，朝秦休央转去目光。

“你有没有想过，你的病症一直没好，有可能是因为你妹妹苏妩串通林时无，在你的治疗里做了手脚？

“有一件事，我一直没有告诉你。

“你入选国家队要离家去参加培训的前一天晚上，因为庆祝会开完已经很晚了，我便住在了你的家里。在半夜起床去洗手间的时候，我无意撞到了你妹妹苏妩和你爸爸苏颂风在吵架。当时苏妩哭着对你爸爸说：‘你的眼里只有哥哥，哥哥做什么你都觉得他好，我无论多努力你都看不见。哥哥根本就不想继承苏氏，他都去当运动员了，你还不愿意把我改为继承人。是不是只要哥哥活着一天，我就永远被排除在继承人名单之外？’

“后来，你在锦标赛夺冠那天，你爸爸把第一继承人修改为苏妩。可是你现在离队了，苏妩会不会因为担心你要回来抢她的继承人位置，所以对你下手……”

“休央。”苏放打断了秦休央的话，“苏妩她虽然从小就有点娇纵，但她本质上是个好孩子。我大学时期就知道苏妩她想继承苏氏，所以才报名了国家队的选拔赛。我就是想远离鹤去市，远离商界，好让她可以成为继承人。”说着，苏放的眸子渐黯，像是在下定决心，“她是我在这个世界上最重要的人，我愿意尽我所能给她想要的一切。如果她真的为了要稳固继承人之位对我下手，我也会假装不知情，配合着她的脚本走下去。”

看着秦休央深锁的眉宇，苏放拍了拍秦休央的手臂，爽朗地笑了起来，露出皓白的牙齿：“我在说什么呢。我妹妹这么可爱，怎么可能会做这种事，我们俩别杞人忧天了。”

秦休央却笑不出来。

待到秦休央把苏放送到家时，他发现苏妩早就等在家门口了。苏妩上前，亲昵地挽着苏放的手臂，少女般甜甜笑着：“哥哥你回来了！啊，秦休央，你现在可是国民男神了，快跟我合影一张，我要发上朋友圈炫耀一下！”

秦休央摆着一张臭脸。

苏妩有点委屈地问：“怎么了？”

苏放连忙给秦休央递了一个眼色，秦休央这才假装玩笑般地对苏妩说：“不了，我怕死妹控要吃醋。我还有事，先走了。”

秦休央转了身，心事重重地往回走。还没走多远，就听到苏放喊他。

秦休央回过头，看到苏放在夕阳下朝他挥手。

苏放的笑容灿烂不已，就像是秦休央记忆中的那样。

“休央，你不用担心我，你担心一下你自己！你什么时候才能拿下白医生啊？等你们结婚，我可是要去当伴郎的！”

“快了，你准备好大红包吧！”秦休央垂下眼睑，无奈地笑了。

你也是对我来说很重要的人啊，虽然我不知道你要干什么傻事，但我也会尽我所能去保护你……

（5）我既对不起鲤涟，也对不起朱颜

其实你可知，总想你旧名字。

难同度今时，却望同度下辈子。

Melody，想你不停止。

轻风添秋意，明月寄相思。

……

江氏心理医院的茶水间里播着《想你旧名字》的抒情旋律，可白冉可最近的心情却与秦休央一样沉重。因为从北海道回来后，朱颜病情加重，目前已经住院观察，而白冉可则作为助理医生加入到这起主任负责的 case 中。

可一向医术精湛的主任，似乎也对朱颜的病情束手无策啊……

白冉可紧蹙柳眉，目带愁色地望着坐在她不远处的朱颜。她穿着灰白条纹的病号服，修长的卷发因为缺乏打理而有些枯黄了。她没有化妆，整个人看上去非常憔悴，一双本来轻轻一勾就风情不已的桃花眼，此刻似乎是没有焦距般呆滞着，她的头微微侧着，看着有点病态的诡异。

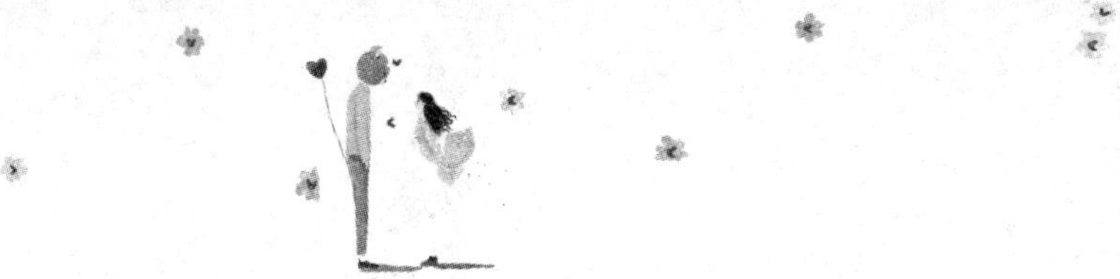

“叮——”

微波炉传来一声脆响，白冉可看到林时无把热好的牛奶从里面拿了出来。

他的眼下带着淡淡的乌青，脸色似乎比朱颜还要苍白。他的手上已经不戴戒指了，无名指却因为常年佩戴戒指，肤色不均，留下了一眼可见的戒指痕。

心爱的妻子死于横祸，才刚开始交往的恋人又出了这样的事情，主任的心情肯定也好不到哪里去吧？

为了让牛奶快速降温，林时无拿了一个空的玻璃杯，让牛奶在两个玻璃杯间不停地倒来倒去。但是在这个过程中，林时无却不知不觉走神了，直到有一些牛奶不小心洒了出来，他才回过神，轻轻抿了一口杯中的牛奶，试了试温度。

他把热牛奶和药一起送到朱颜跟前，叮嘱白冉可和隔壁的两个小护士：“你们帮我照看一下她，我要去看看别的病人。”

朱颜本来静静地坐着，一听林时无要走，就像是受到了惊吓的孩子一样，立马抓住了他的衣袖。

“别怕，我不会丢下你的。”林时无轻轻地抚摸着朱颜的长发，柔声哄道，“你乖乖吃药，我很快就回来。”

朱颜这才红着眼，恋恋不舍地放开了林时无的衣袖。

望着林时无离开的背影，两个小护士小声地议论了起来——

“至于这么黏吗？主任不就走开一小会儿？”

“也就主任那么纵着她了，换别人早烦了。”

白冉可正想发话让她们不要嚼病人舌头，却见朱颜就像是没听见一样，默默地拿着药，和着牛奶喝了下去。她的眼睛空洞洞的，就像是一个没有灵魂的木偶。

吃完药后，她捧着牛奶呆坐着，只是过了不到五分钟，眼中就透出了一丝焦急的光："时无呢？时无怎么还没有回来？"

"这才多久啊……"

白冉可闻声连忙朝小护士递了个眼神，让她不要再说下去。白冉可用手包裹住了朱颜的手，学着林时无的样子，笑着哄道："你先把牛奶喝完，等你把牛奶喝完，主任就差不多该回来了。"

朱颜很听话地把牛奶喝光了。可是在那之后，白冉可就哄不住她了。

朱颜神色恍惚地站了起来，脸上涌上了病态的潮红："我要去找他。"

"朱小姐！"看到她脚步摇摇晃晃地要往外走，众人连忙起身阻拦她。

朱颜见状就像是看到了围堵她的猛兽一般，眼睛里满是戾气，她呼吸变得急促。就在这时，她摸到了之前不知是谁留在茶水间里的水果刀，于是拿起来朝着挡着她去路的人身上砍去："你们……你们为什么要挡着我去找时无？"

"啊——哇——"

茶水间里立马传出了小护士们的尖叫声。

白冉可护着她们往后退，跟朱颜拉开距离。

刀子无情，白冉可表面装着镇定，可内心也不可能完全不害怕。

"快！快去把主任找来！"白冉可对其中一个小护士说道。

那个小护士惊魂未定，闻言过了好一会儿，才飞也似的跑出了茶水间。

白冉可屏住呼吸，谨慎地与朱颜周旋着。

可是与白冉可一直僵持的朱颜，好像忽然魔怔了一般，整个人跌坐在了地上，嘴里喃喃："时无是不是不要我了？他是不是不要我了……"

"他为什么不要我了？是不是我做错了什么？"她把自己蜷缩得小小的，

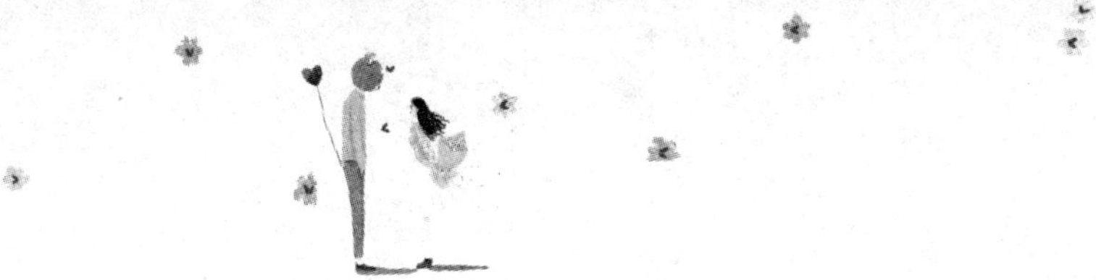

整个人慌张而又错乱，泪水无法抑制地从眼睛里涌了出来，沾湿了她额前的碎发。她拿着水果刀，毫无征兆地朝自己左腕切去，“我做错了什么的话，你想怎么惩罚我都行的，但是不能不要我……”

鲜血从朱颜雪白的手腕处流出，看起来触目惊心，可朱颜就像是不知疼痛一般，一刀接着一刀在自己的手腕处留下极深的划痕。

“快停下，朱颜！”白冉可正欲冲过去制止她，却被小护士拉住了。

小护士很害怕：“别过去，白医生，她现在神志不清很有可能会伤害你。”

“可是……”

就在这时，林时无冲了进去。林时无一直是个很隐忍从容的人，白冉可还是第一次看到林时无气喘吁吁的样子。

他二话不说便蹲在朱颜的面前，用自己的手覆在她的左腕上，替她挨下神志错乱间割下的刀子。

殷殷鲜血从他的手臂漫出，他吃痛地蹙着眉毛，却丝毫没有要把手移开的念头。他没有急着去夺朱颜手上的刀子，而是轻轻地把另一只手搭在朱颜的肩上，望着她的眼睛，不厌其烦地轻声重复着：“别怕，我在……”

不知过了多久，直到林时无左臂的衬衫都已经被鲜血染红，朱颜的呼吸才平稳下来，她的眼睛蓦地清明起来，方才紧紧地攥在右手的刀子忽然掉到了地上。

她握着林时无的手，愧疚的泪水在眼眶里不停地打转：“疼吗？”

林时无摇了摇头，嘴角浅浅地勾起一丝抚慰的笑意。

他呀，就是那种温柔到了骨子里的人。

他撕下衬衫下摆的衣料，细心地为朱颜把她手腕上的伤口包扎好。

朱颜哭着跌入了林时无的怀里，久久不能停止。

“对不起，时无，对不起……”

“快，把她拉开。”白冉可才刚回过神，就看到院长江重华带着两位非本院的医护人员进来，把朱颜从林时无的怀里拉开了。

被陌生的男子拉着往外走，朱颜恐惧不已，用求救的眼神望着林时无：“时无，他们要带我去哪里？”

“朱颜……”林时无正想追出去，却被江重华拦了下来。

江重华扶了扶金丝眼镜，似有所指地对林时无说：“你不要再妇人之仁，她去了隔离精神病院才是对大家都好。”

林时无望着朱颜被带走的背影，下意识地紧紧咬着下唇，他狭长的眸子微微发红，里面充满着挣扎和痛苦。

发生了这么大的事情，白冉可也不知道应该怎么去安慰林时无，她很想静静地陪在林时无身边，让他不至于连个倾诉的人都没有。

可是，第二天回到医院的时候，她却发现林时无的诊室已经被清空了。导诊小姐告诉她，林时无昨天已经提交了离职申请，院长已经批了，他下周就会转去鹤去市隔离精神病院工作。

“被这么长情的男人喜欢，真的是让人嫉妒啊。”导诊小姐感叹。

主任要为了朱颜去隔离精神病院就职吗？真像是他的作风，但是怎么这么匆忙？

为了跟林时无好好告别，白冉可请了假，特地去了一趟林时无的家，恰好遇到林时无在搬家。

见到白冉可，林时无也有点意外，便浅浅笑着跟她解释：“这个地方离隔

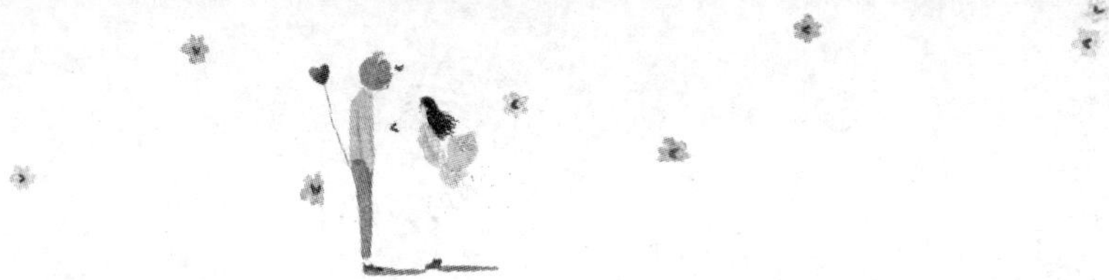

离精神病院太远了，上班有点不方便。而且精神病院有专门准备给医生的宿舍，所以我就打算直接住宿舍去。”

“主任是为了朱小姐，所以才调到隔离精神病院去的吗？”

“算是吧，我答应过她不会丢下她不管。”林时无折叠着衣服，装进小箱子里，“毕竟朱颜之所以会变成那样，都是我的责任。”

“不，不是主任的错！”白冉可脱口而出。

看到白冉可想要为自己辩解，林时无的笑容里多了几分自嘲的味道：“冉可，其实我呢，远远没有你想象中的好。我真的是个很糟糕的人，我既对不起鲤涟，又对不起朱颜。”

“是主任对自己太苛刻了……”

“你能来送我实在太好了，我刚好有样东西想给你。”林时无打断了白冉可的话，“我去房间找一下，你先坐一会儿。冰箱里有大麦茶和果汁，茶几上也有一些书和杂志，你自便吧。”

“嗯嗯。”看着林时无进了房间，白冉可倒了一杯大麦茶，坐在沙发上，茶几有一本摊开的书。

应该是主任刚看不久，所以还没来得及合上吧？白冉可在心里念道。

她拿起书看了起来，被翻开的那页讲的是一个神话小故事：一个男子在妻子死后，和另一个女人生活在了一起。临死前，他见到了神明。神明问他：你下辈子是想跟你的妻子生活在一起，还是想要和后来的女人在一起？如果你想和你的妻子一起，就戴着戒指入殓；如果你想和后来的女人一起，则死的时候，无名指上不要戴着戒指……

可白冉可还没来得及看到故事中男子的选择，林时无便已经从房间里走了出来。

他把一个U盘塞到了白冉可的手心，脸上带着一如既往的淡淡笑意："虽然我不是什么太有名的心理医生，但是在催眠领域也有一点心得。这个U盘里装着我的毕生所学，我可能不是一个好导师，但也希望它有一天可以帮得到你。"

白冉可总感觉林时无此举有点学术传承的味道了。

白冉可盯着自己手心的U盘，又抬起目光不解地望着林时无："主任不是应该给个年纪更小点的人吗？主任也没比我大多少，说句不好听的，我可能跟主任差不多时间告别人世，给我，这没多大的传承意义的啊。"

"总感觉就应该是给你的……"风从没有关紧的窗里吹了进来，吹动着林时无的衣袂和额前的碎发，他说话的声音很轻，很快就被风吹散了。不知为什么，林时无就像是风中飘零的落叶一样，总给她一种抓不住的感觉。

就在这时，楼下的汽车喇叭声打断了白冉可的思绪。

"林医生，你好了吗？"

"隔离精神病院那边来接我，顺便帮我带些东西过去。"听着楼下的喊声，林时无望向白冉可的目光里隐约有些诀别的意味，"我该走了。"

这个曾经那么温柔地对待过自己的男人，这个曾经教会了自己那么多东西的男人，这个自己曾经暗恋过的男人，就要离开了……

白冉可难以按捺内心的不舍，只想送他一程："主任，我帮你搬些东西下去吧。"

林时无要搬的东西并不多，只有一个拉杆行李箱和一个装衣服的小手提箱。

这是白冉可印象中，林时无第一次没有拒绝她的好意和请求。

他笑了，如同初见时那般，如同白月光洒向山谷，温柔不已："嗯，那拜托了。

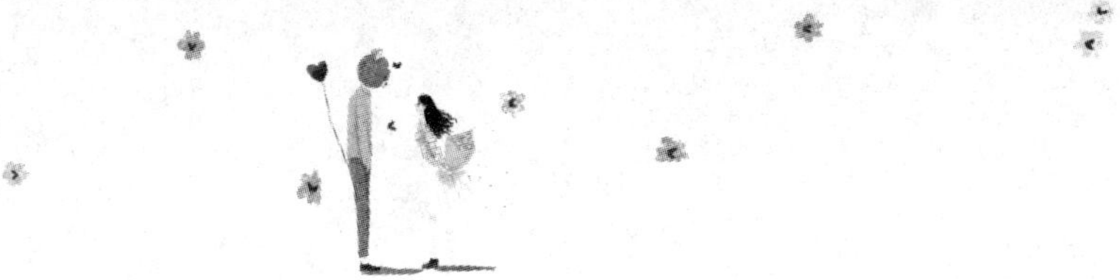

那个小手提箱比较轻，冉可你帮忙搬那个吧。”

（6）高楼救援（上）

距离帮林时无搬家的事情已经过去了一周了，白冉可却越来越心神不宁。她看着秦休央的眼神总有些闪烁，而且，不知道是不是自己的错觉，她总感觉秦休央的目光也总是有意无意地落在自己的身上。

这个醋缸子，难道已经知道些什么了吗？

12 月 31 日，这天，吃着晚饭，白冉可终于忍不住了，决心向秦休央坦白。毕竟就算做不到今日事今日毕，起码得做到今年事今年毕啊！

“我有一件事对不起你。”

秦休央听后愣了一下，停下了手中的筷子，思虑片刻，说道：“我也有一件事对不起你。”

“嗯？”白冉可眯着眼睛，把秦休央自上而下打量了一番，质问，“你果然还是对朱颜有意思吧？”

“啧，是关于林时无的。”秦休央不满地白了白冉可一眼。

“巧了，我的也是关于主任的，你先说。”

白冉可眨巴着眼睛注视着秦休央。

秦休央把手中的碗筷放下，虽然没有正眼去看白冉可，但眼角的余光一直警惕地留意着白冉可的反应：“前段时间，我跟死妹控去吃烧烤的时候，看到他的幻觉越来越严重了，就跟他说，可能是他妹妹为了稳固自己的继承人位置，串通了林时无给他开错药……”

果不其然，他话音未落，白冉可的筷子便劈头盖脸敲了过来，他反应敏捷，立马抬起手臂挡了一下。

“我们家主任绝对不会干出这种事好吗！你这样诽谤他，是皮痒了欠收拾吧？”

“好好好……”秦休央一边哄着，一边迅速转移了话题，“那你呢，你干了啥对不起我的事？”

被秦休央这么一问，白冉可停下了“家庭暴力”，眼神开始变得躲闪了：“唔……”

见她支支吾吾的样子，秦休央的双眸越加幽深。

“我上周听说他要离职，便立马去他家找他了，我们两个人单独在他家里待了半个小时。”看着秦休央那如同猎人紧盯墙角小兔子一般的眼神，白冉可心里发毛，最终还是坦白交代了。

“半个小时？这个时间点很敏感啊。”秦休央整个人都有点不好了，“咋了，你们是在给我织绿帽子吗？”

“没，我去给他搬家。”白冉可撇了撇嘴。

秦休央双手交叉放在胸前，轻哼了一声。

白冉可正在考虑要不要去给他顺个毛的时候，忽然听到身后传来了一个急促的女声：“休央！”

白冉可转过头，门没有关，一个四十岁左右的长发女人出现了门外。她穿着合身的浅红色海棠枝改良旗袍，外搭着一件米白色的高档复古外套，虽然已不年轻，但皮肤细腻，保养得极好，岁月并没有夺走她的美貌，反而给她添了几分年轻女子所没有的娴熟气质。这一等一的美人，一看就知道不是来自寻常

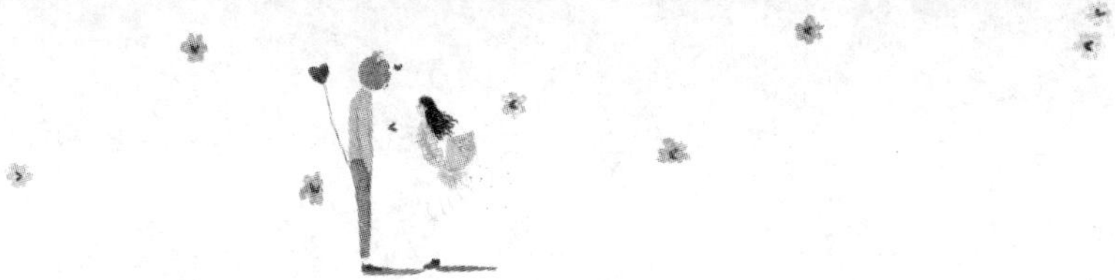

人家。可此时，美人面带愁色，双眼发红。

“苏太！”秦休央本来是懒洋洋地瘫坐着，见到苏太立马站了起来，敛了神色迎了过去。

苏太？苏放的妈妈？

见状，白冉可连忙去给苏太斟茶，却见苏太一进门，就紧紧地握住了秦休央的手。苏太抿唇望着秦休央，泪水潸然而下。

白冉可有点被吓到了，连忙把手中的热茶递给苏太，扶着她在沙发上坐下：“苏太，你别着急，有事坐下来慢慢说。”

“苏放昨晚被送到我们市的隔离精神病院去了。”苏太握着水杯的手因为太用力而有些指节发白，她噙着泪水，努力调整自己的呼吸，声音却是抑制不住地颤抖。

“他被送进去之后，我想把他救出来，可是这个家一直都是苏放的爸爸颂风在拿主意，我一个人都不认识，实在不知道该找谁帮忙。而且，出了这样的事后，颂风说家丑不可外扬，他让人把我看管起来，不让我出去为苏放奔走。我方才也是趁颂风出去了，说服了老管家把我偷偷放了，才来到这里。休央，除了你，我真的不知道还能找谁帮忙了……”

心底不祥的预感成为现实，秦休央的心沉重莫名。他眉心紧皱，问道：“苏放怎么会被送到隔离精神病院去，不是只是出现幻觉吗？”

秦休央不问还好，他一问，苏太的眼睛便又被泪水遮掩。

“从英国回来时，我就觉得苏放这孩子有点什么不妥了。苏妩便给他找了个心理医生，可是苏放接受了他的治疗后，情况不光没有好转，反而越来越严重了。昨天，林医生好像也意识到了这个问题，就给孩子换了药。苏放服药后说困，早早就睡了，我和颂风也睡得很早。

“可是睡到半夜的时候，我忽然听到苏妩的房间里传来了尖叫声。当我和颂风赶到她房里时，居然看到苏放把苏妩压在床上，在撕扯她的衣服……

“颂风看到后，气到整张脸都红了，如果不是我拦着，他已经把苏放活活打死了。苏妩被吓得一直在哭，我便在照顾苏妩，等到她情绪稍微稳定下来时，我想去找苏放，却被告知颂风已经把他送到隔离精神病院去了……

“苏放那孩子，虽然从小就黏着妹妹，但我知道，他绝对不是那样的人，他绝对不会干出这种事……”

想到自己的孩子在隔离精神病院里，不知会受到怎样的委屈，苏太的泪水如同决堤之洪，簌簌而下。

“苏太……”

听到秦休央的声音，苏太抓住了他的手，就像是抓住了救命的稻草一般。她望着秦休央，低声问道：“休央，我从前对你很好吧？你离家出走，住在我家的时候，我一直是拿你当亲儿子看待的。你还记得吗，你念书的时候很喜欢吃香草戚风，我就每个周末给你做……”苏太停了下来，用另一只手紧紧地捂住嘴巴，声音哽咽，“我……我不是想挟恩图报，但你救救苏放，救救我儿子……”

一个母亲为了自己的孩子梨花带雨、苦苦哀求，任谁看着都于心不忍。

“苏太，你放心，且不说你对我有救命之恩。”秦休央轻轻地拍着苏太覆在他手上的手，“就因为苏放他是我最好的朋友，他出事了，我也不会袖手旁观。”

“嗯，我就知道休央你是个好孩子。”苏太从包包里掏出手帕，擦拭着脸上的泪珠，脸上露出了一丝苍白的笑容。

见苏太的情绪稍稍稳定了下来，白冉可抿了抿唇，问道：“苏太，林医生

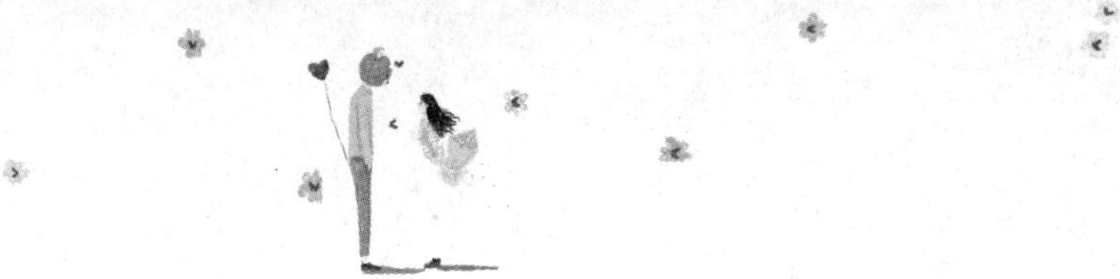

给苏少开的药你还有吗？我也是心理医生，我想看看。”

“有，我想着可能会有用，就带了些出来。”苏太有些慌乱地打开包包，从里面拿出了一块软布，软布内包裹着小玻璃瓶，应该是她怕来的路上会不小心碰碎，特意做的防护措施。

白冉可打开其中一瓶，轻轻嗅了嗅，又仔细检验了下，柳眉便拧了起来：“是致幻剂……”

怪不得苏少的幻觉越来越严重了！可主任为什么要这么做？

“我回一趟江氏找院长，把事情告诉他，让他立即联系隔离精神病院。”白冉可抓起外套，就匆匆想往外走。

“我跟你一起去。”说罢，秦休央叮嘱苏太，“你先让司机接你回去吧，你在家等着，我一定把苏放给你带回来。”

“嗯。”得到秦休央的承诺，苏太眼含泪光，重重地点了点头。

在去江氏心理医院的路上，白冉可一直在打林时无的电话，却被一遍遍告知“您所拨打的用户暂时无人接听，请稍后再拨”。白冉可咬着嘴唇，心内一时像是塞进了无法除去的细刺，隐隐作痛，让人焦虑、烦躁、苦闷不已。

赶到医院后，白冉可把所有的情况告诉了院长江重华。江重华听后也皱了眉头，他叹了一口气，带着浓重的鼻音，听着让人压抑：“我这就打个电话给隔离精神病院的院长。”

说罢，他便拿着手机走了出去，走得很远，白冉可无法听清他在讲什么。

白冉可依旧没有放弃拨打林时无的电话，她很想要一个答案。可她这次打过去，却又被告知对方正在通话中。

就在她心烦意乱之际，江重华回来了，他神色凝重，对白冉可和秦休央说：

“打了很多次，对方院长都没有接电话……”

江重华话音未落，秦休央的手机便响了起来，秦休央见是所长的电话，立马接了起来。

见挂断电话的那刻，秦休央整张脸都阴沉不已，白冉可心里一“咯噔”，预感要出事，忙问：“怎么了？”

“就在刚才，隔离精神病院A栋发生了火灾，35楼到40楼燃起大火。当时，所有的医生和病人都在33楼的餐厅里吃晚饭，当疏散完成时，却有人反映说林时无以进行集中治疗为由，和病人陆方奇、朱颜和苏放一起留在了40楼，这四人并没有下楼进餐。有人拨打了救援热线，所长让我十五分钟内赶到隔离精神病院，参加救援。”

“我跟你一起去！”白冉可望着秦休央，澄净的目光急切而又坚定。

有一些事情，她真的好想问清楚主任。主任到底有什么在瞒着她，那个一直以病人为上、对病人那么好的主任，一直是她当作楷模的主任，为什么要这么做……

秦休央眼睛半眯，点了点头。

江重华叹气：“我也一起去吧。时无怎么说也是我们江氏出去的医生，而且是我的女婿，说不定我能有什么帮得上忙的地方。”

待到三人赶到隔离精神病院的时候，入目的便是一栋熊熊燃烧的高楼，寒风在给火焰助势，火光明亮耀眼，大有要刺破黑夜的气势。

这是今年的最后一个夜晚。

今夜一片沉寂，像之前的每个冬夜一样的寂静，只有这片火焰在呼啸作响;

今夜一片漆黑，像之前的每个冬夜一样的晦暗。这场大火，像极了滴水最后的穿石，像极了压抑已久的人最后的爆发。

在着火的 A 栋旁边的 B 栋楼下，聚集了密密麻麻的一圈又一圈的人，白冉可跟着秦休央挤了进去，找到了所长和其他的救援队员。很快，她就发现 B 栋的墙壁上投影着视频，而在场的所有人都在看着视频。

林时无那苍白的脸庞出现在视频中，他还是穿着她最后一次见他时，穿的那件灰毛衣，看着是如此熟悉。他的身边有火焰在燃烧，不时有火星被风吹来，落在他身上，可他就像是感觉不到一样。

在他的身旁有一张长桌，陆方奇、朱颜和苏放三人坐在长桌后的椅子上。与其说他们是坐在椅子上，倒不如说是被绑在了椅子上，他们的口中，甚至还被塞上了手帕，防止他们出声。

（7）高楼救援（中）

“这……这是怎么回事？”听到江重华发问，白冉可才从震惊中回过神来。

“他就是你们江氏出来的心理医生吧？你们江氏怎么出了这样的人？”她看到救援所所长已经不再年轻的脸因为担忧和震怒涨得通红，望向江重华的目光也很是不悦，“他从朱颜手中取得权限，接通了星辰电视台。现在他们在 A 栋天台发生的事情，正在电视台直播，整个鹤去市现在都在看着。

“你们来之前，他就在镜头前交代了：这三个人本来并没有什么精神疾病或者心理障碍，是他利用自己的职务之便，一步步地把他们逼疯，把他们送到这隔离精神病院来。这场大火就是他放的，他就是要让这三人死！他怎么能这么恶毒？”

江重华也被问得有些哑了，他目带歉意，问道：“有没有什么办法可以联系上时无？”

“星辰电视台那边有提供一个通信器，声音可以直接传到他戴着的耳机中。”所长把通信器抛给江重华，却被白冉可截了下来。

白冉可目不转睛地望着投影中的林时无，双眼发红，拿着通信器，低低地唤了声：“主任……”

“冉可？”林时无微微一愣，他听出了她的声音。

“主任为什么要这么做？”白冉可因为情绪的剧烈起伏，声音有些颤抖。

“冉可想要知道真相吗？”林时无垂下眼睑，嘴角扬起了一丝有些放纵的苦笑。

她一直迫切地想要得到答案，可在这瞬间，她忽然感觉心底有一种恐惧袭来，她害怕知道真相了。

如果林时无现在在她身边的话，这么细心的他一定会察觉到她眼底的恐惧。但是，他不在。

过了一会儿，林时无缓缓地睁开狭长的眸子，他的眸中是冉冉火光，却不能给他的眼眸添上半分的温度。他没有等到白冉可的回答，便当她是默认了。

“鲤涟，我死去的妻子，她本来是这个世界上最美好最温柔最与世无争的人了。可能就是因为她太美好了，所以才惹人觊觎。

“婚后，我们一直形影不离。直到有一天，她跟我说，她要去参加同学聚会。那天，我要加班，就没有陪她一起去。我跟她说：‘我在家里亮着灯，等你回家。’

“可是无论我怎么等，鲤涟都不可能再回家了。因为同学聚会那晚，她被朱颜诱骗上聚会酒店的天台，早就等在天台的陆方奇和苏放对她进行了轮奸。她接受不了这个刺激，当晚便从天台上跳楼自杀了。事后，警方一直以证据不足为由，让害死鲤涟的凶手逍遥法外。既然警方不能把凶手绳之以法，那我就自己为她报仇。”

林时无走到陆方奇的身边，勾唇一笑，眼底却是深深的绝望。他望着陆方奇，问：“害怕吗？鲤涟当年也一定很害怕很无助吧？”

林时无轻轻地拔开了塞在陆方奇口中的布条，陆方奇猛地深吸了几口气，边喘边喊：“救命啊！谁来……谁来救救我！他……他才是疯子！”

“所以，请你们去给鲤涟道歉吧，我在天国的鲤涟。我带你们去，我和你们一起去。听说被火烧的过程会很疼，但你们不用怕，我给你们调了些神经药剂，只要喝下去，就不会感觉到疼了。不光感觉不到疼，也感觉不到害怕和悲伤，感觉不到任何的情绪。”

林时无拿着桌面上三杯药剂的其中一杯，朝陆方奇凑过去，他把所戴的耳机扔掉，楼下的人便再也听不到他说的任何话，通信器的声音也完全无法传递给他。

所长看到林时无拿着药剂强行往陆方奇口中灌时，眉心拧成了个疙瘩：“秦休央、唐浩然出列！因为大火所引起的爆炸，导致30楼到35楼的电梯发生损坏，无法正常使用，35楼到40楼室内也因为大火无法通行，所以我要求你们从30楼外墙开始往上攀登。到达天台后，秦休央负责吸引林时无的注意，唐浩然负责解救被困人员。等林时无被控制后，我会让直升机去支援你们，从直升机上放下软梯，你们带着被困人员搭乘直升机离开！听明白了没有？”

“明白！”秦休央和唐浩然几乎是条件反射性地站直身子，声音坚定地回答。

秦休央最后一次检查好攀爬用的高吸附机械手套，正打算跟唐浩然一同出发，在抬起头的时候，正好对上了白冉可那欲言又止的目光，她的眸中总是静静流淌着一片细细的碎芒，即使是在人群中，也能一眼被看到。

他知道，她没有说出口的请求。

秦休央对上了她的目光，放低嗓音："放心，身为一个救援队员，我会尽力去救所有人。"

白冉可眼含泪光，重重地点了点头。

告别白冉可，秦休央与唐浩然两人快速地从楼梯赶到了30楼，从上风口的外墙开始往上攀登。因为火势迅猛，两人没有办法做任何的保护措施，只能依靠机械手套和强大的臂力在向上攀爬着，看得楼下的人胆战心惊。

就在爬到34楼的时候，秦休央忽然听到唐浩然的机械手套传来了"嘀嘀嘀"的尖锐声响。

那是电量快要用尽的提示音……

秦休央听得心跳漏了一拍，他朝唐浩然处瞥去，只见唐浩然左手的手套电量已经用尽，只剩右手吸附在玻璃上，正在身体在高楼之上悬空，可这唯一一只正在工作的手套，现在也正发出夺命的"嘀嘀"声。只要电量用完，唐浩然毫无疑问便会从这高楼上跌下去，粉身碎骨！

秦休央快速地挪到了唐浩然所在的位置："快！抱住我右手手臂！"

"你……你想干吗？手套没有办法支撑我们两个人的体重向上爬，你这样我们都会掉下去，死在这里的！"唐浩然眼睛有点发红，他也是深呼吸了一口气，才把话说出口，"你不要管我！"

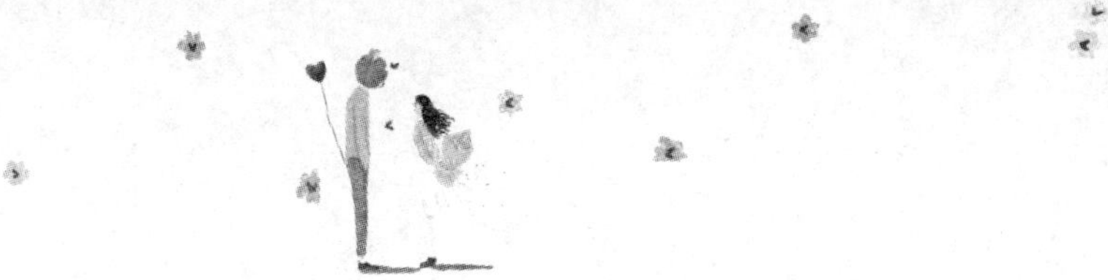

“我让你抱住我的手臂！”秦休央红着眼，朝唐浩然吼。

“秦休央！”

“听不见吗？”

秦休央漆黑的眸子布着血丝，像极了一头发怒的狮子。

唐浩然没有再犹豫，很快用手搂住了秦休央的右臂。秦休央用右臂死死地支撑着两人的重量，随后把左手白冉可送他的“先锋者”手环往额上一敲，启动开关，然后朝大楼的钢化玻璃砸去。玻璃很快被砸出一个大洞，凭借着专业的素质和强大的惯力，他拉着唐浩然朝 34 楼内跳去。

待到两人稳稳地落进室内时，唐浩然右手手套的电量亦恰好用完。秦休央在地板上瘫坐了好一会儿，有那么一瞬，他感觉整个人都不能呼吸，大脑是缺氧的。

待他回过神来，他便冲了过去，把唐浩然从地上拽起，朝着唐浩然的脸狠狠地揍了一拳：“你为什么执行任务前不检查好装备？你知不知道你刚才差点就没命了？”

“我检查了……”唐浩然用手擦了擦嘴边的血迹，不知道是碍于秦休央的盛怒，还是有些惊魂未定，说着说着声音变小，“我也不知道，为什么会这样子……”

“你留在这里吧，我上去。”事态紧迫，秦休央没有心思去听唐浩然解释。

“不行！这次你一个人真的做不来！在茶光的溶洞，你只需要救一个人，但这次有四个要被救的人，你就算再厉害，也不能一个人把他们都救下来！这次，你别想再抛下我！”

“我记得，你攀岩成绩还可以，上次考试只是比我少 0.1 分对吧？”秦休央垂着眼睑，唐浩然无法看出他眸中的情绪。

秦休央把自己其中一只手的机械手套脱了下来，扔给唐浩然，他抬起眸子，漆黑的眸中似乎有无色的火焰在燃烧：“这次，我有对我而言很重要的人要救，你可千万别拖我后腿。”

秦休央率先爬出了外墙，唐浩然凭借着秦休央给他的机械手套，吃力地跟在他身后，可还是渐渐地跟他拉开了距离。

当秦休央上到天台时，他发现三人面前的玻璃杯有两个已经空了，林时无已经强行灌陆方奇和朱颜喝下了药剂。

看到秦休央走了过来，林时无拿着那个刚喂苏放喝了半杯药剂的玻璃杯，慢慢地往后退，与秦休央拉开了距离。

“死妹控！你没事吧？死妹控？”秦休央赶紧冲了过去，解开捆住苏放的绳子。

苏放就像是没有骨头一样，软软地瘫在他的怀里，他那双笑起来就让人感觉天都亮了的眸子，此刻没有焦距，就像是一潭死水。不管秦休央再怎么喊，他也不会像从前那样，跳起来，笑着跟秦休央打闹不停了。

“哐叽——”

听到栏杆门被打开的声音，还在悲伤中的秦休央机警地望去，便见林时无已经站在了天台边沿，只要再往后退几步，他就会从天台上掉下去。可林时无就像完全不知道一样，仍旧要往后退。

“快停下！你会死！”秦休央的眸子蓦地放大，呼吸也不由得变得急促。

林时无勾着浅浅的微笑，笑容里竟有些解脱的味道，这片火海，尘世的困难，

似乎都与他无关了。他目光潋滟温柔，似乎是想要抚慰秦休央。

“其实在我妻子死的那天，我已经死了。我只是一个因有执念而留在人间的亡灵。现在他们的罪行公布于众，现在他们已经喝下药剂，即使是活下来，也是一具没有灵魂的尸首，就像是我这么多年来一样。我已经为亡妻报仇，心愿已了，现在亡灵应该回到亡灵应该待着的地方去了。”

察觉到了林时无的想法，秦休央抛下苏放，立马冲了过去。

林时无见状，把手中杯子里的液体朝燃着火焰的地面洒去，一道半人高的火墙将他与秦休央隔了开来。

待到火墙消失时，秦休央看到林时无吞下手中的戒指，身子缓缓向后一仰，朝高楼边沿倒了下去。

“林医生——”秦休央飞扑了过去，用力地朝林时无伸出手。

(8) 高楼救援（下）

可是，却抓了个空……

在天台的边缘，秦休央就这样看着林时无从空中掉下去，越来越远，远到他不可能再抓住，不可能再看见。

当一声巨响后，楼下传来了一阵阵恐怖的尖叫声时，他知道林时无死了。

林时无，生于1990年1月1日，死于2018年12月31日23时59分，那时午夜辞岁的钟声还没来得及敲响，他终于还是没能活过2018年。

在白冉可还喜欢着林时无时，她拉着他逛了好多个老书店，为林时无去找他想要的绝版书，说想送给他做28岁的生日礼物。那箱绝版书可能还留在她的床底，可是林时无却没能活到 28 岁……

“秦休央！你在那里发什么愣，快过来救人，直升机马上要来了！”

不知什么时候，唐浩然已经爬上了天台，正在解绑着朱颜的绳索。秦休央回过神来，返了回去。

就在两人解开三人绳索，向指挥处发出一切就绪通知之时，却收到了来自直升机救援队员的反馈：“秦队！唐队！因为火势原因，直升机没有办法下降到可以下放软梯的高度！重复一遍！因为火势原因，直升机没有办法下降到可以下放软梯的高度！”

“怎么办？”唐浩然望着不断蔓延的火势，焦急不已，“这里有三个人，我们没有办法带着他们安全地从外墙爬下去，室内也不可能通行了，如果要等别的队员上来援助，怕也等不了了。”

秦休央蹙眉环视四周，熊熊的火焰映在他漆黑的眸中：“直升机上的队员，立马朝阳台投放组装阻燃板！楼下的队员，派三人在 B 栋天台候命援助！”

话音落下，秦休央便示意唐浩然拉着三人退到了天台角落。

“你想干什么？”

“隔离精神病院的 A 栋和 B 栋是双子楼，高度、布局完全相同，而且两栋楼之间的距离不超过 5 米。我想把阻燃板组装成一座简易搭桥，横在两栋楼之间，我们护着他们从 A 栋去到 B 栋的天台，再从 B 栋天台撤到楼下！”

就在秦休央解释间，便有无数的阻燃板从天而降，两人迅速地组装好后，便将之铺到了这两栋双子楼之间。

东风吹在高楼之上，飒飒作响，脚下之桥，摇摇欲坠，所有人都屏住了呼吸。秦休央护着苏放从桥上匍匐经过，身下不时传来了“吱吱呀呀”的声响，秦休

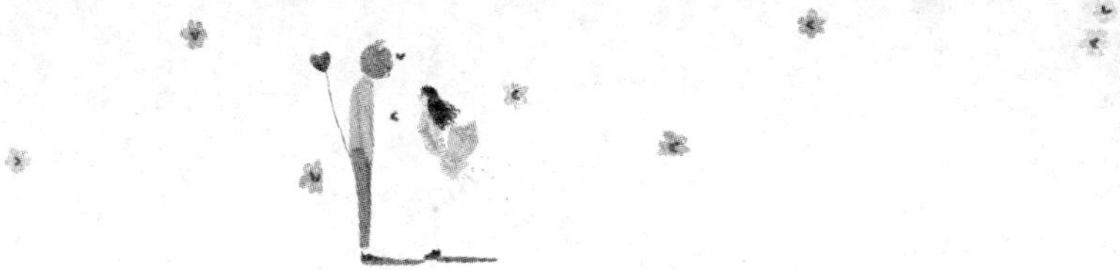

央的额上难免渗出了细汗。待到把苏放送到 B 栋的天台时，秦休央的心中才勉强松了一口气。

别的救援队员不多时也把陆方奇和朱颜救到了 B 栋，众人便一起撤到了楼下。

医护人员早就准备好担架等在楼下了，秦休央眼睁睁地望着双眼放空的苏放像个傀儡娃娃一样，被放到了担架上。就在这时，围观人群中，就有一个年轻人把还没喝完的饮料砸到了秦休央他们的身上。

“他们是轮奸犯！是坏人！你们为什么还要救他们？”

被年轻人这么一怂恿，周围的人也跟着纷纷附和——

“你们这群帮凶！”

“就应该让他们被烧死！”

“你们没有心吗？没点判断力吗？”

饮料盒、打火机、烟盒、小石头就像是雨点一样朝他们砸来，出于安全考虑，救援队员没有躲，因为他们知道，只要他们一躲，东西就肯定会落在后面的医护人员或者是苏放他们三人的身上，所以他们只能是默默忍着。

“你们不要砸人！否则我要报警了！”

危险！

看到白冉可冲到了砸东西的人面前，秦休央心内一颤，正想要把白冉可拉开，一颗石头便恰好在混乱中砸到了她的额头，殷殷鲜血从她的额上渗了出来。

“可可！”

砸东西的人见有人受伤流血，都怕自己要摊上事，纷纷散了。

秦休央连忙把白冉可拽到一个干净的地方坐下，替她检查着伤口，见伤口不深，他才感觉自己似乎又能重新呼吸起来。他用双氧水给白冉可清洗着伤口，因为过分紧张和心疼，反而对着白冉可责备起来："你傻啊？这么多东西砸过来你往前冲……"

话刚说出口，他便见白冉可眼睛红红的，立马把话咽了回去，声音轻了几分："我错了，我不该凶你的。"

白冉可就像是听不见秦休央的话一样，泪水沿着鹅蛋般的脸颊滑落下来，如同断线的珠子。

"双氧水消毒弄疼你了？"秦休央一边用棉花为她处理着伤口，一边哄，"那尽量轻点……"

"主任……死了，我都还没来得及跟他说一句'新年快乐'……"

秦休央看到她平素澄澈的眸子被泪水笼上，声音平静得接近了绝望，就像是深夜里一个被人遗弃在街市的孩子。

让人很想，很想去抱住她……

秦休央把白冉可拥入怀中，在白冉可看不见的地方，他缓缓地垂下了眼睑。

他知道林时无死了，白冉可会有多难过，他知道白冉可对林时无的感情，绝不亚于他对苏放。

但是无论林时无到底是出于什么原因要这么做，他都伤害了苏放。他可以理解那个要为妻子报仇的林时无，但是他不能原谅那个伤他挚友的林时无。

同样，他不会因为白冉可为林时无死去悲伤而责怪她，他也无法开口去附和这份悲伤，只能保持沉默。

"秦休央，你千万不能有事。要是连你都死了，这个世界上就再也没有真心对我好的人了。"白冉可用力地抱住秦休央，去回应他的拥抱。

她明明是用命令的语气在说，听起来却像极了是在撒娇。

秦休央用手抚摸着白冉可的长发：“放心吧，我这么讨厌的人，天公都不想太早看到我，绝对会活得长命百岁的，绝对会死得比你迟。”

我会陪你到死，我会连林时无的那份一起，更好地爱你……

只是这句话，秦休央终于还是没有说出口。

林时无这件事在鹤去市造成了巨大的轰动，差不多已经到了尽人皆知的地步。迫于舆论压力，早已结案的江鲤涟轮奸案，被调出来重查；隔离精神病院的强制关押治疗的鉴定流程被要求改进；江氏心理医院也被要求整顿心理医生队伍；苏氏地产宣布撤销苏放的继承人资格，改由苏妩成为新的继承人。

一周后，秦休央在白冉可处得到消息：精神判定报告已经出来了，陆方奇和苏放因为重度精神损伤，被送往圣约翰特殊医院进行后续治疗；而朱颜因为轻度损伤，则还是送往了江氏，由白冉可接手了她的 case。

收到消息的秦休央立马跑到了圣约翰，要求探视苏放。

“见是可以安排见面。”苏放的主治医生望着秦休央，欲言又止，“只是秦先生你要有心理准备，你的朋友和之前你认识的他可能已经不一样了，现在的他……是个精神病人。你确定要见吗？”

“无论他变成什么样子了，也是我认识的苏放！”

见秦休央坚持，医生叹了一口气，说道：“那秦先生在探视室坐一下，我去带他过来。”

秦休央在探视室焦急不安地等待着，大约过了五分钟，医生带着苏放推门而入，让苏放坐在秦休央的对面。

苏放穿着一件黑色的飞行夹克，内搭着一件黄蓝白交错的方格衬衫，似乎与他之前正常的时候没有太大的区别，只是瘦了一圈。秦休央在来之前，想到了太多更糟糕的样子，以至于这个样子的苏放，给了他太大的希望。

秦休央兴奋地把身子都撑在了桌面上，虽然是坐着，却拼命地往苏放面前凑："喂，死妹控，你没事吧？"

"我当然没事了。"苏放似乎是被秦休央的问题问得有点摸不着脑袋，忽然，他眸中闪过一抹惊喜，"休央你什么时候这么客气了，来看我还带吃的东西。"

"吃的东西？"

秦休央还没反应过来，放在桌子上的右手就被苏放抓了起来，他就像是捧着什么食物一样，毫不犹豫地用力咬了下去。

"嘶——"秦休央疼得倒吸了一口气。

有血流了出来，可苏放就像是没有看见一样，依旧开心地啃咬着他的手，仿佛在苏放的眼里，他的手只是一样食物。

看着这样的苏放，秦休央不由得红了眼。

这不是他认识的苏放……

"秦先生，你没事吧？"医生见状，吓得连忙把苏放拉开。

秦休央走到苏放的面前，用手揪着苏放的衣领，他拼命忍着眼泪，气恼不已的声音里却又偏偏透着一折就断的脆弱："别玩了，死妹控！我不相信你疯了！我不相信你会做那些事情……"

"别打我，别打我，我不闹，我会乖乖吃药。别打我，别把我绑起来！"苏放用力挣开秦休央，蹲在地上，用双臂护着头，脸上满是恐惧。

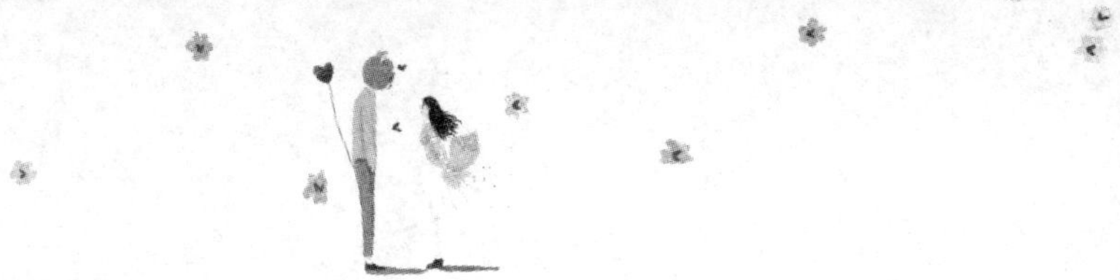

听着苏放的求饶声，秦休央缓缓垂下了手，心都要碎了。

医生皱着眉，为难地望着秦休央，劝道：“秦先生，今天……今天先到此为止吧。你看病人见了你受了很大的刺激，我想带他回去。”

“嗯……”秦休央只能应下，他闭上眼睛，也是过了很久才止住泪水。

当他再次睁开眼睛时，医生带着苏放已经走出了探视室。

看着苏放的背影，秦休央就感觉自己的心像是被什么揪住了一样，难受得无法舒展。

苏放一直慢慢往前走，忽然，停住了脚步，转过身来。那一刻，秦休央分明看到他眸子中熟悉的清明。

秦休央愣住了。

他冲秦休央咧嘴一笑，露出皓齿：“休央，不要难过。你看开点，这个世界上有很多东西都不是说来就能来的。”

这熟悉而欠揍的揶揄！

秦休央一下子回想起苏放在约他吃烧烤那天说过的话，心里既高兴又难过。

“苏妩她虽然从小就有点娇纵，但她本质上是个好孩子。我大学时期就知道苏妩她想继承苏氏，所以才报名参加国家队的选拔赛。我就是想远离鹤去市，远离商界，好让她可以成为继承人。

“她是我在这个世界上最重要的人，我愿意尽我之能给她想要的一切。如果她真的为了要稳固继承人之位要对我下手，我也会假装不知情，配合着她的脚本走下去。”

可以为她远离鹤去市，远离商界，也可以为她认了这疯子的名号吗？果然是个死妹控啊……

秦休央把双手插在大衣口袋里，沉默了很久，最后还是回应了苏放一个微笑。

“嗯，你可不要太入戏，忘了时间啊。”秦休央故意说得轻松，“苏太还在等你回家，我也在等你当伴郎的。”

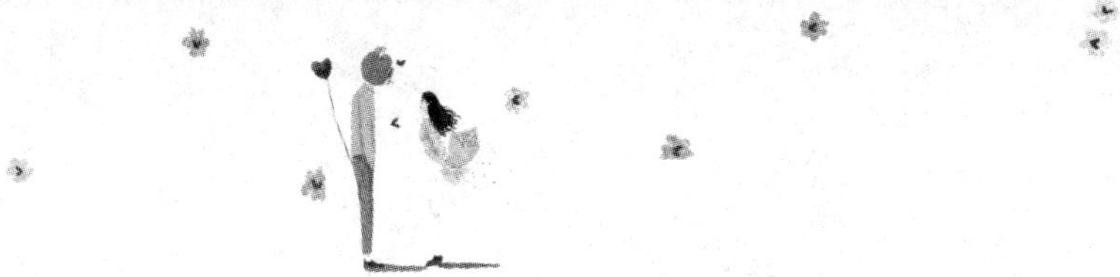

// 第六章 //

我 会 让 你 风 光 大 嫁 ！

（1）我们整个救援队都对坚果过敏（上）

三个月后——

白冉可收到唐浩然发来的信息，说有重要事商议，便去了他所约的咖啡厅。

想到唐浩然平时跟自己也不熟啊，一见面，白冉可便直截了当地问：“秦休央，他又干了啥对不起我的事了？”

“没，放心，秦嫂。根据我的观察，他最近乖得就像是我们家那只刚被阉割的英短蓝猫一样，没有任何发情的迹象。”唐浩然放下手中的咖啡，手指有些紧张地搓了搓杯耳，“一周后，就是秦休央入职六周年的纪念日，我想给他开个庆祝会，打算设宴在爱丽丝酒店。你知道，我跟他关系不好，如果是以我的名义邀请他的话，他肯定是不愿意去的。所以，我想让你跟他说，是你特意给他举办的，并且邀请了整个救援队给他庆祝。”

这个比喻真的是……让人一言难尽啊……

出于礼貌，白冉可并不好去吐槽唐浩然：“可是这非五非十的，好像没有什么特别大的纪念意义啊，为什么要挑六周年来办？”

听白冉可这么问，唐浩然的脸上掠过一抹绯红，他有些难为情地别开了目光。

“秦休央他三个月前救过我，我总得表示表示。十周年那个实在太久远了，连他今年生日我都觉得久，这三个月来我翻遍日历，发现有借口请他吃饭的最近的日子就是他入职六周年这天了。

“你别误会，我不是想感谢他，更不是因为他救了我就对他心生好感。我只是觉得，如果他救了我，我不表示一下的话，有点那个……就是那个，你懂吧？”

“我懂……”

你这就是教科书式的傲娇啊！白冉可哭笑不得。

“虽然你爷爷是我们鹤去市最大的保洁集团的董事长，但是这举办宴会的钱不能全由你出。”白冉可喝了一口侍应生端来的咖啡，一双明澈的杏眸望着唐浩然，目光挚诚而又坚定，“既然是以我名义请的，办宴会的钱请至少让我出一半，还好我刚拿了年终奖，有一点点的积蓄。”

“好，冒昧问一句，秦嫂你年终奖有多少？”唐浩然被白冉可的情绪感染，他迎着白冉可的目光，把双手放在桌上，身子微微前倾，也变得十分认真起来。

白冉可做了个手势：“三万。”

得到白冉可的回答，唐浩然的瞳孔微微放大。思虑片刻，他深呼吸一口气，欲言又止：“如果秦嫂坚持一定要出一半的话，那么我们的宴会就只能在事务所的操场上办露天的了。”

“……”

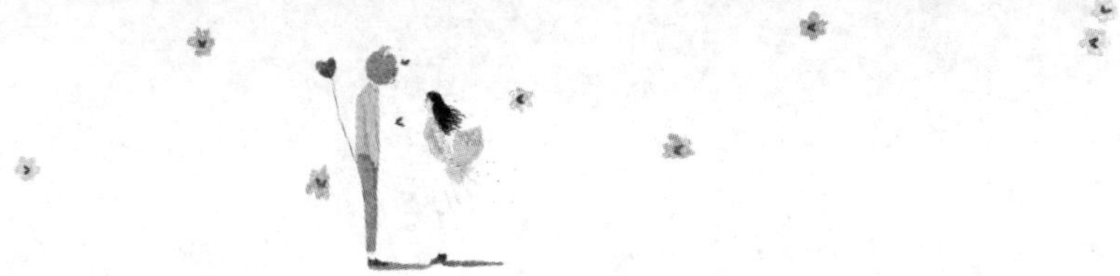

因为白冉可的坚持，整个救援队足足跟食堂阿姨磨了一周的嘴皮子，食堂阿姨才允许他们把食堂的桌椅搬到操场去。

艰难得到允许的救援队立即有人给白冉可发去了信息，收到信息的白冉可按照计划来到浮屠紧急救援事务所门口。她来得有点早，还没到秦休央的换班时间，她便把双手插在卫衣口袋，低着头在门口百无聊赖地用脚踢着小石子。

“你怎么来了？”

听到熟悉的声音，白冉可抬起头，甜甜地笑着：“来接你下班。”

“哪有女生接男生下班的？”秦休央不以为然地应着，眼里却有一丝喜色，“那回去吧。”

“先不回去，我们一起去操场逛逛。”白冉可没有忘记自己来这儿的使命。

秦休央的眼睛惯常地眯了起来：“操场有什么好逛的？”

“没情趣！到底逛不逛？”白冉可翻白眼。

“逛。”

得到秦休央的答复，白冉可拽着他的衣服就往操场上走，他懒懒散散地被拖一步挪一步。

看这小小的事情，秦休央都一副不情不愿的样子，白冉可心里有点不爽。

可是白冉可不知道，如果秦休央真的是不情不愿，以她的力气，又怎么可能拽得动他？

秦休央望着气鼓鼓地走在自己前面的白冉可。她今天穿着一件长袖白卫衣，下身是一条灰色和黄色交错的方格百褶短裙，一头长发随意披着，偶尔被风扬起，说不出的青春灵动。她还年轻，娇俏得很，春寒未退便开始露着修长的小腿了。不过，她有心情开始爱美了，总归是件好事。

这么想着，秦休央的目光不自觉地添上了几分宠溺。

不过，他眼中的宠溺很快被震惊所取代。秦休央看着操场上一桌桌的饭菜，又听着整个救援队的人窸窸窣窣地说起自己，还见到李霜染正把手中的红色横幅交给唐浩然，脸便不由得沉了下来。

这个场景，莫名的熟悉啊！

他眯起眼睛，思虑片刻，问道："我最近应该没犯什么事吧？没听说我又被处分了啊？我这次是被暂停职务，还是被吊销了紧急救助师证？"

"没，我给你举办的入职六周年纪念会呢。惊不惊喜？意不意外？"

就像是为了配合白冉可的话一样，李霜染跟唐浩然立刻把横幅挂了起来，这次的横幅依然是张扬的大红色，字上也依然洒着闪闪发光的金粉，只是标语由"热烈庆祝秦休央被停职"变成了"热烈庆祝秦休央入职六周年"。

秦休央望着被挂起的横幅，双唇下意识地张启，久久怔住。

白冉可在众人的起哄声中，把秦休央拉到主桌坐下。见他一副失神的样子，她不解地眨巴着大眼睛，问道："为啥你一脸的不高兴？"

"想必这顿饭已经花完了我们家所有的积蓄吧？"秦休央这才回过神来，拿起筷子，望了一眼桌上的菜式，掩饰着自己方才的发愣，"想到吃完这顿饭，我们家就起码得喝上一个月白粥，我便不禁感到难过。"

白冉可正想跟秦休央解释说唐浩然也有出钱时，看到隔壁桌的唐浩然朝她使了个制止的眼神，便又把话咽了回去，改口言他。

"放心，我每顿会给你加半包榨菜的。"跟着秦休央后，白冉可觉得自己插科打诨的本事增长了不少。

坐在同一桌的二狗以为秦休央是当真心疼钱，便劝慰："秦队！男人不能

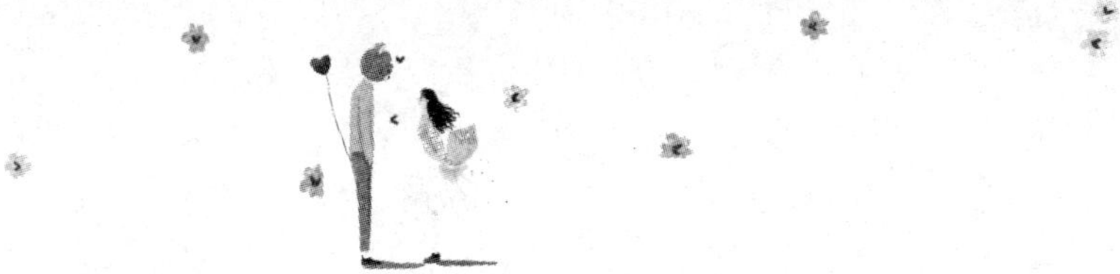

这么小气！要是你这个月实在活不下去，我可以赞助你一箱方便面！”

“我也可以赞助秦队你十包火腿肠。”罗萝总是第一个附和二狗。

“那我赞助三十斤大米吧。”

李霜染的语气里似乎还带着丝割肉般的疼痛。

秦休央对着他们翻了好久的白眼，见救援队里的其他人都望着他迟迟没有动筷，便喊道：“大家吃吧，吃吧！”

见大家这才开始动筷，白冉可低着头，一边拿起碗筷吃饭，一边吃吃地偷笑着。就在这时，她看到雇来的帮厨端上了一碟什锦坚果，用炸香芋雕成的篮子里装着炒好的青豆、玉米、腰果、火腿粒和肉粒，颜色鲜艳、香气诱人。

白冉可咽了一口唾沫，尽管这碟什锦坚果被帮厨放在了离她较远的地方，但她还是忍不住伸长筷子，夹了一次又一次。

当她再一次伸手想去夹的时候，她发现，那碟什锦坚果被直接端到了自己的面前。

在众人的眼前，受到秦休央如此赤裸的偏爱，白冉可有点难为情，她使了一个眼色，示意秦休央把坚果放回去。

“这样不大好吧，别人还要吃呢。”

“没事，他们都对坚果过敏。”秦休央眼都不眨地鬼扯。

白冉可充满怀疑，环视着桌上一分队的众人：“真的吗？”

（2）我们整个救援队都对坚果过敏（下）

还没等到众人回应，白冉可就听秦休央咳了两声。

一桌人立马异口同声地说："真的！秦嫂你随便吃！"语气间，满满是强烈的求生欲！

"那我不客气了啊。"

看到白冉可吃得那么香，坐在她旁边的李霜染说道："这道菜有这么好吃吗，我感觉味道还不如我做的啊。"

"欸？副队你还会做菜？"白冉可抬起头，有些诧异。

"对啊，我爸就是厨师，我小时候就跟在他身边瞧着学着，所以做得也挺有模有样的。"李霜染快五十岁了，他的眼睛不如救援队里的年轻人那般清澈明亮，却有着温馨的微光，"我昨天已经提交了转业申请，所长也已经批了，估计这个月流程就能走完了。我打算回茶光，跟糖心一起开一家餐厅。"

"好啊！我一定第一个去给你捧场！"白冉可笑着许诺。

闲聊中，白冉可不知不觉地就把一整碟的坚果都吃得差不多了。秦休央见状，便悠悠地给另一桌一分队的队员们递了一个眼色。

没想到，这个眼色递出去后，不光一分队的队员，就连旁边二分队、三分队的，都纷纷端着他们那桌的坚果走了过来，放到白冉可的面前。

"秦嫂你吃吧，我们整个救援队，都对坚果过敏！"

"这……"

望着自己面前堆积如山的坚果，白冉可一时有点反应不过来。

这时，三分队的顾思澈把最后一碟坚果稳稳地摆在了她的面前，笑着对她说："我们骆队让我把我们这桌的坚果给你送来，他说，谢谢你年末那晚出面去制止向我们扔东西的群众。"

如同是一滴热蜂蜜酒落进心中，丝丝甜蜜与温暖在漾开，白冉可鼻子一酸，

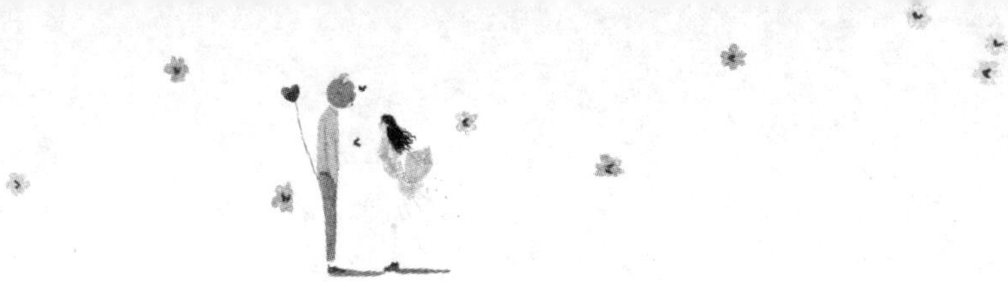

感觉到一种前所未有的肯定与归属感，她被秦休央宠着，也被整个救援队所认可。

这一刻，白冉可觉得自己幸福得快要哭出来了，可又感觉这个时候哭出来会很傻，便强行压下眸中的泪水，笑着说：“嗯，我一定会把你们给我的坚果全部吃完的！”说罢，便拿着勺子，往嘴里塞了满满的一勺子坚果。

这时，一道雄浑的声音响起：“你们开宴会怎么都不叫上我啊？”

“所长！”

白冉可循声望去，看到所长来了，便条件反射一般跟着众人齐刷刷地站了起来。

二狗最先回过神来，想要拉着所长入席，但是所长拒绝了：“不了，不了，我只是开个玩笑，我三高，吃不了这些东西。”

所长摆摆手，示意众人坐下。

“趁着今天人齐，我有件事要宣布。三十年前，我以一名救援队员的身份来到浮屠紧急救援事务所，当时也是跟你们一样年轻、充满活力；三十年过去了，我也从一个帅小伙子变成了一个又胖又秃的中年人。从今年开始，医生便建议我要安心休息，好好调理身体。”白冉可发现，所长虽然是在用很轻松的语调在说，眼眶却不由得有点红了，“想来我这么一个别说再去救人，就连跑快一点都会觉得吃力的人，硬要再当救援事务所的所长也有点不大合适。我是时候该退休了。我打算从你们当中选一个人，来接替我，成为浮屠紧急救援事务所新的所长。”

白冉可正想发话安慰一下所长，但是救援队里，总有一群直男，丝毫不能理解到所长内心的不舍与伤感。

所长话音刚落，白冉可便见到二狗急匆匆地站了起来：“我觉得我们秦队就很合适！”

这孩子是在救人的时候，把情商都忘在了救援现场吗？

“我们唐队更合适！我们唐队曾经只身穿越火海救人！”

就在白冉可张大嘴巴，为二狗的不合时宜的发言一脸蒙时，她便又见到二分队的副队争先恐后地站了起来，用洪亮的声音反驳。

三分队的顾思澈似乎也想站起来，但是三队长骆仲昀伸手制止了他。

听到李颖的发言，二狗不甘示弱地回道：“我们秦队曾经徒手跟持枪歹徒搏斗！”

“我们唐队曾经绑着一根绳子就敢跳百米高楼！”

“我们秦队曾经不带设备就敢潜百米深海！”

“……”

二狗跟李颖就这么互相怼了起来，随着时间的增长，对自己队长的吹捧也就从现实变为也许是现实再到魔幻现实——

“我们唐队曾经为了救人，深入南极大陆，靠吃企鹅抗饿！”

“我们秦队曾经为了救人，深入撒哈拉沙漠，靠喝尿止渴！”

“不！别乱说！我没喝！我没有！”秦休央闻言立马开口否认。

白冉可在一旁看着秦休央慌张解释的样子，吃吃地笑了。

“坐下！”所长望着吵得面红耳赤的二狗跟李颖，训斥道，“我没让你们推荐选举，我已经有人选了，这件事我说了算！”

所长把目光投向秦休央，暗暗地叹了一口气，随后宣布道：“一分队队长秦休央！”

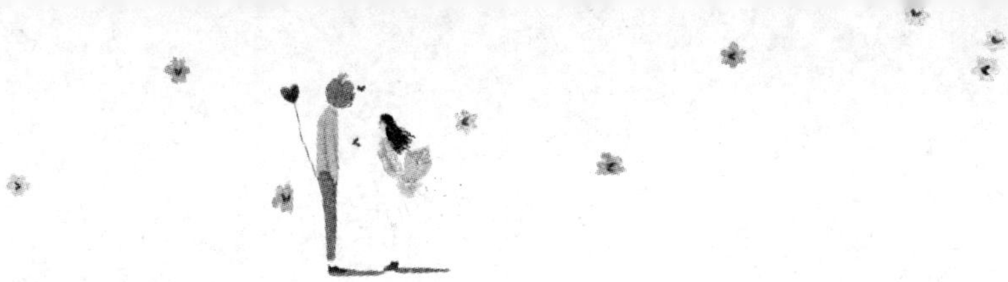

秦休央迎着所长的目光，眼睑微微垂下，若有所思。

就在这时，椅子与地面急促摩擦所产生的不小的“咔叽”声吸引了众人的注意。几乎是所长刚宣布，唐浩然便立马站了起来，一张脸黑得就像是抹了锅灰一样。

想到自己的死对头必定是不服，怕唐浩然一气之下会做出什么冲动的事情，秦休央站了起来，把白冉可暗暗地护在了自己身后。

很安静，大有战争一触即发之势，一分队和二分队的人都屏住了呼吸。

安静得掉根针都能听见的空气中，忽然传来了唐浩然的掌声。

唐浩然依旧蹙眉抿唇，却对着众人说道：“二分队，全体鼓掌，恭喜秦队！”

听到在场的掌声慢慢由三三两两、稀稀疏疏变得热烈，秦休央愣了好久。待他回过神来，他的嘴角扬起了一抹笑意，他的心里分明是极其高兴的，却装作稀松平常的样子：“谢谢唐队了。”

(3) 其实我就是想待在你身边

“你看看，这三条领带哪条会比较好？”白冉可拿着三条不同款式的领带，问站在等身镜前的秦休央。

今天是秦休央的就任仪式。根据惯例，就任仪式会在鹤去市爱丽丝酒店举办，邀请了鹤去市各界名流。先是由上一任的所长把蓝宝石胸针授予秦休央，完成交接仪式；随后由秦休央发表就职演讲，最后是例行鸡尾酒会。

场合是何等郑重，虽然仪式是在晚上七点才正式举办，但是白冉可不到下午三点就把秦休央拽到了爱丽丝酒店的贵宾休息室里进行打扮，西装试了一套又一套，现在好不容易把西装确定了，她又开始为领带而纠结了。

“蓝色斜纹的那条吧。”

“你确定？”听到秦休央的选择，白冉可有些愣了愣，思虑片刻，建议道，“这条藏青色的会不会显得更稳重些？”

秦休央似是目不转睛地望着镜子，可是眼角的余光早就瞥到了白冉可的身上，她今天穿了一件蓝色的小礼裙。

“我觉得蓝色就挺好的。”

只是可惜白冉可并没有体会到他的小心思，只是见他坚持，便踮起脚把蓝色斜纹领带为他戴上，并娴熟地打了一个温莎结。

待打好领带后，白冉可细心地帮他整理着领口。秦休央微微侧过目光，本来想打趣她的磨蹭啰唆，可是当他看到那张几乎贴到自己脸上的小脸是那么认真，就像是她正在做着什么了不得的不容出现任何纰漏的大事一般，他便把话生生地忍了回去。

“咳咳！”贵宾休息室的门没有关，从门口二狗的角度来看，两人的这个姿势就像是正在亲吻，二狗故作严肃地咳了起来，见两人有些诧异地朝他转过目光，他提醒，“就职仪式要开始了，秦队秦嫂你们先别亲热了，快过去吧！”

谁……谁亲热了？听二狗这么一调侃，白冉可的耳朵飞上了一抹艳粉色。

看时间确实差不多了，白冉可也没有去跟二狗辩解，只是跟着二狗和秦休央走了出去。

秦休央跟着其他工作人员去做准备，白冉可便跟着二狗在早就为她准备好的座位上坐下，李霜染和罗萝也在旁边。

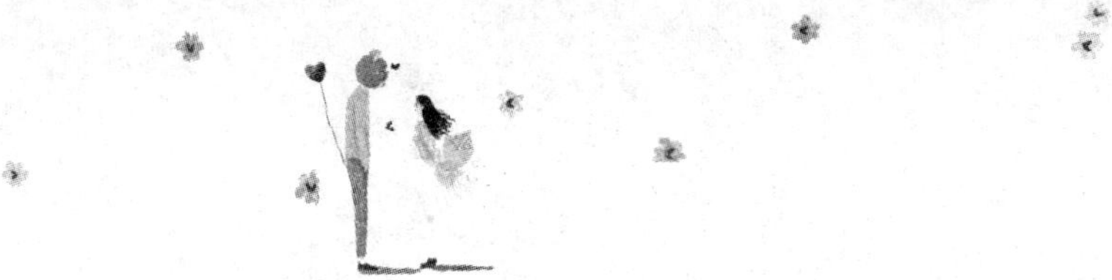

白冉可才刚坐稳，所长的讲话却已经接近尾声了——

“感谢大家这么多年来对我，对浮屠紧急救援事务所的支持！从今天开始，我将辞去所长一职，由原一分队队长秦休央接任！”

随着所长话音落下，现场响起了一阵雷鸣般的掌声，在掌声中，穿着一身得体西装的秦休央缓步走上讲台。他的头发纹丝不乱地扎了一个丸子头，一扫平时慵懒颓靡的风气，在灯光之下，他那双漆黑的眸子如同是发光的宝石一般，耀眼得让人移不开目光。

“秦休央，我现在把浮屠紧急救援事务所的蓝宝石胸针交予你，也把鹤去市人民的性命托付于你。我们救援队是鹤去人民生命的最后防线，现在请你对着我们救援队代代传承的蓝宝石胸针起誓，你会对鹤去市人民的生命负责！”

“我起誓！”

“嗯……”所长眼含泪水，欣慰地点了点头。他把蓝宝石胸针戴在秦休央的外套上后，抿着唇，最后看了一眼坐在台下的救援队的小伙子们，背着手默默走下了讲台。

所有的灯光此时便都打在了秦休央的身上，他身姿挺拔、容貌俊美，本来就容易吸引别人的目光，更何况屡建救人奇功，享有着“能从死神手中抢人”的声誉，又年纪尚轻便成了救援事务所的所长，此刻就更有几分万众瞩目的英雄的味道。

白冉可望着讲台，只觉得有点眩晕，都有些听不清秦休央的就职演讲在讲什么了。当然，眩晕有可能是因为秦休央此刻太夺目，但听不清则主要是因为旁边有人在说着声音不小的“悄悄话”。

“我比他早十多年进的一分队。他进一分队的时候，我就是副队，后来队长转业的时候，我本来以为我会当队长的，但是所长当时却把刚进队两三年的秦休央直接提成了队长，我还是副队。说实话，我一直挺不服他的。”李霜染望着讲台上的秦休央，嘴角的笑意是冲不淡的苦涩与自嘲，“不过后来他舍命救了糖心，我才能慢慢摈弃偏见，才发现他真的是挺优秀的。今天，这个当年进救援队时还是我负责带他的小年轻，都当上所长了。虽然很不甘心，但是不得不承认，他真的很优秀啊。”

“没有啦！副队也是很优秀的救援队员啊。我们很多次救援任务都是因为有副队丰富的经验才成功的！”二狗立马说道。

李霜染笑了笑，压下内心的思绪，望着二狗的眸中闪出了几丝狡猃：“你不用安慰我，救援队很快就是你们年轻人的天下了。我准备转业了，副队的位置就会空出来，我看啊，你们秦队很快就会任命你做新的副队了！”

“真的吗？”二狗的眼睛里放出了光来，毫不掩饰内心的兴奋与渴望。

“真的。”

得到李霜染肯定的回复，二狗欣喜不已，欣喜得白冉可都不好意思告诉他，李霜染只是在哄他，怕打击到他的心情。

就在这时，她便听到秦休央在讲台上说道：“因为有一位分队副队转业的原因，所以下面要做一下人事调整，在此任命……”

不是吧？难道李霜染刚才不是在开玩笑？

就在白冉可疑惑之际，二狗已经自豪地站了起来，脸上挂满笑容。

“在此任命顾思澈为三分队副队，直接听命于三分队队长骆仲昀……”

听到了秦休央接着的补充，二狗的笑容僵在了脸上。对哦，之前三分队也有一位副队转业。秦休央见台下的二狗忽然站了起来，也愣住了，竟止住了话语。

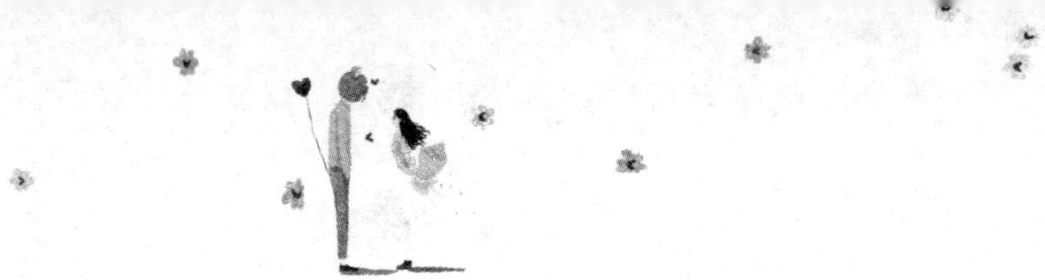

两人隔空对望，一时尴尬莫名。

在场唯一知道真相的三人：白冉可、李霜染和罗萝，都捂着嘴偷偷地笑了起来。

就职演讲结束，鸡尾酒会才刚开始，作为主角的秦休央就已经被来宾团团围住了。白冉可想着这种情况实在不好打扰他，刚开始陪着她的三人，李霜染和罗萝忙着逃跑，二狗忙着追着他们打，白冉可便只好一个人走到旁边的茶水间去吃点心。

白冉可挑了一小块覆盆子蛋糕，用勺子挖了一口递入口中，可是那绵软的甘甜，此刻却无法吸引她的心思。

可能是因为一直跟秦休央打打闹闹，习惯被他陪着了，现在只是自己待上一小会，都会觉得寂寞呢。

唉，习惯真的是一个可怕的东西啊。

白冉可无声无息地叹了一口气，又挖了一口蛋糕，还没来得及往嘴里送，勺子上的蛋糕便消失不见了。

空气蓦地安静下来。

白冉可与秦休央四目相望，只是一口吞下蛋糕的秦休央一如既往地眯着眼，而白冉可则震惊地睁圆了双眸。

“你怎么会在这儿？”白冉可从震惊中回过神来，便立马问道。

秦休央理所当然地回答：“我饿。”

“饿你个头，你刚吃晚饭不久！”白冉可连忙用双手把秦休央往茶水间外推，“你是今晚的主角，怎么能溜？外面找你不找疯了？”

秦休央双手交叉放在胸前，死活不愿意动，脸上俨然一副极嫌麻烦的样子："我刚才已经跟所长、赵局和救援队的人都打过招呼了。其他人，他们来这儿也不是真的想庆祝我，只是想借这个场合来拓宽一下人脉而已，不用管。"

你瞎说什么大实话啊？白冉可在内心怒吼。

"不行！如果你是一分队队长，勉强可以不用管，但你现在是所长，你这样很影响声誉的！"白冉可转身从桌子上，拿了一块蔓越莓饼干，一把塞进秦休央的嘴巴里，随后便拉着秦休央的手往茶水间外走。

刚出茶水间，白冉可就发现自己的手被秦休央紧紧握住了，十指相扣，难以分离。

白冉可微微张启双唇，有些诧异地望向秦休央，只见他从侍应生的手中取过香槟，把其中一杯递给了她。

他就这样把她往人群中带去，脸上哪里还有半分刚才的不情愿，他分明就是想把她带向众人。

白冉可就这样陪着秦休央去跟每一个前来的客人聊天。他平素习惯独来独往，懒散而又怕麻烦，真的是极其不会应酬的一个男人，但是今晚，他却极其有耐心地跟每一个前来祝贺的人介绍——她叫白冉可，是我秦休央的女朋友。

"秦所。"

就在白冉可有些累了的时候，一个头发花白却依旧精神奕奕的老人走了过来，他笑容可掬，让人感觉很好亲近。白冉可在电视上看过他——鹤去市最大的保洁集团唐氏集团的董事长、著名慈善家，也是唐浩然的爷爷——唐龙行。

秦休央不知唐龙行的来意，只是朝他微微点了点头。

"真是恭喜秦所了，我的孙子浩然也一直很想要成为所长呢……"

听着唐龙行的话，白冉可内心一紧。怎么，他爷爷要来砸场？

“我知道，浩然这孩子跟你一直不大对付。我本来以为，你成了新所长，他一定会很生气，但是他没有，他跟我说，你确实比他优秀，他以后会心甘情愿听命于你。这孩子一向心高气傲，他肯认可你，说明你一定有什么过人之处。”

唐龙行话锋一转，眸中的目光既有自豪，也有淡淡的无奈的伤感：“这孩子小时候很喜欢DC和漫威的电影和漫画，一直想要成为一个英雄。加入救援队是他的梦想，虽然我知道这份工作很危险，虽然每次出任务我都会担心得吃不下饭，但还是会选择支持他。

“只是他是我唯一的孙子，是我最珍视的家人，我还是难免放不下。今天，我把他拜托给你了。希望能救万千人的秦所，能从死神手中抢人的秦所，那个浩然决心要跟着的秦所，可以护他周全。”

唐龙行把手中的香槟缓缓举起，朝秦休央做了一个敬酒的动作。

这杯香槟，让人感觉沉甸甸的。

秦休央眼睑微垂，喝下手中的香槟：“我会尽我全力。”

（4）玩了我头发可是要嫁给我的

直到晚上十点半，鸡尾酒会才宣告结束，来宾陆续散去。当然也有一些在鸡尾酒会上就建立了合作意向的人，还在商榷着项目的细节，迟迟不肯散去，这也就不再与秦休央有什么关系了。

爱丽丝酒店外飘起了细雨，就着春寒渗入骨髓。白冉可只穿了一条蓝色的小礼裙，秦休央怕她着凉，把西装外套脱了下来，披在她的身上，他似是困倦至极一般打着哈欠，催促道：“人都走得差不多了，我们也回去吧。”

白冉可只当是他累了，“好心”应下。在路过茶水间的时候，一阵穿堂风吹来，白冉可下意识地紧了紧外套。

“他们怎么还在聊？”秦休央低沉的声音自头顶传来。

白冉可循着秦休央的目光看去，便看到院长江重华和陆方奇的弟弟陆方偶、朱颜的妹妹朱辞镜、苏放的妹妹苏妩在聊着些什么，而且聊得颇是起兴。

“他们的兄姊都出了事，而且其中有我们江氏很大的一部分责任，院长应该是安慰他们。”涉及有关林时无的旧事，白冉可的眼睛不由得黯淡了几分。

“可是谁家院长安慰病人家属，会是这么一番有说有笑的场景……”秦休央正不以为然地说着。忽然听到白冉可打了一个喷嚏，又见她冷得缩成一团在微微发抖，便不由得皱起眉毛，一副抱怨的语气，“不是让你多穿点吗？你说你没有胸还要穿抹胸裙，没有腿还要穿这么短的裙子，人家穿衣扬长避短，你穿衣扬短避长。走吧，别感冒发烧了，回头还要我背你去医院。”

“……”

在白冉可的拳打脚踢中，两人好不容易回到了家。因为路上的打闹，白冉可的头发和衣服多少被雨水打湿了。一回到家，白冉可便去洗澡，可是从浴室出来，正打算吹干头发时，她却发现电吹风坏掉了。

几乎没有多想，白冉可便摸出秦休央家的钥匙，穿着粉色的草莓印花睡衣，披散着湿漉漉的长发，朝他家走去。

自从秦休央给了她备用钥匙后，白冉可为了给他搞卫生，来过他家无数次，比不擅长家务活的秦休央更清楚他家的每一样东西的摆放。

她轻车熟路地走进秦休央的卧室，从他的床头柜第二层里取出电吹风，像

是在自己家一般，一个招呼没打，便自然而然地吹起了头发来。

卧室里笼罩着轻纱般柔和的橘色灯光，秦休央穿着睡袍坐在床上，袒露出胸前的阵阵春光。他可能是刚洗漱完毕，未干的头发有几绺贴在脸上，发上的水珠沿着他光洁的脖颈滑落，经过那性感的锁骨，落在细腻精瘦的腹肌之上，竟有些迷人味道。听着白冉可进来，他也未受半分惊扰，只是像个没事人一样，依旧在把玩着手机。

白冉可吹干头发，时间已经过了十二点，见秦休央盯着手机出神，便忍不住催促：“你也快把头发吹干吧，这么湿着头发，很容易感冒的。”

“放着吧，我这儿还有些工作交接的事情要处理，待会儿吹……”

“我帮你吹吧。”

见秦休央也没有拒绝，白冉可便拿着电吹风爬到了他的床上，跪坐在他的身后，一边用手轻轻拨弄着他的头发，一边打开电吹风的开关凑了过去。

被暖风吹着，秦休央一动不动地坐着，心安理得地享受着白冉可的伺候。可能是感觉到舒服，他的眼睛微微眯了起来，像极了一只……刚被阉割的英国短毛蓝猫，又懒又乖，就算是被玩弄揉捏，也不会反抗挠人。

可能就是这么一种错觉，让白冉可的胆子大了起来。在把电吹风放回床头柜的时候，她看到柜子上放着秦休央扎头发用的橡皮筋，便偷偷地顺了过来，绕到他的身后，笑嘻嘻地说：“我顺便给你扎个头发。”

“嗯……”秦休央支吾地应着。

白冉可拨弄着他的头发，本来他还没有察觉到什么不妥，直到白冉可拿着手机不停地对着他拍照的时候，秦休央才终于感觉到了不对劲。他用手去摸自己的头发，当他发现白冉可给自己扎了个双马尾时，脸一黑，白了在床上笑得人仰马翻的白冉可一眼："无聊。"

白冉可憋住笑意，凑到他的身边，想接着倒腾他的头发，却被他不悦地用手拍开。

"你就让我玩一下你头发呗，我保证绝对不拍照了，没人会知道的。"白冉可嘟着小嘴，就像是一个在等待着给芭比娃娃扎头发的小女孩一般。

"芭比娃娃"秦休央禁不住她期待的眼神，和她故意放软的撒娇语气，终于还是接受了自己要成为玩具的命运，一头大狮子变成傲娇小猫咪，连瞪人的眼神都有些有气无力："随便你吧。"

白冉可"咯咯"地笑着，抓准时机便把罪恶的小爪放到了秦休央的头发上，马尾辫、朝天辫、双丸子……一一尝试把玩着。

当最后扎完四条羊角辫时，白冉可觉得有些困了，床上柔软而又温暖，确实让人很难下定决心离开。在柔和的灯光下，她望着秦休央，这个一直陪着自己、跟自己怄气、不停地嫌弃自己的秦休央，忽然觉得莫名安心。

她抓起床上的珊瑚绒被子，在秦休央的身边找了个舒服的地方躺了下来。

也许这辈子，他们都会相互陪伴、相互怄气、相互嫌弃吧？也许，这就是岁月的善意吧？

"呸，什么鬼？让他们想个求婚办法想了一晚上，一个比一个肉麻，整个救援队竟然没有一个人能想出个靠谱的办法。"秦休央一气之下解散了"求婚大作战群"，把手机扔到一边，这才真正有心思去收拾玩了自己一晚上头发的白冉可，可是却发现她已经在自己床上睡着了。

"啧啧啧，睡得可真香啊。这么没戒心，最好下手了。"秦休央望着床上那张睡得香甜的粉扑扑的小脸，嘴角不由得扯起了一个痞笑。

清晨的阳光从窗外洒了进来，白冉可揉了揉惺忪睡眼，见秦休央坐在床上，双手交叉放在胸前，一脸坏笑。

看着秦休央如此笑容，白冉可立马被吓了个清醒，正想坐起来好做防卫，可一动，就感觉头皮被扯得生疼。白冉可蹙起柳眉，朝自己的头发望去，发现秦休央趁自己熟睡时，就把自己的头发分成四股绑在了床头板的小柱子上。

“我的头发好玩吧？”

听着秦休央不怒反笑的声音，白冉可在内心抽了自己一个大耳光。自己昨晚是见鬼了才会觉得安心。

白冉可眼珠子一转，熟练地在秦休央面前端出谄媚的笑容：“我错了嘛，央央，我不应该给你扎双马尾还拍照的。”

“嗯哼？”秦休央居高临下地睨着白冉可。

“人家不应该把你双马尾的照片发朋友圈……”

似乎是打听出了什么了不得的消息，秦休央挑了挑眉。

可白冉可还以为是自己坦白得还不够：“人家还不应该发朋友圈时，给你的照片配文‘小可爱给你么么哒，晚安哦’。人家知错了，你就原谅人家，帮人家解开头发呗。人家保证不再犯了好不好？秦所，央央，央哥哥……”

听着白冉可一声比一声喊得酥甜软糯，秦休央心里很是受用，脸色也不由得放缓：“想要我原谅你也可以，但要答应我一个条件。”

“什么条件？”白冉可就像是溺水之人抓住了稻草。

“嫁给我。”

(5) 化工泄漏（上）

“乘人之危，你这样不是君子所为。”

嫁是可以嫁，但是你不能威胁我啊！

“我本来就不是什么正人君子。”说起自己的黑历史，秦休央脸不红心不跳的，“我读书时代还是个小混混，抽烟、打架、喝酒、泡妞什么都干，当时的一些涉黑社团拼命想发展我去当小弟，只是我没有去。”

“你……”倒是白冉可被气得不轻。

“是嫁我还是秃头，你自己考虑清楚？我到外面等你，想好叫我。”说着，秦休央把一把剪刀放到了白冉可的手边，走出房间。

秦休央坐在大厅沙发上，点了香烟，悠悠地呼了一个烟圈，等待着白冉可服软。她可宝贝她的长发了。

可一支烟还没抽完，他的手机便响了起来。

秦休央接通电话后，立马熄了香烟，迅速往门外走去。

听到秦休央要往外走的脚步声，被绑在床上的白冉可心里忽然有些慌了：“秦休央？”

可秦休央就像是没听见一样，继续往门外走去。听见开门声，白冉可心内一惊，害怕自己会被秦休央丢下，立马喊道：“嫁！嫁！嫁！你给我回来！”

“哐当——”回应她的只有一记关门声。

这算怎么回事？你求个婚还有过时不候？

白冉可气得想要追上去把秦休央摁在地上揍一顿，可只要她想挣扎起来，被绑着的头发就会把她拉回原地。她想要自己去解开头发，却发现秦休央可是

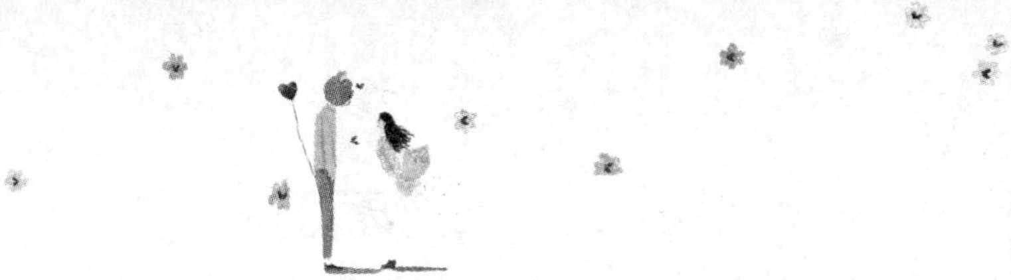

用他们救援队专用打绳结的办法绑的，一般人根本解不开。

“啊——”白冉可越解越暴躁，在床上一边蹬腿，一边大骂，“秦休央！你这个混账！”

收到鹤去市城南鸿发化工厂发生氰化物泄漏的消息，秦休央立马赶回了浮屠紧急救援事务所。当他到达时，全队已经在会议室紧急集合了，赵局也在。

看到他走进会议室，赵局拿出了一个U盘，说道：“这次的化工泄漏事件十分严重，对鹤去市人民的生命财产安全造成了重大威胁。现在武警与消防已经在进行紧急疏散，U盘里有这次化工泄漏事件的详细资料，现在人齐了，你们谁开一下投影仪？”

“我来吧。”二狗接过U盘，插进了自己的手提电脑了，接了投影仪。

可投影仪才刚投影出二狗的电脑界面，会议室里便响起了全场包邮一般的笑声。

秦休央看到二狗的电脑壁纸正是昨晚自己扎双马尾的照片，这才想到白冉可的朋友圈，他们救援队里有很多人可以看见啊。

而在此时，秦休央注意到他们救援队众人纷纷向他投来了看金刚芭比一样的眼神。三分队队员大多像他们队长骆仲昀般沉稳，只是抿唇憋笑；二分队却是在他们队长唐浩然的带领下，直接笑出了声来；而一分队不知是谁带的头，早已笑得人仰马翻……

“严肃！”见状，赵局板着脸，不满地注视着他们。

众人这才止住了笑声。

“继续。”秦休央给二狗递了一个眼神。

慌张得不知所措的二狗连忙打开资料，不敢有丝毫耽搁。

待资料被众人快速浏览完，赵局紧锁眉宇，神色凝重地望着秦休央：“休央，你说说，对于这次化工泄漏，你有什么想法？”

“鸿发化工厂位于城南，而且最近盛行东南风，泄漏气体将会以极快的速度朝居民区扩散。氰化物气体有剧毒，而鸿发化工厂内的氰化物足有300吨之多，如果只是单纯进行人员疏散撤离，而不加以更进一步的处理，只是等待气体自然散去的话，恐怕这并不现实。”

秦休央收敛了平素慵懒散漫的神色，一双黑曜石般的眸子散发着淡淡的光泽，他伸手在投影出的地图上，鸿发化工厂处画了一个圈：“我的想法是，让救援队大多数成员在中危区协助武警、消防的疏散行动；同时，选取8名救援队员穿着防毒面具和防护服进入重危区，在反应垛周围建立隔离墙，阻挡其进一步泄漏。待事态进一步稳定后，再派出化工专家以及消防部队对反应垛中的氰化物进行消洗工作。”

“好！现在我命令浮屠紧急救援事务所全体救援队员立即出发，前往救援现场！”

在赵局的命令下，秦休央以及全体救援队员立马赶到了位于轻危区边缘的临时指挥处。

在临时指挥处，秦休央居然看到了江氏心理医院的院长江重华，秦休央颇有不解，便多问了一句：“江院长，你怎么来了？”

“哦。”江重华似乎没有计较秦休央的唐突，只是扶了扶厚重的金丝边框眼镜，“这次事故造成了重大的伤亡，我和江氏的一些心理医生负责来给伤者还有死者家属进行心理干预和安抚。”

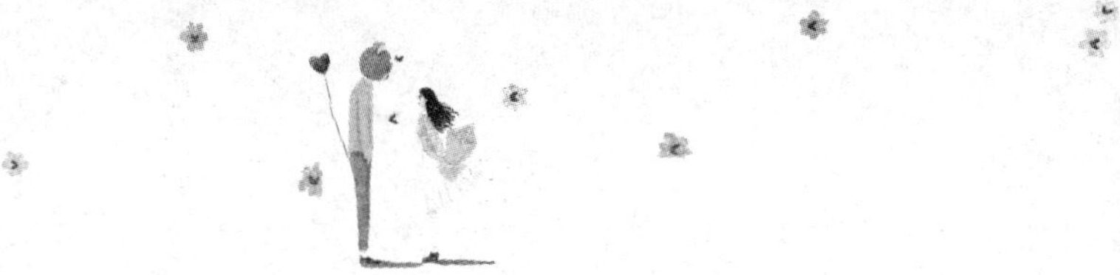

江重华低眉浅浅笑着，可是这个笑容莫名让他心里有点不舒服。

秦休央还没来得及多问，便被叫去与其他被选去进入重危区去建立隔离墙的七人一同，去检查技术支援所提供的装备了。

装备存放在临时指挥处的一个独立小房间里，秦休央盯着被选上的其他七名救援队员：二狗、罗萝、李霜染、唐浩然、李颖、骆仲昀、顾思澈。

八人把防毒面具和防护服都检查了一遍又一遍，确认没有任何问题。

“秦所，赵局让你们过去一趟，说有一些细节问题在你们出发前还想跟你们交代一下！”

“嗯。”看到赵局遣人来找，秦休央便带着七人跟了过去。

约莫商讨了十五分钟左右，众人重新回去拿装备，准备出发。

在前往存放装备的小房间的路上，秦休央又撞上了迎面走来的江重华，他的脚步在秦休央听来有些匆忙。

“江院长，怎么又看见你了？”

江重华只是笑了笑，很平常地说：“我去那边上洗手间，刚出来。”

“那边有洗手间吗？我怎么没听说？”秦休央的心中，隐隐泛起一丝不安来，可一时又想不出是什么不妥。

可是秦休央还没来得及多想，唐浩然就拍了拍他的肩膀，催促道：“这个时候就先别寒暄了，人命关天耽搁不得，赶紧出发吧！”

秦休央带着众人领了装备，穿戴完成后就整齐而又迅速地朝重危区赶去。

路上，不时有消防员护着居民从中危区、低危区匆匆撤退，而他们却逆流而行。

前方是毒气笼罩的死亡之地，后方是清明祥和的避风港湾。他们知道进一步便多了一分死亡的威胁，退一步就多了一分生的可能。但是总有人要在别人的期盼中成为英雄，总有人要背着别人生的希望负重前行。

越过消防拉起的警戒线，秦休央等人进入了重危区。植物枯萎、杳无人迹，让人有种错觉，他们误闯进了地狱。

跟着 GPS 定位大概走了两公里，他们离鸿发化工厂越来越近了，这时，秦休央感觉队员中有好几个人咳得越来越频繁和剧烈了。其实，刚进入重危区不久的时候，秦休央就感觉有人在咳，可一开始只是以为他们没有适应重危区空气中氰化物高达 236ppm 的浓度，现在很明显不是这么一回事了！特别是二狗，他咳得已经快要喘起来了。

秦休央握拳举起手，示意众人停下脚步。秦休央去检查二狗的面具，发现他的面具很明显出了问题，而更令他惊讶的是，还有两三个救援队员的防护服也被氰化物气体腐蚀得出现了几个小洞。要是再让他们在这么高浓度的毒气中待下去，他们轻则会出现呼吸道烧伤、皮肤灼伤，重则会出现生命危险。

可是，这是怎么回事？明明在出发之前，他们检查过装备是没有问题的！

（6）化工泄漏（下）

现在已经没有时间给秦休央去思考这个问题了，秦休央紧蹙眉宇，强压下内心的不安，命令道："仔细检查自己的装备，有问题的人立马出列！"

秦休央话音落下没多久，便有四人站了出来。

骆仲昀看了一眼唐浩然，小声问："唐队你的面具没问题吗？我刚才听到你在咳！"

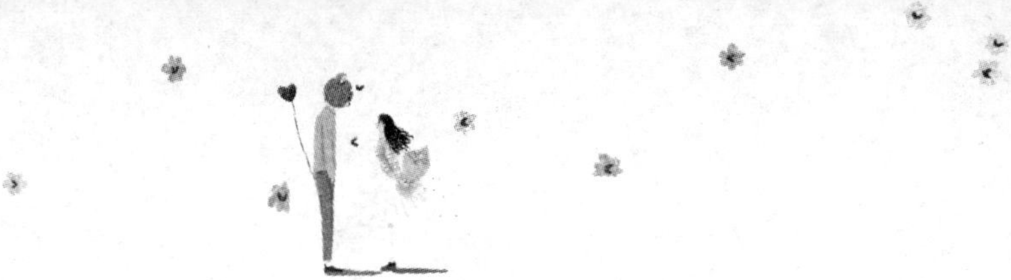

“骆队你听错了，咳的是李颖。”唐浩然否认了骆仲昀的猜想。

“李霜染！”秦休央的心沉了一下，他把目光投向李霜染。

李霜染出队立正，迅速答道：“是！”

“我命令你把他们平平安安地带出去，若有差池，唯你是问！”说罢，秦休央紧紧地抿住了双唇，眸中却难掩担忧。

“保证完成任务！”

要离开的人把背着的隔离板交接给了剩下的三人，秦休央看到二狗咳得无法站直，只能让罗萝把他架在肩上扶着走时，一颗心就像是被什么揪住了似的。这个孩子，可一直是活活泼泼地跟在他身后的啊，他从来没有想过，这个孩子有一天可能会出事。

可是他的肩上还有他的使命，前方还在等着他，身后鹤去市千千万万的无辜居民还在等着他。

待李霜染转身带着众人离开，秦休央望了还陪在他身边的唐浩然和骆仲昀一眼，说道：“走吧。”

越靠近反应垛，空气中的氰化物浓度越大，视线便变得越模糊。秦休央怕三人走散，便在他们的腰间绑了绳子。

“秦所，你们已经到了目标地点，可以建立隔离墙了。”从无线耳机里得到了后方技术支援队员的提醒，秦休央朝唐浩然和骆仲昀下达了命令。

当所有的隔离板终于被拼凑在一起时，组合而成的隔离墙发出了“嘀”的一声成功提示音。看着源头被堵住，空气中的氰化物浓度急速下降，空气能见度也渐渐地提高了，秦休央喘着气，内心的大石稍稍落了下来。

可就在这时，他听到骆仲昀喊了声：“秦所，不好了！”

秦休央循声望去，便看到唐浩然躺在了地上，而骆仲昀正蹲在他身边，检查着他的装备。

见秦休央匆匆赶来，骆仲昀抬起头，望着他：“他的防毒面具有问题！”

“我刚才不是说装备有问题的人出列吗？”秦休央立马把唐浩然背在了背上，以最快的速度往安全区里撤。

唐浩然浑身发软地瘫在秦休央的背上，不光不怕，反而嘿嘿一笑：“秦休央，我们是叫你一声秦所，可你也别因此太自负了。要是我也走了，你跟骆队两个人根本就没法建好隔离墙，都是因为我，才建好的……”

听到背上唐浩然的声音越来越小，最后消失不见，秦休央的内心感觉到了一种无来由的恐慌。

“喂！唐浩然！你听到没有？你听到应我一声！我答应过你爷爷要照顾好你，你不能有事！听到没有？”

可是，无论他再问多少遍，无论他有多焦急，唐浩然都像是在他背上睡着了一般，没有给他任何的回应……

“医生！医生！快救救他！”看到守在轻危区边缘的救护车时，秦休央急得红了眼，发了疯似的喊道。

医生见状不敢耽搁，连忙和护士一起用担架把唐浩然抬上了救护车。秦休央揭开防毒面具，跟了上去。到了医院，唐浩然因呼吸道烧伤被送进了急救室，而秦休央则被挡在了急救室外。

秦休央望着紧闭的急救室大门久久发愣，灵魂就像是被抽空了一般，一副沉重的躯体无力地倚在医院的墙上，双眼放空。

“秦所！”就在他浑浑噩噩之时，他好像听到有人在喊他。当他转过目光时，

就被二狗满脸的泪痕吓到了。

二狗被泪水和鼻涕糊了一脸，俨然哭成了一个泪人：“我的面具坏了，走到一半的时候，副队怕我坚持不住，把他的面具摘下来了给我……医生说他……他现在快不行了，他说……他想见你……”

在那种空气中氰化物浓度这么高的地方把面具摘下来，他是疯了吗？

“砰——”

秦休央也说不清他是打开门跑进李霜染的病房，还是撞开门闯进李霜染的病房，当他进到病房时，他看到李霜染躺在白色的病床上。他浑身浮肿、抽搐，面部是中毒的酱红色，嘴巴附近已经腐烂，流脓流血。他的身体连着心电图仪，鼻子里连着呼吸管，可这珍贵的氧气终究是来得太迟了……

明明是看着都感觉到极其的痛苦，可是当他看到秦休央进来时，脸上却艰难地挤出了一丝笑意：“二狗说得没错，我果然……是个很优秀的救援队员啊……一点都不输他们年轻人……秦所，你看……你交给我的任务，我很出色地完成了吧……”

是的，你很出色地完成了任务，你把他们都安安全全地带了回来。

是我当初下命令的时候说漏了，我本来想表达的是，你要把他们都安安全全地带回来，包括你自己。

秦休央望着躺在病床上的李霜染，他心里有很多话想说，从他进救援队，李霜染负责带他的那一刻，说到现在。现今却是如鲠在喉，一句话也说不出来。

“糖心……糖心就拜托你了……”

见秦休央抿着唇，重重地点了点头，李霜染放心地笑了。他一直剧烈抽搐的身体平静了下来，缓缓地合上了眼睛。

一旁的心电图仪发出了尖锐的鸣叫，起起伏伏的波纹最终成了一条直线。

他死了。

这个自己一直没来得及对他说谢谢，一直没来得及对他说抱歉的人，就这样死了。

“叮咚！”

就在这时，秦休央看到李霜染放在病房床头柜上的手机屏幕亮了一下。他收到了转业申请流程已经全部走完的提醒信息，只是可惜，这条他一直在盼着的信息，现在于他而言，已经没有任何意义了。

秦休央强行压下泪意，他拿起病床上的白色被子，把李霜染的遗体盖上后，拖着沉重的身子，缓缓地走出了病房。

刚出病房，一记闷棍便结结实实地砸在了秦休央的肩膀上，秦休央吃痛地咬着牙，疑惑地转去目光，便迎来了唐浩然的爷爷唐龙行的第二棍拐杖。

唐龙行的脸涨得通红，呼吸急促：“你不是答应过我要照顾好浩然吗？为什么他现在变成了这个样子？”

“唐爷爷，你冷静点……这也不能全怪我们秦……”看着唐龙行的拐杖像雨点一样朝秦休央的身上砸去，在一旁的二狗正想劝止，却被秦休央用眼神制止住了。

秦休央默默地挨着唐龙行的拐杖，目光渐渐地黯淡下来。令他感觉到难受的不是唐龙行的拐杖，而是唐龙行眼底对他的深深失望。

就在这时，唐龙行的助理跑了过来，神色慌张地朝唐龙行说道：“不好了，唐董。这次的促销活动没有一点儿成效，无论我们的价格降到多低，K 公司的同款产品售价就降到我们的一半，我们的产品几乎完全售卖不出去。因为回款

困难，现在我们的资金链出现了严重的问题。K公司的产品售价完全低于成本价，这简直就是为了让我们破产，退出市场的倾销行为啊！”

“什……什么？”唐龙行的瞳孔蓦地放大，一口气没提上来，他忽地感觉到天旋地转，一只手痛苦地捂起了心脏来。他一边不停地念叨着“救心丸”，一边慌乱地在身上摸索着。

“您没事吧？”助理跟二狗很快发现了唐龙行的不对劲，都有些慌了。

唐龙行从衣服里掏出一小瓶救心丸，正想吞下，可是因为体内血液的急涌，唐龙行的身体无力地倒在了地上，手中刚打开的那瓶救心丸掉落在地，救心丸从瓶子里滚了出来，洒落满地。

秦休央呼吸一紧，立马蹲下身去，想要去为唐龙行做急救措施。

可是他刚蹲下，便被赶来的刘局推开了。刘局不悦地瞪了他一眼，随后捡起瓶子，倒出一颗救心丸塞进了唐龙行的口中，随后叫来医生，让二狗跟助理护着唐龙行前去进行后续治疗。

走廊上只剩下秦休央与刘局二人。

“在你们原来的所长卢所向我举荐你当新所长的时候，我就觉得你太年轻了，而且不够沉稳，不合适。但是卢所坚称你会成为一个优秀的、令人信任的所长，卢所向来慧眼识英才，所以我便同意了。”刘局注视着秦休央，秦休央不难看到他眼中的后悔，“我本来以为你可以做好的，因为你平时虽然吊儿郎当，但是关键时刻从来不掉链子。可能是因为这次的任命让你变得轻浮和自负了，你居然连装备都没检查，就敢让救援队的人进重危区……”

他后悔没有坚持他最初的拒绝。

他后悔让自己成为所长。

他后悔让自己担此重任。

“我检查了的。”秦休央本来沉浸在接二连三的悲伤之中，可听刘局这么一说，忽然想起了在他们出发前，在去往存放装备的小房间的路上看到的江重华的身影，“我怀疑在我们检查了装备之后，再出发前有人动了我们的装备。”

这句话，对于正在气头上的刘局来说，就是秦休央不死心找的借口！

“都因为你的过失造成救援队这么大的伤亡了，你还要狡辩？”刘局朝秦休央伸出手，“把浮屠紧急救援事务所所长的蓝宝石胸针交出来，你给我回去好好反省！在反省好之前，就不要再出现在事务所里了！”

（7）我会让你风光大嫁！（上）

在秦休央离开家后，白冉可与秦休央绑的结战斗了一个小时，最终还是以失败告终。

白冉可给秦休央打电话，可是没有人接。白冉可也不好意思打救援队的电话求救，思来想去，最后只能打了 119。消防队员迅速赶来，在把白冉可解救出来后，不忘教育她：“你们年轻人玩情趣，记得要注意度，我们消防员可是很忙的！还有很多脑袋卡在栏杆里的小孩、手臂卡在下水道的老人等着我们去解救呢！”

“是是是……”白冉可一边诚恳地向消防员道歉，一边在内心把秦休央撕了一遍又一遍。

好不容易恢复自由的白冉可正打算去江氏上班，却收到了江氏发来的有关鹤去市化工泄漏的停班通知。

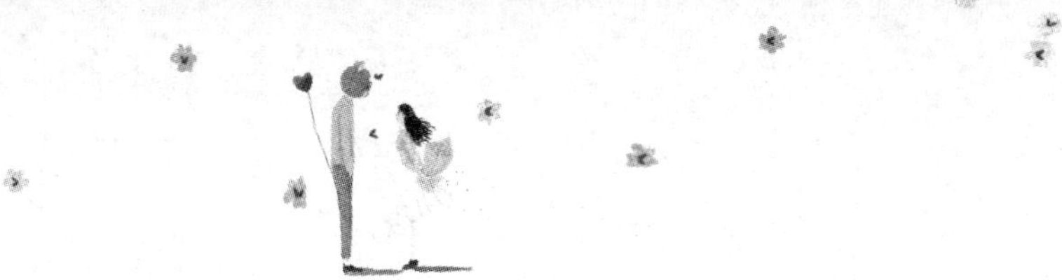

那家伙应该是赶着要去救援，所以才会临时跑了出去吧？这么想着，白冉可心中的气渐渐消了，取而代之的是担心，因为她从手机新闻上看到，这次化工泄漏十分严重。他该不会有事吧？

直到下午，白冉可收到重新上班的通知时，猜测到化工泄漏可能是已经得到了控制，这才放下了心中对秦休央的牵挂。

可是让白冉可挂心的，可远不止秦休央一人，朱颜就是其中的一个。自从上次在隔离精神病院被救回来后，不到一个月，朱颜就被测试到瞳孔对光反应正常，精神系统损伤已经修复。可是直到现在，朱颜都表现得跟一个失去神智的精神病人没有任何区别，她每天都神情呆滞地坐着，不说话，对周围发生的一切也没有丝毫的回应。

无论白冉可采取什么样的治疗方案，朱颜都没有丝毫要好转的迹象。

今天的治疗方案，好像也宣告失败了呢……

“唉……”白冉可坐在茶水间里长长地叹了一口气，墙上的电视机在播放着广告，发出嘈杂的声响。

白冉可一眨不眨地望着坐她隔壁的朱颜，愁眉难展。

到底是什么地方出了问题？

“现在临时插播一则新闻。”就在白冉可思绪飘远之时，电视机的声音把她拉回了现实。

白冉可抬起头，看到新闻主持人面无表情地念着令她心颤不已的话：“今天早晨八点十二分，我市城南鸿发化工厂发生氰化物泄漏，因为公安、消防、民防等多方面的参与，救援活动很快有序地展开。

“我市浮屠紧急救援事务所所长秦休央带领七名救援队成员，深入重危区，组建隔离墙从根源上防止了氰化物的再泄漏，现灾情已得到了控制。

“此次化工泄漏牵涉范围极广，危害极大，目前已造成我市二十二人死亡、一百七十八人受伤，三十一人失踪，财产损失超过十亿元。

“因不遵从规范生产要求，造成严重社会危害，鸿发化工厂厂长马识途已被依法逮捕……

“浮屠紧急救援事务所一分队副队长李霜染，因公殉职，追封烈士，其遗体葬入鹤去烈士陵园；浮屠紧急救援事务所二分队队长唐浩然，在救援中呼吸道严重烧伤，授以二等功；浮屠紧急救援事务所一分队队员罗家良、罗萝，二分队副队长李颖，三分队副队长顾思澈在救援活动中，皮肤不同程度灼伤，授以三等功。

“浮屠紧急救援事务所所长秦休央在救援前，没有认真检查装备，其渎职行为是造成此次救援队伤亡事故的主要原因，故对其进行无限期停职、吊销紧急救助师证的处分。”

镜头转到了白森森的医院里，白冉可看到秦休央脱下防护服，他穿在防护服下的黑色制服，因为毒气腐蚀，而出现了一条条鲜明的裂口、一个个不小的窟窿，在裂口、窟窿之下是肉眼可见的灼伤的皮肤。

但是，没有人去过问他的伤口，此刻人们只记得他是个渎职的过错者。

“把蓝宝石胸针交出来！”

他把手捂在蓝宝石胸针之上，那是浮屠紧急救援事务所所长的象征，承载了多少荣耀和寄托。他的眼中是那么不甘，可最后还是把它从制服上解了下来，交了出去。

所长的制服上本来就有为了别胸针的留白设计，少了胸针，那个地方就空了出来，显得有点滑稽诡异。

白冉可的眼睛红了。

“即使是我们录节目的时候，他去救完一个人，我们剧组的工作人员都还会跟他说句‘谢谢，你辛苦了’。”朱颜盯着电视机的屏幕，红唇勾起了一抹嘲讽笑意，在被救下后接受了这么多治疗都一直呆滞无光的眼睛，现在多少带着几分同情。

白冉可望着朱颜，双唇下意识地微微张启，却久久没有说出一句话来。

白冉可在秦休央家里做好晚饭，过了好久好久才等到秦休央回来。

她想了很多很多安慰秦休央的话语，可在看到秦休央回来时红着的眼睛，所有之前想好的话语，她一句都没能说出口。作为心理医生的她，第一次觉得语言是那么无力。

她勉强挤出一丝微笑，为他装了满满的一碗饭，她什么都没问，只是说：“饿了吧，来，先吃饭。”

“我不饿，我今天有点累，先睡了。”秦休央径直回了房间。

白冉可不放心地跟了过去，她看到秦休央躺在床上，他没有入睡，只是双眼放空地盯着天花板。有几根凌乱的头发贴在他的脸上，衬着他不整的衣衫，有些狼狈而又寂寞。

此时的秦休央在白冉可的眼里像极了一只被遗弃在街头的受伤的野猫。白冉可忍不住走了过去，坐在床边，伸出小手隔着薄薄的衣衫，轻轻地抚摸着秦休央的胸腹，就像是在抚摸着一只渴望被爱但又警戒心重的猫。

她只是单纯想要抚慰秦休央，却不知她那游移的手指在他的身体里撩拨起了怎样的欲望。

秦休央抓住了她的手，一双漆黑的眸子泛起了薄薄的水雾，目光里含着小孩子被错怪时一般的委屈，让人看着便觉得不忍。

“我确认检查了，我出发前真的确认检查了，我再混账也不会拿我队友的命去开玩笑……”

“我信你。你说什么，做什么，我都信你。”白冉可俯下身，柔软的唇瓣轻轻地吻上了秦休央的双唇。

如同久旱逢甘霖，如同饥饿濒死的野兽忽然尝到了动物的血液，秦休央异常炙热地回应着白冉可的吻。他伸出舌头，莽撞地闯进了白冉可的牙关之内，贪婪地舔弄着她的舌头、她的贝齿，想要夺取更多属于她的味道。

两人贴得如此之近，白冉可感觉自己的鼻腔、口腔全部充斥着秦休央身上带有的淡淡的烟草气息。

呼吸被限制、氧气被掠夺，在这个漫长得似乎无休止的吻中，白冉可整个人被反客为主的秦休央带着，意识渐渐有些迷糊。

当她视线重新变得清明的时候，她看到秦休央不知何时已经坐了起来。她今天穿着一件衬衫连衣裙，秦休央的手放在她的连衣裙下摆最后一颗纽扣上，他那双眼角发红的眼睛染着情欲，目光直直地撞进她的心里，让人无从拒绝，他声音沙哑，问道：“可可，可以吗？”

白冉可的脸红到了耳根后，她低下目光，过了好一会儿，才点了点头。

秦休央用手缓缓地解着她裙子上的纽扣，由下至上，一颗颗解开。白冉可这才发现他的手指修长而又白皙，此刻性感而又灵活。

随着纽扣被解开，少女那甜美而又青涩的胴体在他眼前展露无遗，白冉可

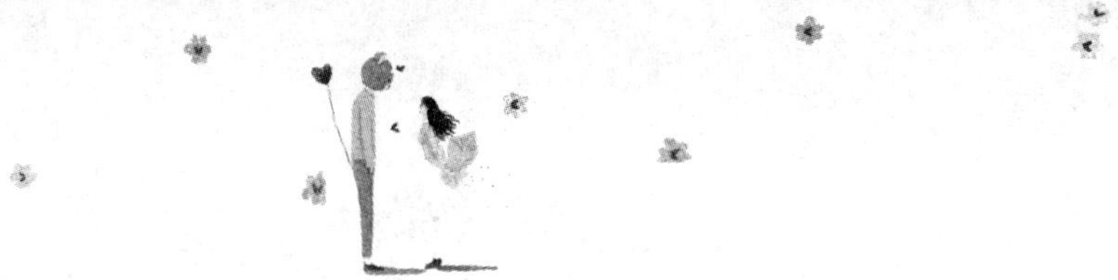

难为情地闭上了眼睛。

“你现在留我，以后便是都要被我欺负的。”

“从跟你在一起的那一刻起，我就做好了这辈子都会被你欺负的准备。”

秦休央用吻封住了白冉可的双唇。

灯光暧昧，罗帐红翻，一夜的旖旎春光……

（8）我会让你风光大嫁！（下）

第二天清晨，香烟略微刺鼻的味道让白冉可从睡梦中醒来，睁开眼睛，她便看到了正躺在床上抽着事后烟的秦休央。回想到昨夜的种种，白冉可羞得连忙用被子遮住了自己的脸。

“醒了？”多年救援队员培养而出的敏锐直觉，让秦休央在白冉可睁开眼的那一秒，就察觉到她醒了，“我们现在去领证吧。”

白冉可只露出了一双圆圆的大眼睛，说道：“下午再去啦。”

“咋？”秦休央垂下眼睑，瞥了一眼白冉可，“不想嫁我？”

出了昨天这种事，他在鹤去市所有人的心目中口碑都该是差到了极点，他对自己没有信心，他在害怕。简单地说，就是他怕迟一秒扯证，白冉可会跑路。

“疼，让我缓缓，早上下不了床。”

此言一出，即使是秦休央这么厚面皮的人也有些挂不住了，俊美的脸庞一阵绯红：“弄疼你了？那我下次注意。”

“也不用啦……”

两个昨夜关系刚进一步的人就这样红着脸躺在床上，开启了一早上的尬聊。

民政局——

“好的，秦先生，白小姐，你们在这张表上最后签名确认，就可以拿到结婚证了。”工作人员把表递到他们面前，做最后的解释说明。

秦休央二话不说，拿起笔就在上面签上了自己的名字，还没来得及放下笔，就听到身旁响起一道熟悉的声音：“冉可。”

秦休央循声望去，便看到了白冉可的父亲和一对与白冉可年纪相仿的人手上也拿着申请表。如果他没有猜错，那对年轻人应该就是白冉可当初正在谈恋爱没有回家吃饭的姐姐以及她的男朋友。

“爸爸，姐姐……”

看到他们看他时的鄙弃目光，秦休央的内心升起一股浓重的不安，拿着笔的手不由得暗暗用力。

“真没想到我的两个女儿会在同一天结婚啊。秦所，哦，对，现在已经不是秦所了。”白父望着秦休央的目光，里面是高高在上的轻蔑，“现在整个鹤去市都知道你因为渎职被停职，被通报批评，你现在什么处境，你自己不清楚吗？冉可还这么年轻，你怎么忍心连累她？”

面对白父的质疑，秦休央在这段感情中鲜见地犹豫了。就是因为自己喜欢她，而她也表现出对自己有好感，所以就不顾一切地想要跟她在一起的自己是否有些过于自私了？这样的自己真的可以给她幸福吗？

“我们医院里有一个年轻有为的外科主任，从冉可念书的时候就喜欢她了，直到现在也还很喜欢她。最近我们院长退休了，我和另一个副院长正在竞选院长，如果能得到他的支持，我就几乎是胜券在握了。如果我能成为院长，等到

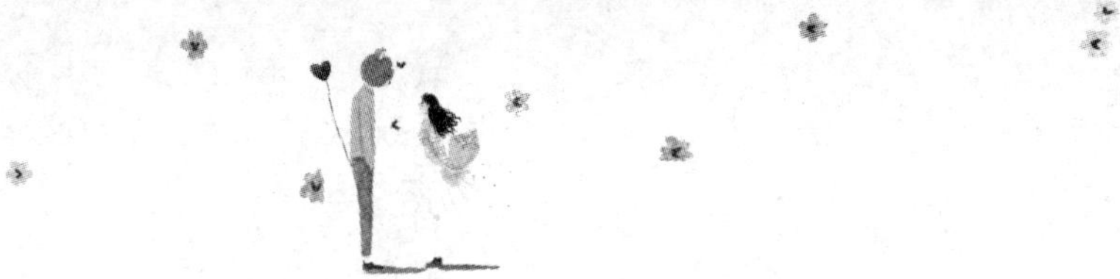

他年资到了，一定会把他提为副院长的。冉可她跟了一个副院长丈夫，总比跟着失业还有污点的你要过得好吧？”白父把目光转向了白冉可，“冉可，你是个孤儿，如果我不收养你，你可能会在福利院长大，接受完义务教育后，就出去社会工作，嫁一个努力工作一辈子可能都没有办法在鹤去市买得起房的人。可现在，你又年轻又漂亮，名牌大学毕业，还是鹤去市最有名的心理医院的医生，听我的话，你就可以嫁更好的人，过更好的生活……”

“对不起，爸爸。即使是我这样的人，也想得到属于自己的幸福。”白冉可打断了白父的话。

她在表上签好自己的名字后，坚定不移地牵起了秦休央的手：“无论他是举世瞩目的英雄，还是万众唾弃的罪人，他都是我最喜欢的人，我都想要成为他的妻子。”

“你……”

白冉可手心的温度连同她的心意通过皮肤，一直传递到了他的心底。秦休央把白冉可的小手握紧，拿着工作人员递给他的结婚证，眸中一扫阴霾，坚定不已：“伯父，我绝对会让可可幸福的！”

秦休央拉着白冉可走出民政局，阳光洒在她的身上，她长长的睫毛被阳光染上了浅栗色，扑簌起来时连带着目光也变得柔和。

秦休央黑色的眸子默默地注视着白冉可，发现她清秀的脸蛋，不知何时褪去了些稚气，多了一分小女人的妩媚。

这么美好的她，是他心爱的女人，是他的妻。

“可可。”秦休央停下了脚步，很认真地对白冉可说，“我一定会把事情弄清楚的。等事情过去后，我补给你一个婚礼，绝对不会让你委屈。”

白冉可笑着抬起头，上扬的眼角带着娇嗔："这可是你说的，秦先生，我可是为了你连未来副院长都拒绝了。你娶我时，可得在陶陶居摆上九十九桌酒席，在老凤祥打上八十八只金镯子，七十七万礼金下聘，六十六辆婚车迎娶，给我约设计师做私人定制婚纱，还要给我买鸽子蛋那么大的钻戒。"

秦休央见白冉可有意跟他打趣，早就在心里笑开了，脸上却端出一副鄙夷表情："'秦白冉可女士'真是狮子大开口！"

"那你答不答应，不答应我们就把离婚证也办了，趁现在离民政局还不远。"白冉可威胁。

"好好好，我绝对让你风光大嫁！"

// 第七章 //

我知道我的英雄一定会来

（1）其实你被他所深爱

从民政局离开后，秦休央便去了当初那个临时指挥处，他想要用救援队出发抢险前的监控录像，来证明自己的清白。可是临时指挥处的工作人员告诉他，当初在监控室负责值班的保安却在昨天离职了，而且也不知道当天的监控录像带存放在了哪里。

带着疑惑，秦休央问工作人员要了离职保安的家庭地址，赶了过去。

秦休央敲开了保安大爷的家门。

保安大爷一见是秦休央，就像是看到了什么洪水猛兽一般，立马想要把门关上。

秦休央反应机敏，连忙用手扒着门，阻止他关上：“大爷，你为什么一见我就要关门？”

“我看过新闻，感觉你看起来不像是个好人。”大爷毫不客气地给出了回答。

“我虽然看起来不像是个好人，但我真的是。”秦休央没有放弃挣扎，“大爷，我想要调临时指挥处昨天早上的监控，你知道昨天的录像带在哪里吗？”

“昨天的监控坏了，调出来也看不到啥。”大爷拼命想要把门关上，可是他老了，力气终归是比不上秦休央。

“可是我只听说昨天的录像带丢了，没听说监控坏了。”

“因为监控坏了，所以没放录像带，不是丢了！”

“这不可能，根据规定，即使是监控坏了，录像带也是要放要保存的。”

“我说没有就没有！”大爷憋得满脸通红，实在不想再与秦休央纠缠下去。他顾不得秦休央还放在门上的手指，整个身子压在了门上，与其说是把门关了上去，倒不如说是把门撞了回去。

“呃——”秦休央只感觉到手上传来了指骨断裂般的疼痛，几乎是本能性地抽回了手，被夹伤的手指肿得红紫，还有血液从擦破的皮肤里渗了出来。

门被紧紧地闭上。

秦休央只好一边用拳头砸门，一边喊道：“大爷，这段监控录像对我很重要！请你帮帮……”

“我”字还没有说出口，一盆洗衣水就把他从头到脚浇了一身。秦休央用手抹了一把脸，抬起头，就看到大爷的儿媳妇手上拿着洗衣盆，凶神恶煞地骂道：“吵什么吵？孩子都快高考了，还让不让人复习了？老头看看你作的孽，害完小的还不够，还要来害大的！我真是瞎了眼才嫁到你们家来！”

而从民政局离开的白冉可，则是提着一大袋喜糖回了江氏心理医院上班。

“我今天结婚了，来，这是我的喜糖！”

茶水间里的医生护士本来有说有笑，可见到白冉可递来的喜糖，笑容便在

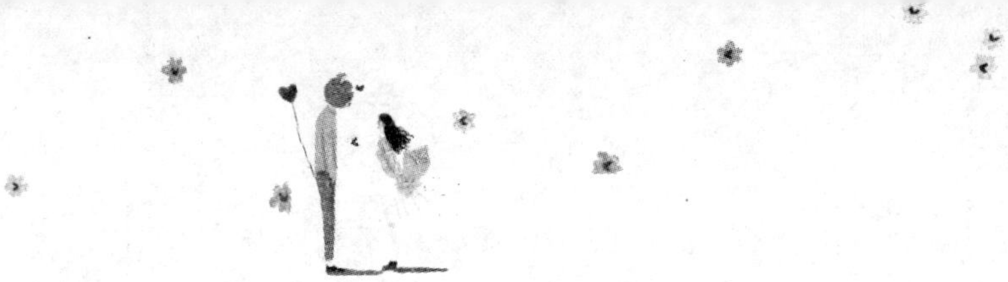

脸上僵住了。

大家你望着我，我望着你，谁也没有说出一句话来。直到有一个胆子稍大的小护士犹豫半天后开了口，问白冉可：“白医生是跟秦休央结婚了吗？”

“是呀，从今天开始，我就是秦太太了呢。”

白冉可笑得眯起来的眼睛里装着满满的幸福，可是“秦太太”三个字，却令在场的人脸色很难看。整个鹤去市，现在谁不知道秦休央的名声有多差？“秦休央”这个名字现在在鹤去市是一种禁忌，没有人想跟他扯上一丁点的关系，更别说吃他的喜糖。

“我糖尿病不能吃糖。”

“我在减肥也不能吃。”

“我忽然想起我还有一个 case 要处理一下。”

“……”

白冉可递出去的喜糖，终还是没有一个人接。那个说有糖尿病不能吃糖的老医生，曾经让她帮忙拿过体检报告，身体各项指标正常；那个说减肥不能吃糖的小护士，体重还不超过九十斤；那个说有 case 要去处理的实习医生，今年刚毕业，还没有负责的 case。

他们如同躲避瘟疫一样，匆匆离开了茶水间，脸上似乎还有点扫兴。白冉可望着他们离开的背影，只好把递出的喜糖重新放回包里。她暗暗地舒了一口气，嘴角勾起一丝浅浅的笑，甘苦参半。

新婚快乐呢，秦太太。白冉可在心里对自己说道，在他最需要你支持的时候，你可不能先倒下啊。

给自己打完气后，白冉可提着喜糖就往朱颜的 VIP 独立病房里走。

走到门口的时候，她看到有一个西装革履的三十多岁的男子，正在病房里跟朱颜在说着什么，语气似乎还并不和善。

怕朱颜遭遇不愉快的事情，白冉可的心一下子提了起来。她蹙起眉头，一边推门而入，一边对男子说道："先生，我是朱颜的主治心理医生白冉可。病人现在的病情并不稳定，无自我保护能力，在未经我的同意下，你无权直接跟我的病人进行交流！"

男子一米八的大个子，比白冉可足足高了一个头。可是当白冉可坚定地护在朱颜面前，用倔强而又警惕的眼神盯着他时，男子却无来由地感觉到了一阵压力。

这个人，不好惹。

"我是朱氏传媒集团的二小姐朱辞镜聘请的律师，我姓张。"张律师的态度并没有很强硬，语气间却有着一种仗势欺人的轻蔑感，"根据董事长的遗嘱，朱氏本来应该是由大小姐继承的。可是出了这样的事，大小姐现在精神失常，名声也不好，于朱氏而言就是一个废人。"

张律师把一份声明递到白冉可的手中，话语间似有所指："还请白医生尽快让大小姐在这份放弃继承的声明书上签字。其实不签的话，也没有太大的影响，三天之后我们会让朱氏聘请的精神科医生来为大小姐进行检查，得出大小姐精神失常的报告，继承权照样会落在二小姐的手上。只是二小姐等不及这三天，才让我特地跑这一趟。还请白医生不要抱不切实际的幻想，再做无谓的挣扎。"说罢，便理了理自己的领带，离开了病房。

白冉可生气不已，相比之下，朱颜的表情就平静多了。她坐在桌子前，一双桃花眼无风无波，脸上看不出任何的情绪起伏，让人相信，她不过是个精神

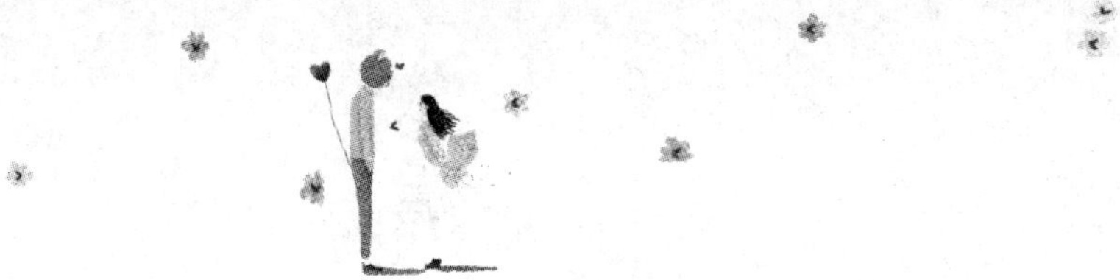

系统受到了损害，这辈子都只是个如行尸走肉般的疯子。

白冉可在朱颜的对面坐了下来。

朱颜打开了她的喜糖包，从里面拿了一份喜糖，轻轻打开，取了一颗含入口中。

喜糖是白冉可细心挑选定制的，包装精美，在包装上还印着“秦 & 白”的字样。白冉可想过她有一天会发她和秦休央的喜糖，但是她绝对没想过，第一个吃她喜糖的人，会是朱颜。

白冉可静静地望着朱颜，阳光下的她即使是素颜，也美得很难让人忽略。只是这种过于恬静，过于收敛的美，却令人感觉并不属于她，她的美是张扬的，充满侵略性的。现在的她，不大像她。

白冉可用漫长的沉默时间，整理着繁乱的思绪，最后抿了抿唇，开口：“你还要装多久？其实早在瞳孔光敏测试的时候，你就已经没什么事了吧？你父亲去世了，你真的不要去出席他的葬礼吗？如果你再不回去，你就真的没法继承朱氏了。你很想继承朱氏吧？所以才找秦休央去录真人秀。如果你不回去，你之前所做的努力就全都白费了。”

数月的秘密被白冉可直接戳穿，朱颜菱花一般的双唇下意识地微微张启，但脸上的惊讶很快被深深的自嘲所取代。

“你还想我怎样？你让现在的我从哪里来的自信去争？现在整个鹤去市都以为是我唆使陆方奇和苏放去轮奸江鲤涟，我之所以会被害得精神失常也是我应得的报应。

“我真的是很羡慕鲤涟和辞镜。我从大学时期就喜欢时无，千方百计想要吸引他的目光，但收效甚微。鲤涟却可以跟他一见钟情，一直走进了婚姻的殿堂。

在他们结婚的那天，我特地开了一间房，在里面哭了一天一夜。我明明是长女，是父亲认定的继承人，但是，只是担了个虚名而已。

“在朱氏传媒，几乎所有的员工都知道，我这个继承人的位置坐不稳，随时都会被我妹妹顶下来。在电视台里，我妹妹可以轻易拿到各种资源，要做真人秀，她就可以请到各个自带流量的明星。你知道吗？我当初本来没打算找秦休央做真人秀的，我本来打算做个男团选秀节目，但是连各种推送练习生的经纪公司的资源我都拿不到。”

她如同璞玉一样的眸子光芒暗淡，她勾起一丝苦笑，神态疲惫：“算了，无论我多努力去争，我终究还是会一无所获。再说，自从时无离世后，这个世上就再也没有我拼了命也想得到的东西了。”

“你精神曾经失常，一直住在心理医院，这个你父亲一定是知情的。可是你父亲直至死，都没有把你真正从继承人位置上换下来。”白冉可紧紧地注视着朱颜的双眸，仿佛是想通过目光，把内心的感情传递给她，“你有没有想过？主任，他是鹤去市最有名的心理医生，为什么你喝下了他所调配的完整剂量的精神药物，现在却还能康复？他如果真的是想要你变成废人，你就不会没事。他留了一手，因为他不忍心，他喜欢你……”

白冉可的话如同一道惊雷在朱颜的心中炸开，她整个人怔住了，久久没能回过神来。

“你知道吗，在帮主任搬家的时候，我无意发现主任在看一本书。书上有这么一个故事：一个男子在妻子死后，和另一个女人生活在了一起。在临死前，他见到了神明。神明问他：你下辈子是想跟你的妻子生活在一起，还是想要和后来的女人在一起？如果你想和你的妻子一起，就戴着戒指入殓；如果你想和

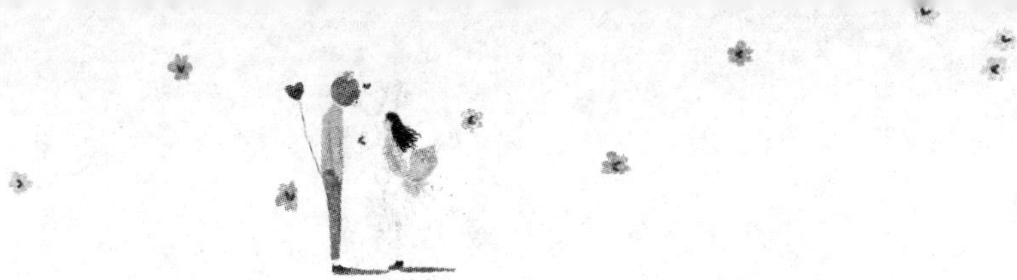

后来的女人一起，则死的时候，无名指上不要戴着戒指……

“我在主任家的时候，故事只看到了一半。但回去之后，我一直很好奇男子的选择，就把这个故事搜了出来。

“故事的后续是：男子选择了不戴戒指入殓。他死后，又见到了神明，神明告诉他，因为他背叛了他的妻子，背叛了婚礼上的誓言，所以，他要受到处罚。处罚是没有来世，不得轮回。

“男子很难过，与神明辩驳：‘我无论如何选择，都无法和后来的女人下辈子来生相守，这不公平。’神明说：‘既然你如此坚决，我就给你个机会，你只要忍受吞戒之痛，我就为你打开轮回之门。’

“男子害怕忍受吞戒之痛，神明很生气：‘你对死去的妻子不贞，对后来照顾你的情人不义，你这种不贞不义之人，就应该永生永世留在地狱之中！’”

“主任最后吞戒跳楼自尽。”见朱颜的眸中不知何时已经染上了泪光，白冉可继续说，“他喜欢你，但是他无法原谅间接害死了他妻子的你，也无法接受那个爱上了你的自己。

“我也曾经暗恋过主任。我不知道能被主任爱上的你，为什么会没有自信？我最后问你一遍，你父亲的葬礼你真的不去吗？你真的要顶着精神病人的名号在这里过一辈子吗？”

(2) 有些时候即使被众人支撑也没啥用啊

“怎么可能不去？我可是被时无喜欢的人，自然是要过得骄傲的，绝对不能让别人怀疑时无的眼光。”朱颜水光潋滟的桃花眼微微上扬，柔媚中带着一丝锐气，仿佛天生有着一种叫人不敢低看的气质，“白医生，请给我开具一份精神状态正常的证明。”

白冉可把那张盖有她私章的证明从病房的书桌抽屉里拿了出来，笑着递给朱颜：“早就为你准备好了，一直在等你问我要。”

朱颜接下证明，从衣柜里挑了一套黑色连衣裙。在去更衣室之前，她回过头，问白冉可：“我没有那么做，我没有怂恿陆方奇和苏放去轮奸江鲤涟。就算是我再喜欢时无，我也不至于那样做。白医生，你信我吗？”

“我信。主任会喜欢的人，一定是一个很好的人。”

白冉可看着朱颜从更衣室里走出来，因为是要出席葬礼，她没有化妆，但她的五官天生完美得没有任何瑕疵，只要她自信地仰起脸庞，莞尔一笑，便是足够的明艳动人。她是如此夺目，让人没法不被她吸引，没法不爱上她。

就算是主任也不能例外呢。白冉可淡淡地笑了笑。

在葬礼上，朱颜的忽然出现，迅速稳定了之前董事会中一直支持着她的人的心。

葬礼不过才过去不到半个月，朱颜便成功地接管了朱氏，成了新一任朱氏传媒的董事长。

秦休央这边很明显就没这么顺利了。这半个月，为了还自己一个清白，为了让白冉可不会因为嫁给自己而受委屈，秦休央几乎是每天都往保安大爷家跑，保安大爷却从未改变过他的说辞——没有录像带。

今天，秦休央依旧走在去大爷家的路上，企图用持之以恒、滴水穿石的精神打动大爷。

在去大爷家的路上，有一片小树林，秦休央走着走着烟瘾犯了，便想点支烟。可是不知今天倒了什么霉，每次打火机一打着，还没点到烟呢，火就被风吹熄了。

秦休央正想骂粗话，就看到有一双手围了过来，帮他把火护住。

秦休央眼角一瞥，见二狗正眼巴巴地望着自己，便问：“你怎么来了？”

听秦休央这么一问，小迷弟当然是抓住机会表忠心！

“我知道秦所你一定是无辜的！我们整个救援队的人都为你去申诉了，但是都被打下来了，因为不能仅凭我们的口供推翻他们之前的处罚。听卢所说，临时指挥处的录像带可以还秦所你清白，你正在找当时负责监控的保安大爷要录像带，我来看看能不能帮忙。”

“卢所这么大年纪，有些地方果然也就松了。”秦休央小声地埋怨着。

二狗并没有听清秦休央在嘀咕什么，他一把抱住秦休央，脸在秦休央的胸膛上蹭啊蹭，激动地问：“秦所你感不感动？”

“对不住了，我是有妇之夫，不能回应你的感情，所以请把你的手从我屁股上拿开好吗？”

可能是单纯的二狗让秦休央的心情变得没那么沉重了，秦休央一放轻松，俏皮话便开始“嗖嗖嗖”地往外冒。

二狗有些不好意思地放开了秦休央，开始专心致志地帮秦休央挡风。可是挡了几次，秦休央依旧没能顺利点着烟。就在这时，又一双挡风的友谊之手出现在了秦休央的眼前。

只是感受到了秦休央的疑惑目光，李颖便主动开口了：“唐队也从卢所的口中得知了你被保安大爷为难的事情，让我过来帮你忙。”

这也太松了吧……

秦休央没有把内心的吐槽说出口，只是问：“你们唐队怎样了？”

“唐队的病情稳定多了，医生说，再有不过一个月，他就可以出院了。”李颖如实答道，“唐队他爷爷的身体也好了不少，除了因为唐队病情好转的原因之外，也有之前一直针对唐氏保洁集团的K公司，最近可能是因为资金周转问题，暂时停止了倾销行为，唐氏得到了喘息的机会。”

“那就好。”听到唐氏爷孙没什么大事了，秦休央的内心不禁松了一口气。李霜染出事，他已经很自责了，他实在不想再看到队里有人因他出事……

李颖想了想，接着说：“对了，唐队说，有空他会多劝劝他爷爷，他爷爷之前可能真的做得过分了，希望秦所你不要怪他爷爷。”

“我不会的……”

可是即使有李颖加入挡风护火大军，也丝毫未能改变秦休央点不着烟的命运。

就在秦休央都快要放弃了的时候，看不过眼的骆仲昀终于从树林里走了出来，将自己的打火机递给他，并冷冷说道：“你有没有想过，可能是你打火机坏了？我听说你拿不到录像带，过来帮忙。”

秦休央眯起眼睛，惊讶而又狐疑地盯着骆仲昀，心想——

他这是也要来帮忙？不会吧？我跟他完全不熟啊！而且三分队的队长骆仲昀是出了名的清高啊，简直是不食人间烟火的。如果我没记错的话，我入职六年了，除了出任务的时间，平时跟他说话都不超过十句的啊。

“我之所以过来帮忙，不是为了你，而是因为你太太。在隔离精神病院的时候，她挺身而出，替我们三分队的人挡过群众扔来的杂物，这份恩情，我一直都记得。”通常平时不开口的人，一开口就会说出惊人的舆论，骆仲昀就是

这么一个例子，“我与你共事六年之久，从未在你身上发现任何闪光点。但是我想像你太太这么好的人愿意嫁给你，说明你一定有过人之处。”

共事六年你都没看到我任何一个闪光点，你是瞎吗？秦休央在内心咆哮。

但是骆仲昀好歹跟他曾经是平级，而且人家好心好意来帮自己，秦休央也就只能选择……原谅他。

秦休央想用骆仲昀的打火机点个烟，抽支烟冷静一下，可是发现，即使是换了只打火机，也没任何作用啊。

最后，大烟鬼秦休央在内心里长长地叹了一口气，话语间带着点莫名的凄凉：“算了，不抽了，我们走吧。”

在去大爷家的路上，秦休央走在前面，其他三人走在他身后，他忽然感觉身后似乎有一股力量在支撑着自己。这种感觉带给了他一种香烟无法提供的满足感和踏实感。秦休央低着头，嘴角不由得扬起了一丝笑意。

大爷刚好从外面买菜回来，众人上前一步，围住大爷，言简意赅：“大爷，录像带。”

“咋？还想堵我了？”大爷从菜篮子里掏出一根刺青瓜，指着他们的脸，威胁道，“别以为你们人多了，我就会怕你们！你们让不让开，你们再不让开，我就要报警了！”

众人闻言只好乖乖退到两边，给大爷让出一条路来。

大爷沿着这条道路，笔直地走进了家中，“哐当”一声，霸气地关上了门。

秦休央这个月第 N 次看到这道被关上的门，双眉蹙了起来：“情况大概就是这么个情况了，你们看看有啥办法能帮得上忙不？”

“没。”二狗率先回应。

“我也没。”李颖难得不与二狗唱反调。

骆仲昀直接懒得说话，只是摇了摇头。

秦休央双手交叉放在胸前，一双眼睛习惯性地眯了起来。

看来有些事情就像是想打火点烟一样，人多也没什么用啊，该不行的，还是不行……

(3) 我知道我的英雄一定会来（上）

“抱歉，白医生，让你亲自过来一趟也就算了，还让你等了这么久。”

朱颜从朱氏传媒总部大楼走了出来，她穿着白色的雪纺衬衫，搭配卡其色的阔腿裤，整个人看上去干练而又明艳。

看着朱颜的状态与她们初次见面时一样好，白冉可总算是彻底放下了心来。

白冉可笑了笑，说道：“没关系，反正我手上没什么新 case。你在公司是遇到什么烦心事了吗？”

白冉可话刚说出口，想到自己这话有探听商业机密的嫌疑，怕朱颜为难，正想道歉搪塞过去，却见朱颜对自己毫不设防。

“我发现在我妹妹辞镜代理董事长期间，朱氏有一笔很大的不明款项支出，每周定期打入 K 公司的账户，可我们跟 K 公司没有任何的合作。我去问了财务总监，他说是辞镜以个人缘由转的，我今早去问辞镜，辞镜一直闭口不说，所以耽搁了很长时间。”

朱颜带着白冉可上了车，便不再谈公司的烦心事务。她靠在车座上，放下在公司的强硬态度，对白冉可微微一笑：“白医生陪我去个地方吧。”

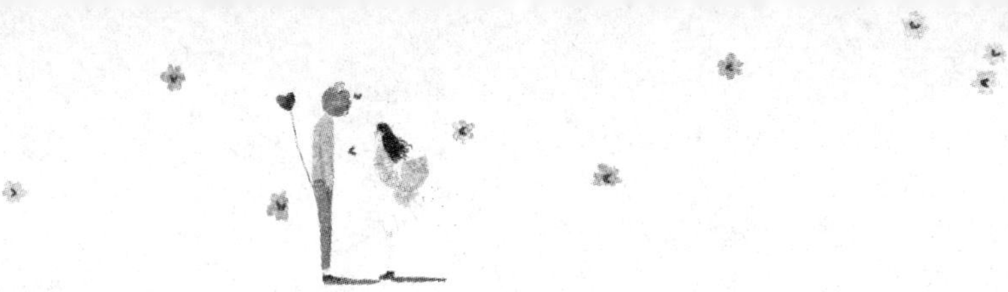

“嗯。”白冉可点了点头。

得到白冉可的肯定回答，朱颜便吩咐司机开到了一家高档珠宝店。

“我定的戒指做好了吗？”白冉可看到朱颜熟稔地去问店员。

店员似乎是认得朱颜，立马笑着回了句“早就准备好了，朱小姐”，便从保险柜里把戒指拿了出来，递给朱颜过目。

白冉可发现，在银色的小礼盒里垫着一块深蓝色的天鹅绒布，而在天鹅绒布的中间，则静静地躺着一枚白金钻戒。钻戒设计得很简单，没有什么太繁杂的花纹，唯一会吸引人目光的，是刻在戒指上的字母“L.C”。

“好看吗？”朱颜望着钻戒时，嘴角扬起了一丝浅浅的笑，眼底的目光也不自觉地变得温柔，温柔得似乎能渗得出水来。

“嗯。”白冉可有些不解，“L.C 是什么意思？”

“Louis&Clare，时无和我的英文名。他应该直接把事情对我问出口的，如果他问出了口，我们之间不会因为这莫须有的谣言，落得如此结局。他生前没来得及为我戴上戒指。在我们在一起的时候，他总是说起，你是他带出来的最得意的心理医生。他很疼你，他没有白疼你。”朱颜把目光转向白冉可，把左手递给她，笑容让人感觉是杏仁入口，苦涩坚硬，“你帮我把戒指戴上吧，我就当是他为我把戒指戴上的，我以后就当自己是林太太了。”

白冉可从天鹅绒布中把钻戒拿起，这枚钻戒，像极了一个郑重而又深情的承诺。白冉可把钻戒缓缓地戴入朱颜左手的无名指，双唇轻抿：“林太太，新婚快乐……”

“我们去兰亭吃饭吧，就当是我请你吃我和时无的婚宴。”可能是看到白冉可脸上的表情过于沉重，朱颜笑了笑，用刚戴上婚戒的手揉了揉白冉可的手，语气尽可能地轻松。

白冉可不愿破坏朱颜特意营造而出的氛围，强压下内心的思绪，笑着应道：“好呀，我想吃兰亭的菜好久了，但那家店特别难预约。”

“没事，我是 VIP 会员，正好可以免预约。”

“有钱人真好呢。”

因为兰亭离珠宝店很近，朱颜还有些交心话儿想要跟白冉可说，便让司机先回去，她和白冉可慢慢走路过去。

可万万没有想到，两人才刚转入了小路，便有一辆黑色的面包车忽然停在了她们面前。白冉可还没反应过来，就被从车上走下的男子打晕了。

待白冉可从昏迷中醒转时，她发现自己坐在一个陌生的地方，双手被反绑着，旁边有一些类似珊瑚礁的石头，而在她所坐着的地方不远处，是一面玻璃墙。白冉可讶异地发现，自己和朱颜，还有一个素未谋面的八九岁的小女孩都同样被绑着，而且还有一条绳子把绑住她们手腕的绳子串了起来，固定在一根圆木桩上。

她们这是被绑架了？

白冉可提高警觉，用手肘撞了撞还在昏迷中的朱颜，压低声音唤道：“朱颜，快醒醒，朱颜……”

朱颜的睫毛扑簌了几下，缓缓地睁开了眼睛。

“哟，都醒了。”一个熟悉的男声随着两道轻重不一的脚步声响起，越来越近。

白冉可循声望去，发现来人正是他们院长江重华和朱颜的妹妹朱辞镜，从他们的表情上来看，他们对于她们被绑在这里，丝毫没有感到奇怪。

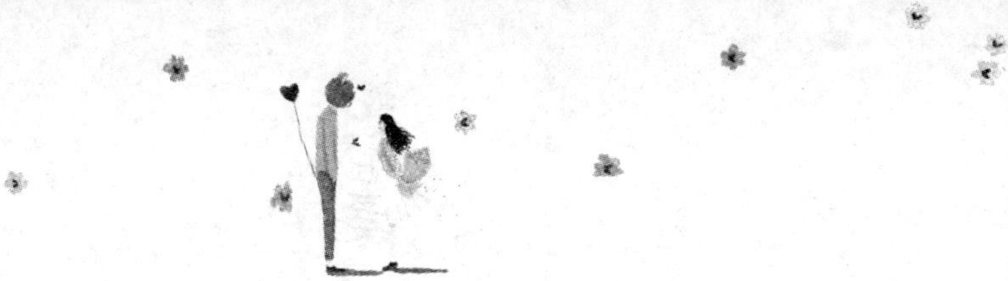

白冉可挣了挣手上的绳子，问道：“院长，朱二小姐，你们怎么会在这里？”

“事已至此，想必是二小姐为了要继承朱氏，想杀我灭口吧。而这位江院长，应该是我妹妹许了你一些什么好处，所以你就算是手上要沾上人命，也要想方设法帮她继承朱氏。”相比于白冉可的慌张，朱颜倒是淡定多了。

她抬眼望着江重华和朱辞镜，勾起的笑意里还带着几分嘲讽。

“大小姐果然聪明。”江重华笑着摁下了玻璃墙上的一个开关，便有几股水流不知从什么地方涌了出来，漫在地板上，打湿了她们的衣服，“既然你们都要死了，我就让你们死得明白。”

江重华推了推厚重的金丝眼镜：“想必你们都听说过K公司吧？就是这么一个新创立的不到一年的公司，通过倾销，让唐氏保洁集团这样的传统产业龙头都差点面临破产。我就是K公司的真正所有者，而这场倾销行为所需的资金则主要来自陆氏珠宝的陆方偶、朱氏传媒的二小姐、苏氏地产的苏妩。事情本来进行得很顺利，可是大小姐忽然出现，以让人措手不及的速度登上了董事长之位，让这场倾销行为的资金链出现了问题，那大小姐……就非死不可了。”

“我不明白，院长你跟唐氏无冤无仇，”白冉可紧紧地盯着江重华，清秀的柳眉深锁，“你为什么要付出这么大代价来针对它？”

（4）我知道我的英雄一定会来（中）

“无冤无仇？呵呵……”江重华笑了起来，不像是他平素端庄温和的笑，而是一种有些病态的笑。在厚厚的镜片下，他的眼睛露出了冷血动物一般的凶光。

“我跟唐龙行此仇不共戴天。我本来不姓江，姓郁。四十年前，我本是鹤去市保洁龙头企业郁氏保洁董事长的独子，我们一家人过着无忧无虑的生活。但是唐龙行从茶光市带着巨款融资而来，为了快速夺得鹤去市的市场，就针对我们家展开倾销行为。只是三个月的时间，我们家便从鹤去市首富沦为破产欠债人，我们家的房子也被拍卖了，父母带着我挤在一个别人家遗弃的小阁楼上。

“可是催债的人依旧不肯放过我们，天天上门追债，还威胁我们，如果我们不还钱，就把我们剁成碎块扔进江里。为了躲避追债的人，爸爸就带我们住进了我们乡下的一座古墓里，可是有一天雷雨下得好大好大，古墓的入口坍塌了。

“我们怎么挖都没能把坍塌的石头挖走，在古墓之下也没有人听得见我们的求救，我就这样看着我的父母活活地饿死在了我面前。我本来也以为我会饿死，但就在我快死的时候，有一个村民把我救了出来。从此，我隐姓埋名，我活着的每一天，每分每秒都想要报仇，我想让唐龙行也尝尝这身无分文，眼睁睁看着至亲在自己面前死去的滋味。

“但是，当时唐龙行已经是唐氏保洁集团的 CEO，我却一无所有，我想动他谈何容易？还好，我还年轻，我可以用一生慢慢筹划，我要用我的一生来把唐龙行推下地狱。

“我努力学习，考上鹤去大学读心理学。其实我对心理学并不感兴趣，但是我当时得知宁氏建材的千金报考了鹤去大学心理学，所以为了接近她，我必须报考。可是等我把她娶到手，想要利用宁氏的资力来复仇之时，宁氏却因为经营不善破产了。我妻子也因为难产去世，只留下一个女儿江鲤涟。

“宁氏破产对我打击很大。就在鲤涟上大一的时候，我看到了希望，那个

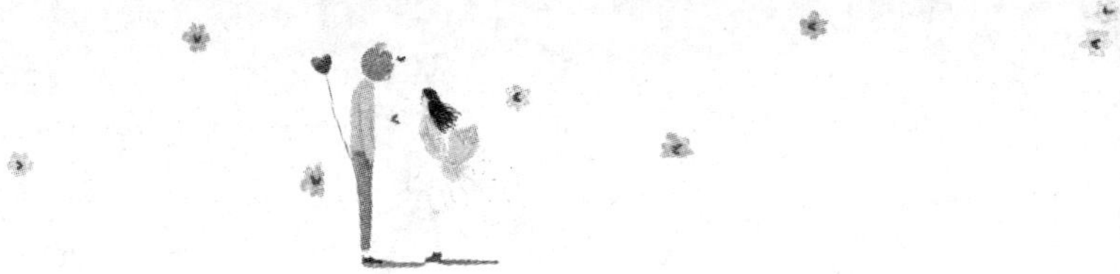

时候，她与林时无正在热恋。林时无，他在心理学和化学方面，都是一个天才，而且小小年纪在心理暗示和催眠方面，整个鹤去市无人能及。

“时无的出现让我幡然醒悟。为什么要靠自己的资金，为什么我不能让别人的资金为我所用？我迅速把目光锁在了鹤去市最有钱的三大家族中——陆氏、朱氏以及苏氏。恰巧这三个企业的董事长，都有两个孩子，而继承人却只能是一个。我就找到了那三个没有继承权的孩子，跟他们说起我的计划，并得到了他们的同意和许诺。

“但是时无这孩子的心性太温柔太善良了，如果我把真相告诉他，他必定不愿意助我复仇，我得想个办法。恰好此时，鲤涟被同班的三个男生轮奸而跳楼自尽。那三个男生本来是拒绝了参加同学聚会的，只是后来忽然起了心性想去，班上的其他同学也不知道。我把最重要的监控录像毁了，所以三年来，警察始终没有查得真相。然后我就向时无暗中透露这么一个消息：是朱大小姐教唆陆方奇和苏放轮奸鲤涟，警察因为迫于这三家的财力，所以才草草结案。我在时无心中种下复仇的种子，等到它终于发芽后，就把我的计划告诉他。

“他就这样乖乖地为我去复仇，把陆方奇、苏放和你这个大小姐都送进了隔离精神病院。我让他在精神病院里把你们都毒杀了，但是这孩子开始不听话了，他说，做到这些已经足够了。就在这时，秦休央和冉可发现了一些事情，在你们赶来跟我汇报求助时，我就打电话给时无，让他必须动手了。

“我跟他说再不下手，等人被救出来，之前所做的一切努力就全都白费了。我苦口婆心地劝着，到最后，他终于下定决心要下狠手。可最后关头，你们居然被救援队救了下来。

“要是时无在精神病院里能把你们杀了，就什么事都没有了。他真是个靠不住的废物。

“还是我自己动手好，你看，在这次化工泄漏事故中，我只是稍微去动了一下他们救援队的装备，就让唐龙行唯一的孙子唐浩然现在还在医院里躺着。我本来以为他会死在毒气里，但没想到只是呼吸道烧伤。不过，只要他还在救援队从事高危救援工作，来日方长……”

白冉可的眼睛被泪意熬红。秦休央何辜？主任何辜？李霜染何辜？为什么为了你的复仇计划，他们就要万劫不复？

“是你，害死了时无。”朱颜猩红的眸子里流露着深深的恨意，她恨不得把目光化为一把匕首，插进江重华的心脏。

江重华的目光落在了朱颜无名指的戒指上：“这枚戒指是时无送你的吗？你可要感谢我，要不是我，你哪里有机会让时无喜欢上你？”

“呸！”朱颜拼命挣扎着，绳子在她白皙的手腕绞出红痕。

“大小姐不要急，你很快就能看到林时无了。”江重华的笑意让人很不舒服，“这个水族馆废弃很久了，没有人会过来的。等水把这个巨型鱼缸装满，你们就一辈子留在这儿做三条美人鱼好了。”

朱颜把目光转向一直在旁沉默的朱辞镜：“白医生和这个小女孩是无辜的，你有什么冲我来就好，放她们走。”

“这个不行。”朱辞镜扭着细腰，缓缓朝朱颜她们走来，“白医生从这儿出去了，一定立刻就去搬救兵了。这个小女孩就是当初化工泄漏事故中临时指挥处负责监控的保安的孙女，要是把她放回去了，难保录像带不会流出来。”

朱辞镜俯下身，用手紧紧地捏着朱颜的脸，保养得极好的长长的指甲几乎要掐进她的肉里：“姐姐，我早就说过，你争不过我！”

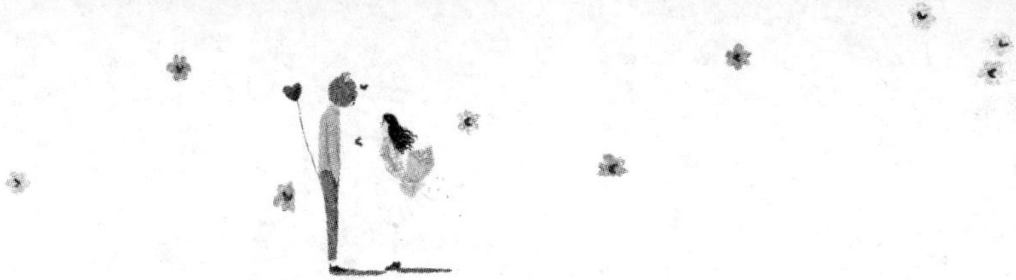

朱辞镜带着得意，与江重华打开鱼缸的紧急逃生门，出去后便将门锁死了。两人走后，水位渐渐升起，很快漫到了她们的腰部。

朱颜的双眸笼上了绝望的荫翳：“抱歉，白医生，我要让你和我一起死在这里。”

之前一直在旁边被吓得一句话也不敢说的小女孩，听了朱颜的话，“哇”的一声哭了起来。

“别这么说，总会有办法的，我想想……”白冉可尝试性地去解绑着她们的绳子，她记得秦休央教过她解绳子的办法，但是当时她根本没有认真在听，此时也自然记不清晰了。

她解了一会儿，绳子却没有半点松动，而升高的水位却是毫不等人……

（5）我知道我的英雄一定会来（下）

难道我们真的要死在这里吗？

白冉可停下了解绳子的动作，脱力地喘息着，她低着头，满脸的汗珠顺着脖子流了下来，滑过锁骨……

这条项链！锁骨之上，秦休央亲手为她戴上的项链让她重新燃起了希望。她努力转着自己的身子，使自己面向朱颜：“朱颜，你有没有办法帮我摁下项链上的小按钮，它是一个求救器，秦休央会收到信号，他一定会来救我们的！”

“我试试！”朱颜二话不说，把头埋在白冉可的胸口，尝试了很多次，才用牙齿咬住了项链吊坠，摁下了开关。

看到求救器发着启动成功的蓝光，三人都松了一口气，小女孩也乖乖地止住了哭泣。

可是她们还没放松多久，水位便越来越高，强大的水挤压着她们，捆住她们的绳子脱离木桩，三人的身体便在水中沉浮。

大人还好，小孩子便开始慌了。待白冉可和朱颜想尽办法让小女孩把头露出水面时，小女孩的眼睛里充满恐惧："姐姐，我害怕……"

"别怕，会有一个大英雄来救我们的，他一定会来，我们要等。"白冉可尽可能地把声音放柔放稳，去安慰小女孩。

水渐渐地把整个封闭的巨大鱼缸填满，她们避无可避，水从她们头顶漫过，把她们整个淹没。白冉可听到最后一句话，是朱颜说的。

"太迟了。"她说得很轻，像是一句无奈的叹息。

窒息的感觉让白冉可的意识渐渐模糊，她感觉似乎有液体从自己的眼中涌出，但是在这满满的水中，什么都看不见……

抱歉呢，我不能再等你了。

抱歉呢，我要抛下你让你在这世界独自行走，不再陪着你支撑你了。

就在意识即将从身体剥离走之际，白冉可好像听到有人在喊自己的名字。当她拼尽最后一丝力气睁开眼睛时，她看到秦休央站在玻璃墙外，用手在敲击着玻璃。

她笑了。

你来了，我的英雄，我的丈夫，我就知道你一定会来……

可秦休央的影像渐渐在她眼中模糊，整个世界一片寂静。

"咳咳咳……"白冉可吐出好几口水，悠悠睁开眼睛，还没来得及看清秦

休央的脸，整个人便被他紧紧地拥入了怀中。

在她的记忆里，秦休央一直是玩世不恭的，天不怕地不怕的，她还是第一次，看到他这么害怕的样子。

白冉可一边轻轻地回应秦休央的拥抱，一边跟他打趣：“咋了，怕我死？”

“我可不想我一结婚就成了鳏夫，一旦背上了这克妻的罪名，我以后很难再娶的。”可能是从害怕失去白冉可的恐惧中回过了神来，秦休央放开白冉可，一副贱兮兮的模样。

白冉可被怼得死死的，可口头上又赢不了秦休央，当下就实施起了“家暴”。

“姐姐，你醒了。”小女孩跑了过来，乖巧地把白冉可从地上扶起来后，冲秦休央甜甜一笑，“谢谢大英雄叔叔。”

为什么她是姐姐，我就是叔叔了，我不应该是哥哥？秦休央不爽地问：“哪家的孩子？你怎么会在这儿？你爸妈呢？”

我要让你爸妈好好教育你！秦休央在内心发誓。

“她是临时指挥处负责监控的保安的孙女。”白冉可把刚才发生的所有事一一告诉了秦休央，“要是刚才院长所做之事，所说之话有留下证据就好了。”

“留下证据了，我有录音。我早上有一场商业谈判，身上的录音器一直忘了关。”从被救后，一直坐在地上闭目养神的朱颜，忽然说道。

朱颜联系了警方。

因为证据确凿，江重华、陆方偶、朱辞镜、苏妩因涉嫌谋杀被警方追缉，其中江重华逃逸，下落不明；朱辞镜、陆方偶、苏妩被捕。

苏妩被捕后，苏放被圣约翰特殊医院诊断精神正常，在群龙无首中，正式接手苏氏，主持苏氏大局。

保安大爷本来就是因为孙女被江重华抓了，被他威胁，所以才扣下录像带。如今，秦休央把他孙女救了回来，大爷自然也愿意交出监控录像带，帮秦休央讨回清白。

很快，秦休央复了职。

“之前的事情是我错怪你了。恭喜你复职，秦所，希望你以后可以更好地守护鹤去市。”

在浮屠紧急救援事务所，在所有救援队员的目光下，刘局向秦休央伸出了手。

秦休央握住刘局的手，郑重地许诺：“我会让救援队成为鹤去市民的最后希望。”

“嗯，你们救援队要成为市民的一颗强力定心丸。”刘局认可地点了点头，在与秦休央握手完毕之后，他忽然想起了些什么，“对了，那个蓝宝石胸针丢了……”

刘局话还没说完，便被人打断了：“蓝宝石胸针不光是我们浮屠紧急救援事务所所长身份的象征，而且还是所长的护身符，丢了很不吉利的！”

说话的正是二分队队长唐浩然，他上周才刚出院，回到救援队中。只不过，他虽然还挂着二分队队长的名号，但是因为呼吸道烧伤，术后已经不能再进入一些气压不稳定的场合，因而不大适宜进入一线救援现场，现在主要学习从事技术支援组的工作。

“是呀！是呀！”救援队其他人听唐浩然这么说，纷纷附和。

“我知道。但是我们办公大楼最近在迁址，转运途中一些小东西的丢失也无可厚非。”见到救援队群情汹涌，刘局有些不满，“现在报告已经打上去了，上头正在派人再重新打造一个一模一样的。你们少安毋躁。”

“没关系的，只是个胸针而已。”秦休央开口，把救援队员的情绪安慰下来。

如果他还是一分队队长，弄丢的是卢所长的胸针，他自然也会像今日其他队员一样鸣不平的。但他现在是所长，他得有更多的考量，救援队常年受聘于民防，总不好为了个胸针，要跟刘局闹闹不愉快不是？

这件事很快也就过去了，秦休央也就根本没放心上。

第二天，他打着哈欠刚回到事务所的时候，却发现救援队所有人都整整齐齐地站在了所长室门口。

秦休央整个人被吓醒了，眯着眼睛，狐疑地盯着他们，说道：“你们想干吗？提前告诉你们哈，我今年没有救援队工资普调的计划，你们还是死了这条心吧……”

看到二狗走了上来，秦休央停住了话语。

二狗拿出一个胸针，款式跟丢失的蓝宝石胸针有点相似。

二狗笑着把胸针递给秦休央：“秦所，这是我们全队集资，昨晚连夜给你买的胸针。你跟秦嫂什么时候举办婚礼呀，到时候记得给我们发请帖，这个胸针是我们全队人给你的贺礼！”

“婚礼是初定在下个月八号。”秦休央半垂眼睑，瞥了一眼二狗递来的胸针，脸色有点不大好，“这个胸针，我跟我太太在逛街的时候，在我们事务所转角的十元店里看到过一模一样的。我一辈子就结这么一次婚，你们几十号人，就给我送个十块钱的贺礼，是不是有点过分了？”

第八章

秦先生，你要做爸爸啦

(1) 秦先生与双马尾妹的中学往事

秦休央坐在鹤去市第一中学的天台地板，头抵在天台的围墙上，从一袋子被砸坏的听装啤酒里，勉强挑出一听损坏较轻的，打开抿了一口。随后他瞪了坐他旁边的苏放一眼，不满地抱怨："你说我们这一把年纪的，正正经经地从学校正门登记进来不行吗？为什么非要带着啤酒翻墙进来，你看，啤酒都被我们扔坏了。"

"哎，翻墙进来比较有感觉嘛，感觉自己就像是回到了中学时代那样，瞬间青春了。"苏放也挑了一听啤酒，不以为然地耸了耸肩。

秦休央"嘁"了一声，懒得再跟他纠缠，转口说起："你这出来得倒是很及时。我下个月正要结婚的，你这当伴郎的就出院了。"

"我本来是想多歇一会儿的，但是妹妹不在，爸爸身体也不好，苏氏需要我主持大局。"

"你妹妹……怎么样了，死妹控？"听苏放主动说出口，秦休央犹豫再三，还是问出了口。

“我给她请了鹤去市最好的律师。”苏放学着秦休央的样子，身子稍稍后仰，平素明朗的笑容里此刻却添上了抹不掉的荫翳，“律师尽力了，她被判了五年监禁，不得假释……”

看到秦休央的脸色开始变得沉重，苏放连忙收了口。正当他拼命想要转移话题之时，他的目光被他所靠的围墙上的字眼吸引住了，他忍不住笑着念了出来：“打败肥鸡——秦休央。”

学生时代，总有些中二少年喜欢在学校天台围墙上，用尖利的石头刻下自己的豪言壮语。比如说“一定要考上鹤去大学”“要追到隔壁班花 ×”“我要成为鹤去首富”。而秦休央，十年前，很明显也是中二过的啊。

“肥鸡是谁啊？”秦休央想要装失忆来掩盖自己的黑历史。

苏放却“十分善意”地帮他回忆：“肥鸡当年可是我们鹤去一中的校霸，一中里没有学生敢惹。我们念高三的时候，肥鸡看上了当时读初一年级在期末考试考了第一的一个双马尾小学妹的奖品——学校奖的一支限量版派克金笔。所以放了晚自习后，肥鸡就把她堵在一个偏僻角落，强迫她交出钢笔。

“好死不死，这刚好被我们撞见了。你从小就喜欢逞英雄，当然是看不过眼，要为小妹妹出头。肥鸡当晚刚好落了单，你当时长得又高，看起来又凶，肥鸡怕打起来打不过你，就灰溜溜走了。

“第二天，他纠集了一帮小弟，趁你上厕所的时候，把你的腿给打断了。你当时住在我家，每晚都疼得嗷嗷叫，而且还号得很大声，吵死了，弄得我失眠了一个月……”

“我没有号！”秦休央不爽地为自己辩解。

苏放就像是没有听见秦休央的话一样，接着说：“你的腿好了之后，你苦练了三个月散打，终于在一个天气晴朗的日子把肥鸡和他的小弟都通通打趴了。后来肥鸡和小弟们见你就喊秦哥，大家都以为你成了新的校霸，见到你都绕着走。那时，我们的班主任见我跟你走得近，还劝我少跟你玩，会影响我的学习。”

“呸！”秦休央恨不得啐苏放一口唾沫，“你比我坏多了，只是你比较能装。”

苏放冲秦休央咧嘴一笑，俨然秦休央不是在骂他，而是在夸奖他。

“对了，说到双马尾小学妹。你当时嘴巴特别贱，帮她讨回钢笔后，就调戏人家：‘我帮你要回钢笔，你可得报答我，长大后要嫁给我。’双马尾妹被你吓哭了，第二天连忙把钢笔拿给了我，让我务必要把钢笔给你，说钢笔就是给你的报答。

“当时我妹妹一直高烧不退，我忙着她的病，就把这事给忘了。现在那支钢笔还在我房间抽屉里躺着。”

苏放说着说着，兴致便上来了，撺掇秦休央：“那个小学妹叫什么来着？哎，对了，我记得我们学校的光荣榜上会贴着每一年每个年级期末考第一名的照片和名字，我们去光荣榜看看吧。”

“无聊，不去。”秦休央懒得理会苏放，闷闷地喝了一口酒。

苏放已经站了起来，伸手去拽秦休央的手臂：“都这么多年的事了，去看一眼怎么了？”

“都说不去了。”秦休央别扭地甩开了苏放的手。

“你要是不去，我就把你这段黑历史告诉秦太太。”

说罢，苏放拿起手机，作势要打白冉可的电话。他的脸上仍然挂着暖煦的微笑，眼睛里却闪着狐狸一般狡黠的光。

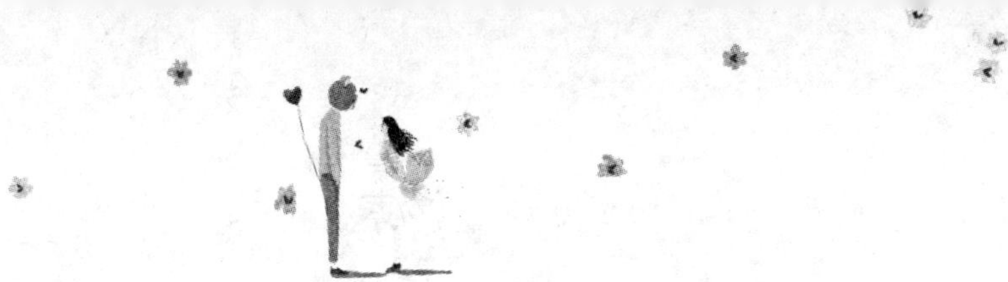

秦休央瞪了苏放好一会儿，这才不情愿地站了起来：“我真是打你打得少。”

中学时代，苏放是出了名的好孩子，品学兼优；而秦休央却是老师同学眼中的坏孩子，是问题少年。所有人都不知道，他们两个为什么会玩得那么好，但只有秦休央知道，他只是坏得很表面，而苏放，切开里面都是黑的。

有些东西果然是一物降一物啊。秦休央跟在苏放身后，不由得感慨，他从学生时代开始，似乎就总是被苏放玩得团团转啊。

来到光荣榜前，苏放停了下来，兴致不减，笑着问秦休央：“我们念高三那年是哪一年来着？”

“2008年。”

“2008年……初一……”苏放一边轻声念叨着，一边用手指在光荣榜上查找着。

苏放的指尖很快停了下来，可是指尖所指的名字，却让他们两人都愣住了——白冉可！

苏放率先回过神来，发出一声惊呼：“这么巧！”

“不会吧，应该只是同名同姓。”身为当事人，秦休央自然更难以相信。

“不，休央。秦太太在高二的时候也考了一次全年级第一。”苏放指着白冉可高二时候的照片，“她高二的时候，就和现在长得很像了。”

秦休央望着白冉可高二时的照片，久久地愣在了光荣榜前。

苏放“扑哧”一声笑了起来，他把手搭在秦休央的肩上，打趣道：“秦太太真的是可怜呢。即使是忍痛交出了钢笔，也没能逃开要嫁给你的残酷命运呢。”

“闭嘴！”秦休央打开苏放的手，开始往回走。

苏放慢慢地跟在秦休央后面，故作夸张地喊：“我们秦所是个玩养成的大变态！”

“闭嘴！再喊我真的打你了！”秦休央懒得回头去理睬他。

“休央……”

他今天怎么这么烦？

听苏放喋喋不休，秦休央真的有点恼了，停住脚步：“最后一次警告你，再不闭嘴，我把你往死里打！”

“你一定要幸福啊。”

（2）秦先生，你要做爸爸啦

距离婚礼还有一个多月的时间，可白冉可便迫不及待地拉着秦休央试起了婚纱来，一边试还一边跟秦休央抱怨：“唉，当初答应我的礼金和金镯子没有了也就算了，连高定婚纱都没有，秦休央你这个大骗子！”

“想要给你实现风光大嫁也不是不可以，但是给你倒腾了那么一堆东西，就没钱付房子的首付。”秦休央摆出了一副东西到手就悔账的无赖样子，“你是要房子，还是要风光的婚礼？”

白冉可不满地哼了一声，懒得再跟秦休央纠缠，转身去问婚纱店的导购小姐：“你们这儿最贵的婚纱是哪一套？”

“是这套，秦太太。”导购小姐抿唇憋住笑意，把白冉可带到一套白色抹胸婚纱前。

“我试试……”

秦休央瞥了一眼婚纱，打断白冉可：“我劝你换一套。”

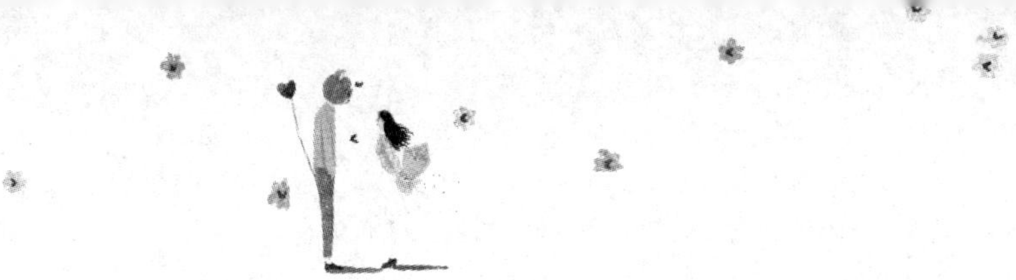

“怎么了，成品婚纱贵点的你都不舍得啊？”白冉可朝秦休央投去了满满的鄙夷目光。

“不是不舍得钱。”秦休央双手交叉放在胸前，看了一眼婚纱，又看了一眼白冉可的胸，“是你没胸撑不起这套婚纱。”

“谁说的？我撑得起！”

白冉可立马挺起了自己的胸，如果眼神可以杀人，秦休央恐怕已经死了上百回。

“我说的，我亲眼所见难道还能有假？”

秦休央怼了回去，毫无求生欲望。

白冉可拿下婚纱就要往试衣间走：“我试给你看。”

秦休央望着白冉可离开的背影，完全不惧，甚至还露出了一抹冷笑：“我劝你不要自取其辱。”

天真！这些直男实在是太天真了！

白冉可关上试衣间的门，狡黠的笑容在她鹅蛋般的小脸上浮现，她从试衣间的小柜子里那堆店家特地为客人准备的小道具里掏出了两片硅胶，贴在了胸前两坨雪白上。

看着镜中在婚纱下诱人的乳沟，白冉可露出了诡异的微笑。

果然，硅胶是贫乳妹子最好的朋友啊。

就在白冉可得意之际，她听见试衣间外传来的秦休央的声音——

“我要出任务先走了，我让糖心过来陪你继续挑。”

“等等！你先见证了我的胸能撑起婚纱再走！”白冉可匆忙地绑紧婚纱的松紧带，再打开试衣间的门，可是秦休央早就走远了。

等李糖心来到婚纱店时，就看到白冉可穿着婚纱，气呼呼地坐在了店里的沙发上，一张笑脸几乎鼓成了一只包子。

“怎么了，干妈，谁惹你生气了？”李糖心耐心十足，说话间带上了哄小孩子一样的温柔笑意。

“除了你干爸还能有谁？”白冉可噘着小嘴，说得咬牙切齿，就像是想把秦休央在她牙齿间碾碎一般，“我跟他打赌，我的胸一定能撑起这套婚纱，可是等我换好衣服出来，他却跑了。”

李糖心知道白冉可不是真的在气恼和秦休央打赌的事，她只是在难过当她人生中第一次为他穿上婚纱时，他却不在自己身边。只是李糖心没有拆穿她，他掏出手机，说道：“我给你拍张照片发给他，眼见为实，让他输得心服口服。”

“算了算了，别拍。”白冉可忽然反悔了，“其实……从某种层面上来讲，他也不算输，我垫了硅胶。”

李糖心愣了一下，随后被逗笑了，只是他的笑容挂在脸上，总有着与他的年纪不大相符的浅淡。他似是在安慰白冉可，又似若有所指：“有些幸福，即使是假的，也让人拼了命想要拥有。”

“唉，算了，还是别拍吧。我忽然良心发现，觉得自己要真诚。”白冉可制止了李糖心拍照。

我想让你亲眼所见我穿婚纱的样子，如果现在不行，那就在婚礼之上，我想让你被我惊艳……垫了硅胶的惊艳。

“我就要这套吧……”白冉可朝导购小姐示意，可是话还没说完，她就感觉胃里有一股酸流在翻涌，“你们的洗手间在哪儿？”

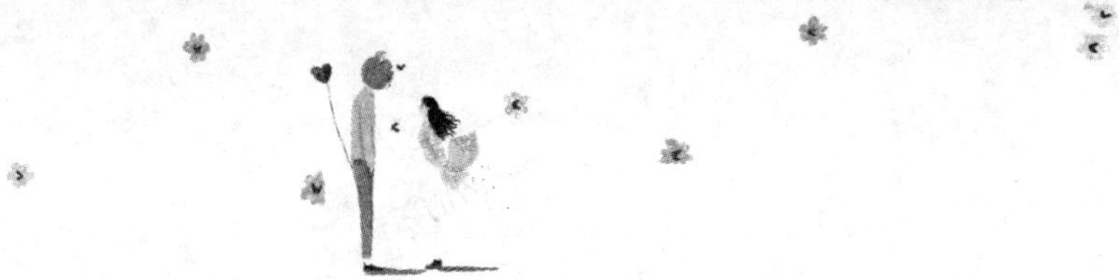

“在左手边。”

等到导购小姐回答后，白冉可连忙冲到洗手间里，对着洗手盆就是一阵昏天黑地的干呕。

“干妈，你没事吧？”李糖心也不好直接往洗手间里闯，只好站在外面干着急。

好不容易胃里好受了些，喉咙里却是满满的灼烧感，白冉可撑着洗手盆不住地喘息，她小脸煞白，额上布满了细细密密的汗珠，感觉整个人都要脱水了。

“我……我没事……可能是之前吃错了什么东西，最近这两周一直在吐……”

李糖心和白冉可可能还蒙着，但是追来的导购小姐那可是见过世面的人了，当即问道：“秦太太，你有没有想过，你可能是怀孕了？”

“啊？”白冉可和李糖心同时呆住了。

在导购小姐的建议下，白冉可决定和李糖心先去隔壁医院检查一下自己是不是真的有了崽。

导购小姐正要把他们往门外送的时候，另一个之前一直坐在电脑前的店员忽然叫住了她：“小妍，你知道吗？唐氏保洁集团的董事长唐龙行被绑架了，绑匪还把视频发到了布丁视频上，现在视频已经被顶到了布丁视频首页，点击量破亿。”

导购小姐还没来得及回复，倒是白冉可一听到唐龙行这个名字就立马溜到了店员的身后，对她说：“视频我看看。”哪里还有半分刚才吐到虚脱的样子？

白冉可怎么说也是客人，店员不好意思拒绝她的要求，便点开视频。

在视频中，唐龙行被人用粗麻花绳绑在石柱上，这好像是一个山洞一样的地方。在镜头中，那个本来精神奕奕的老人似乎一下子衰老了很多。他瘦了一圈，花白的头发贴在脸上，他肌肤发黄，眸子深深地凹了进去，微微张启的双唇因为缺水而干裂。

镜头在拉远，白冉可看到了一座桥，桥下的潭水深不见底。桥看着很危险，似乎只要一有人踏上去，桥就会随时坍塌，让人掉下万劫不复的深渊，生死成谜。

录这个视频的人偏转了镜头，白冉可被忽然出现在了镜头下的江重华的脸吓到了。院长他不是在被警方追缉吗？为什么他会出现在视频里？

江重华接下去的话就解答了白冉可的疑问。

“当你们看到这个视频时，我已经被捕了。我的事情在鹤去市闹得沸沸扬扬，新闻都播过，你们也就肯定知道他跟我的恩恩怨怨。但是你们抓到我也没用，在我被捉到之前，我已经把唐龙行关在了一个没有人知道的地方，那里没有水和食物，他会在那里活活饿死，就像是我父母当年那样。

“你们警察不是很厉害吗？你们去查他被关在什么地方啊。还有救援队，你们不是号称能在死神手里抢人吗？你们倒是去把他从死神手里夺出来啊！”

江重华说着便笑了起来，不知道是不是因为录制现场的灯光幽暗，他笑得扭曲的五官如同鬼魅，看起来瘆人：“这个视频从现在开始会一直开着，我要让你们看看，家财万贯的唐氏保洁集团董事长在活活饿死前，会是什么样的姿态？你们睁大眼睛看着吧，来见证我的复仇！”

镜头被重新推到了唐龙行的身上，他没有抬起头，只是在用虚弱不已的声音在央求着：“水……给我水……”

“太惨了，这……秦太太要不我们还是不要看下去了吧？”店员把鼠标移到了右上角的关闭处，“这后面就一直是唐董被绑着的录像了，太惨了……我见不得这种人被活活饿死的画面。”

“你好！我们是鹤去市公安局的警察！”就在众人的注意力都集中在电脑屏幕前时，他们听到了一道陌生而又坚定的声音，便抬起了头。

看到三个穿着警服的警察忽然出现在自己的店里，导购小姐小妍和方才那个店员都有点慌了。小妍有点结巴地问："警……警察同志，请问有什么事吗？”

“请问是白冉可女士吗？”为首的警察把目光落在白冉可身上，问道。

（3）营救唐龙行（上）

“我是……”白冉可不知警察为何会找上自己。

“我是鹤去市警察局局长张明，你可以喊我张局。诚如你所见，江重华所发的这个视频，是对生命和人类情感的轻视，是对我国行政司法权威的挑衅，已经造成了严重的社会影响。我们想要去营救唐龙行，却不知道他被困在什么地方。我们从逮捕到江重华的那一刻开始盘问他，但是24小时过去了，我们没有盘问出任何有用信息。”张局的眉宇深深地锁了起来，“我们曾经去寻求你们心理医院的方医生的帮助，他向我们举荐了你。他说林时无医生是你们那里最深谙催眠和心理暗示的医生，可他已经去世，而你师承林时无，应该是最能发挥作用的人。所以请你协助我们，跟我们回一趟公安局。”

公安局——

江重华被手铐铐住双手坐在审讯室里，白炽灯刺眼地射在他的脸上，他头发凌乱，脸上因为兴奋而涌上了不正常的潮红。他的眼睛在发光，眼神却是涣散的，整个人看着激昂而又带着些狼狈。这与平时那个温和老成的江院长判若两人。

审讯室所用的是单面玻璃，外面的人可以看到里面发生了什么，里面的人却看不到外面的情景。

“说！人你到底关在什么地方？”白冉可看到一个年轻的男警察眸若鹰隼般盯着江重华，给人很大的压迫力。

江重华却丝毫没有把他放在眼里：“我不说，你们又能把我怎么样，有本事杀了我啊。”

倒是这个年轻的警察有点坐不住了，语调有明显的升高：“你不要藐视警察！”

江重华颇有些趣味地瞥向他，言语挑逗：“你给我跪下，像狗一样舔干净我的鞋，说不定我心情一好，就告诉你了。”

“你！”年轻的警察气得站了起来。

看到对方被自己激怒，江重华耸着肩，忽然大笑起来。笑声越来越大，回荡在审讯室中，病态又张狂，让人心烦躁不安。

“情况大概就是这样，我们换了好几批警员，但都问不出些什么。”张局故作镇定，但是眼底的焦虑还是很难瞒过作为心理医生的白冉可，“事态紧急，唐龙行年纪也大了，再拖一分钟就多一分危险。唐龙行身份特殊，而且视频已经被大多数鹤去市市民所看见，上头对这案子也高度重视，还请白医生尽快想出办法。”

“我想想……”

因为对案情的重视，张局还特地让人在局里给白冉可腾了个临时的单独办公室。可是即使是坐在清净无人的办公室里，白冉可的心也很难平静下来。

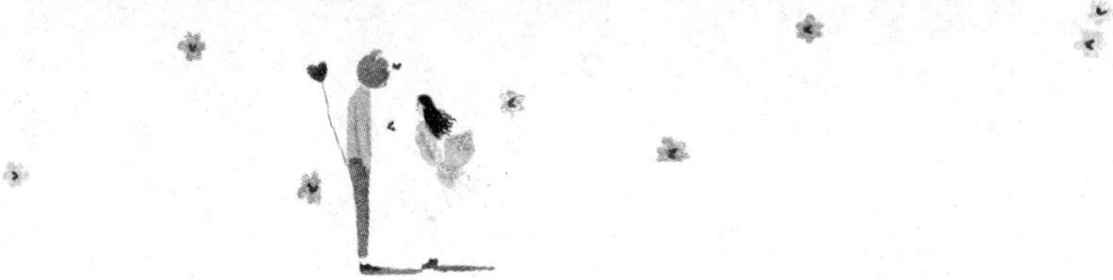

“怎么办，怎么办……”白冉可一个人小声地念叨着，“有什么办法可以问出地址？感觉我能想到的办法，院长他是比我资深多了的心理医生，一定也能想到，而且有办法应对。如果主任还在就好了，主任一定……”

白冉可忽然止住了。对，主任在搬家的时候交给过自己一个U盘。

白冉可问警察要来笔记本电脑，从包包里把随身携带的U盘取了出来，插进电脑里。

林时无在屏幕上重新出现的那一刻，白冉可的眼睛瞬间被泪水填满。

主任……

主任的嘴角仍是挂着那种浅浅的笑意，温柔得似乎能抚平所有的忧伤，他的声音像羽毛一样，是极轻极柔和的，却能落到人的心里去。

那么好的主任，对所有人都那么好的主任，却只活了二十多岁，在世间匆匆走了一遭，死去的时候，身边无人相伴。在生命最后的岁月里，他像棋子一样被人利用，又像棋子一样被人抛弃，他生前做了这么多的好事，死后却要背负罪名。

如果不是江重华，主任不会被逼到跳楼自尽。也许他会和江鲤涟白头偕老，也许他会和朱颜琴瑟和鸣，再不济，他也可以平静过这一生。可是江重华，剥夺了这所有的可能。

主任不能枉死！白冉可暗暗地在心内下定决心。

白冉可盯着U盘里林时无生前录下的教学视频，目不转睛地看着，一个小时过去了，一天过去了，完全没有停下来的意思。

警察局里的一名女警察看着白冉可滴水不进，不眠不休的样子，担忧地劝道：“白医生，要不你先休息一会儿，或者吃点东西？”

可白冉可的眸子只是一眨不眨地注视着视频，没有说一句话，就像是被屏幕吸了魂，完全没有听到别人说什么一样。

白冉可不吃不喝的样子确实让人担忧，最后连张局也有些看不下去了，打算亲自来劝她休息一会儿。

张局正欲开口，便见得白冉可像忽然触电一般站了起来，惊呼："我想到了！"

"张局！"也顾不得众人直愣愣地望着她，她以最快的速度说出了自己的计划，"我决定用场景重现法刺激他，看看能不能诱导他说出地址。为了还原他童年时代被困古墓，看着他父母活生生饿死在他面前的场景，我们需要先对他绝食，然后在他喝的水中掺入小剂量的致幻剂，扰乱他的神志。在他处于意识模糊，容易出现幻觉的阶段，我们再让一个跟他母亲长得相似的演员进入他的牢房，再现她生前最后一刻的面容，促使他情绪的进一步崩溃，说出地址。"

"好，就按你说的办。"可能是时间紧迫，张局没有过多的犹豫便答应了。

在白冉可的监控下，警方开始给江重华绝食，并在他不知情的情况下给他服用致幻剂。一天半过去了，白冉可没有歇眼，一直通过监控注视着牢房中的江重华。房里一片漆黑，只有月光从窗外洒了进来，照亮一隅。

江重华此刻正躺在牢房的床上，双眸涣散，身上渗着冷汗，嘴唇因为身体虚弱而发白。

张局有些等不了了："白医生，都过去一天半了，现在是不是应该让演员进去了？"

"再等等，现在进去，有可能会被他认出来。"

"白医生，唐龙行在你的计划实施前已经被关起来两天没有吃东西了，他已经七十多岁了，现在又过了一天半，再不快点问出地址进行营救的话，我怕

他要撑不住。”张局说出了他最大的担忧，“整个鹤去市的市民，都不会希望我们救出的是尸体。”

白冉可不会不明白张局的焦虑和压力，思考再三，她把无线耳麦调得更靠近嘴唇一点，联系演员：“可以进去了。”

看着演员走进牢房，走进那一隅月光中，白冉可的心越发紧张与不安。她望着视频中那窗外的月光，今夜的月光温凉如水，温柔得就像是主任的目光。白冉可在心里默默期待，主任，如果你在天有灵，请你保佑我这次计划成功。一直仰望你的我，也很想像你这样去治心救人……

江重华紧紧地闭着眼睛，不知道是睡着了，还是昏迷了。

演员极轻极缓地爬上床，在他身边躺下，见江重华没有什么反应后，调整呼吸，进入角色。她用手轻轻地摇着江重华，表情虚弱而又担忧，她学着江重华母亲的语气，一遍又一遍地唤着：“郁珺，我的珺儿，你快醒醒，不要睡着，睡着了就再也醒不来了……”

看到江重华慢慢地抬起眼睑，白冉可的心提到了嗓子眼上。

（4）营救唐龙行（中）

“妈妈……”江重华流露出了稚童一般无助而又依赖的神色，他像是寻求爱抚一般凑近了演员的怀里，“妈妈，我好饿，我好想吃东西。”

“这里已经没有吃的东西了，出口被堵住了，我们也逃不出。珺儿，妈妈对不起你，如果我们没破产……你也不用受这份苦……”演员把从无线耳机里白冉可的话重复了出来，眼睛里闪烁着点点泪光。

“妈妈，你怎么哭了？是不是我不乖，让妈妈难过了？妈妈，对不起，我不会再嚷嚷着要吃东西了。”

“不，我的珺儿最乖了，其实也还有东西可以吃。”演员把自己的手指咬破，把它塞进了江重华的嘴巴里，“妈妈的血会不会不好喝？就算不好喝也要喝下去呢，你要活下去，为爸爸妈妈报仇……”

演员的声音越来越小，她的手最终无力地垂了下去，宛若死去那般。

“妈妈！妈妈！”无论江重华怎么摇，她终究是没有再醒过来。

江重华情绪崩溃，他紧紧地把“母亲的尸体”抱在怀里，猩红的眼睛像是两团燃烧着的地狱之火：“我一定要报仇！我要让唐龙行死在这个地方，这个他也一辈子都走不出去的坟墓！”

江重华话音刚落，张局连忙吩咐隔壁的一个小警察：“快，去查查他爸妈所死在的古墓在什么地方！开灯！”

“先不要开灯，等……”白冉可想要阻止张局，因为她还有别的问题要问，可是已经太迟了。

江重华牢房里的白炽灯蓦地被打开，突如其来的耀眼灯光使江重华像是被摄了魂一样，怔在了原地。

演员趁此机会，从他怀中逃脱，走出了牢房。

待江重华回过神来时，他看到与张局他们一起走进牢房的白冉可，同样作为心理医生的他，在一瞬间便什么都明白了。

他站了起来，摇摇晃晃地走了几步，随后癫狂一般放声大笑：“为什么你们所有人都要想尽办法对付我？难道他们的遭遇值得同情，我的痛苦就是理所当然的吗？不过，我为了复仇，花了三十多年在绑着唐龙行的地方做了那么多

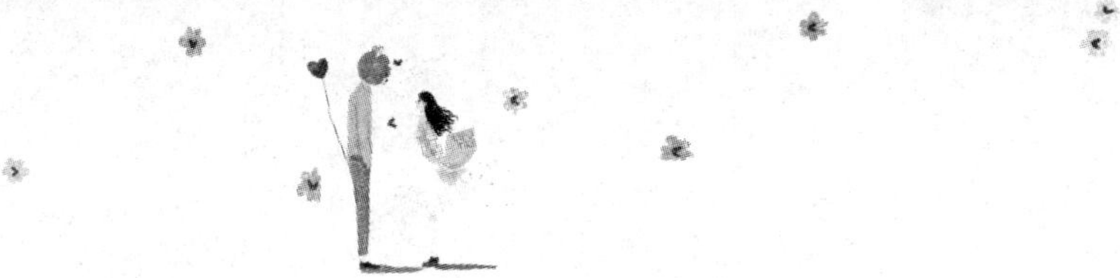

的机关，你们就算知道了地址，也救不出他来。”

江重华认命一般笑了笑，用只有自己能听到的声音喃喃：“果然只有死人不会开口最安全呢，我不能再活下去了，否则迟早要被你们套出所有的机关信息。不过有唐龙行陪我，我也不亏……”

白冉可察觉到江重华神情的异样，警惕地叫了起来：“快，拦住他……”

可等警方反应过来时，江重华已经一头撞上了牢房的墙壁。他是抱着必死的决心，所以用尽了十分的力气，他的额上被撞出了一个大窟窿，红黑色的鲜血不断涌了出来，在牢房的地面上汇成浅浅的一摊。

小警察去探了探他的呼吸和脉搏，随后朝张局和白冉可摇了摇头。

张局暗暗叹了一口气，随后对双眸黯然的白冉可说：“白医生也累了吧？我让人先送你回去休息，这几天辛苦白医生了。”

“嗯……”

白冉可随着要送她回家的小警察走出了公安局大门，公安局隔壁的鹤去时代广场的大屏幕上，正在播放着唐龙行被绑一案的最新消息。

屏幕上，主持人用激昂的语调在进行播报——

“根据警方提供的最新消息，现已通过审问犯人江重华，得知了唐龙行被绑的地址！江重华已经在牢房里畏罪自杀，可是根据他死前透露的，在唐龙行被绑的地方遍布着他花了三十多年所设下的机关。但到底是什么机关，会带来什么样的危险，应该如何破解，这些问题的答案都随着江重华的死亡而变得不得而知。

“据悉，官方现已就此事在紧急筹备救援行动，此次救援行动可谓是九死一生，惊险万分！我们大家都在期待出现一位英雄带给我们奇迹，而我们鹤去市从来不缺英雄……”

听着主持人的播报，白冉可的内心无来由地生起了一阵浓重的不安。

白冉可让护送她的小警察先回公安局，然后不放心地打了一辆出租车：“司机大哥，麻烦去浮屠紧急救援事务所！”

（5）营救唐龙行（下）

浮屠紧急救援事务所——

秦休央坐在所长室拿着手机，他的手机停留在白冉可的微信聊天界面，他想要给白冉可发一条消息，却又犹豫了。

可能是他过分心神不宁，所以忘却了所长室的门还没有锁。

卢所长推门进来时的声音把秦休央吓了一跳，他连忙放下手机，站了起来，问道：“所长，你怎么来了？”

卢所长静静地望着秦休央，明明是被拜托来当说客，却迟迟都没能说出一句话来。卢所长在内心苦笑，自己都一把年纪的人了，即使在大是大非面前，却还是很难压下个人感情啊。

“刘局怕你退却，让我来劝劝你。可我……不想劝你，我此刻劝你，无异于是劝你去死……”

救援中最危险的因素是未知。面对这江重华花了三十多年所布置的专为阻止他人去救唐龙行的机关，秦休央此去救人，有几分生还可能，做过救援队员的他内心清楚得很。

“所长你说什么呢？唯一能到达唐先生被绑之处的桥极易崩塌，多一人通行就多一分坍塌风险，所以一个人去救人反而是最安全的。

“论身体条件和救援经验，我都是救援队里把握最大的一个。如果没有火灾，唐浩然也许可以试试，但是江重华在劫走唐龙行时，在他家还放了一把火，他呼吸道受了刺激，现在还躺在医院里。

“我现在是唯一的人选。我是一个救援队员，而且是浮屠紧急救援事务所的所长，职责所在，就算死，我也必定要去。再说，如果我当了逃兵，鹤去市千千万万的人看着，救援队以后如何立足，这千千万万人又会如何看待我太太？”

说着，秦休央的眸中难免掠过一抹伤感：“所长，其实我不怕死，只是我觉得对不起可可。其实想想，我挺混账的，我说过要与她终老，要护她一辈子，现在却要抛下她一个……”

秦休央忽然止住了，他看到白冉可推门走了进来，眼睛早已红红的。

卢所长顺着秦休央的目光望去，当他看到白冉可时，便轻轻地叹了一口气，知趣地离开了。

秦休央躲避着白冉可的目光，尽可能让自己的语气听来稀松平常：“你来了啊？我要去乡下出一趟任务，可能要过两天回来，明晚就不用煮我饭了。”

话音刚刚落下，白冉可便整个人扑在了他的怀里，抑制不住地大哭起来。

“哭什么哭？我只是明晚不回来，又不是永远不回来，说不定后天晚上就回来了……”白冉可哭得令他柔情千转，肝肠寸断，可是为了安慰白冉可，他却又要偏偏装出嫌弃厌烦的模样。

白冉可埋在他怀中，声音呜咽：“如果真的是后天晚上能……能回来，你刚才就不会跟所长说……说那些话了。”

秦休央一时沉默了。

“可可，有一句话，我一直想对你说。”

“嗯？”白冉可抬起头，一双泪眼蒙蒙胧胧，充满恐惧、失措而又不安。

秦休央难得认真：“如果没有遇到你，我可能也会成为像江重华那样的人，但是因为你的存在，我就感觉这个世界从未亏欠过我。”

秦休央的嘴角勾起了一丝几不可察的苦笑，在那个白冉可看不见的地方，他的手掌默默蓄力，一个手刀朝白冉可的脖子一敲。

他把晕过去的白冉可抱到椅子上，望着白冉可不安的睡颜，他紧紧地抿了唇，可还是在转身离开的那一刻，微微红了眼睛。

当他从所长室里走出来时，所有的救援队员都已经站在外面了。

秦休央注视着他们，很久很久……

“我这辈子没求过什么人，所以也不大会求人。”秦休央朝着他们，深深地举了一个躬，“如果我这次有什么意外，我太太就拜托你们照顾了。”

没有人说话，全场安静得可怕。最终在秦休央恳求的目光中，他们才纷纷忍泪，郑重地点了点头。

秦休央深深地吸了一口气，强压下内心所有的思绪：“一分队，出发。”

“要不要技术支援队伍一起跟过去？”骆仲昀问道。

“不必了。那座桥那么脆弱，估计也只有一次尝试的机会，时间紧迫，我们也不知道那个地方有什么机关暗术，技术支援跟过去也没什么用。”

（6）我喜欢不规则多边形的

一缕刺眼的阳光照了进来，白冉可在医院的病床上睁开了眼睛。

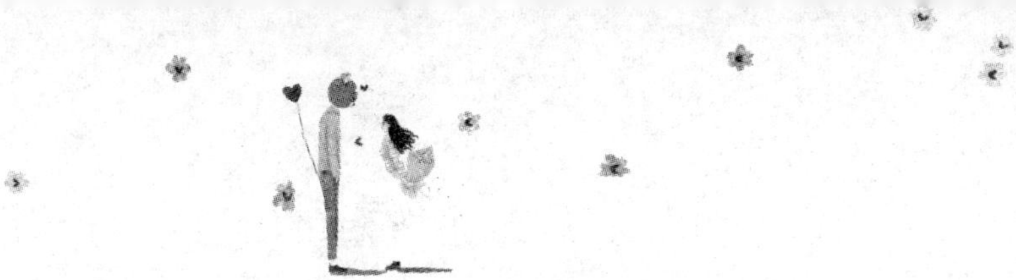

“太好了，秦嫂，你终于醒了！你睡了好久，吓死我们了！秦所已经出事了，你可千万不能再出事了！”守在病床边上的二狗见白冉可醒了，终于松了一口气。

“秦休央出事了？他出什么事了？”白冉可瞪大眸子盯着二狗，紧张得心脏差点从身体里跳了出来，“他人在哪儿？”

二狗见自己说漏了嘴，便知道事情瞒不下去了，只好一五一十地把事情说了出来。

“秦所过了那座桥，把唐爷爷救了下来。在扶着唐爷爷回来的时候，墓穴两边忽然百箭齐发，上方又有滚烫的炭火砸下，为了不让唐爷爷受伤，秦所把他护在怀里，用自己的身体帮他挡住了淬了毒的暗箭和炭火。唐爷爷被成功地救了回来……可是秦所，可是秦所受了重伤，还中了毒，一直在重症监护室昏迷不醒。医生说，他有很大的可能这辈子都不会再醒过来了……”

白冉可只感觉心里好像有什么东西忽然掉在地上，砸碎了一般，那种感觉太过真切，以至于让人忘记了呼吸。

“我要去见他！”回过神来的白冉可掀开被子，匆匆下床。

二狗无论如何也阻拦不住，只好带她来到了秦休央所在的重症监护室。

秦休央躺在病床上一动不动，全身上下插满了管子，唯一让人感觉他还活着的，居然是心脑电图上不时起伏的曲线。

其实知道秦休央职业的那一刻，白冉可就想到也许终有一天，她会面对这样的场景的。只是她一直在催眠自己，她是幸运的一个，秦休央也会是幸运的一个……

眼前的这一切，是梦吧？对的，一定是梦，不是真的。

白冉可走近秦休央，微微笑了起来，用手轻轻推着他的手臂："起来，秦休央。不早了，该吃饭了，你想吃什么我给你做。"

看到秦休央毫无反应，泪水从眼中滑落而下，她有些急了。

"你别睡了好不好？房子我不要了，婚礼我也不要了，我只要你好好的……"

秦休央依旧一动不动。

"你给我快起来！"白冉可把手握成拳头，重重地往秦休央的胸口不停砸去，"你不能抛下我一个！你答应过我要护我一辈子的！"

过来巡房的医生看到此景，吓了一大跳，连忙上前劝阻："秦太太，你冷静点！"

"秦休央！你这个混账！你这个大骗子……"白冉可忽然感觉肚子里传来一阵剧痛，便条件反射一样地捂住了肚子，脸色唰地变得惨白。

二狗看到白冉可咬着下唇痛苦不已的样子，吓得满头大汗，立马上前扶住她："秦嫂，你没事吧？"

"她怀孕了，很有可能要流产！快，送急诊室！"

"好！"二狗听了医生的话，连忙答应，"秦嫂，你坚持住！"

可白冉可只觉眼前的一切开始变得模糊，渐渐地，变成了一片黑暗。在失区意识之前，她只听到二狗在喊："秦嫂！秦嫂……"

一周后——

"冉可，你都在这儿对着休央一周了，他如果要醒，早就醒了。你都是要当妈妈的人了，要照顾好自己。"

秦休央出了这样的事，陈伯心里自然也难受。但他看到白冉可为了秦休央，每天魂不守舍地坐在病床边上，丝毫不爱惜自己的身体，便觉得更心痛了。

要去的人我们留不住，但是活着的人还需要好好活着。

白冉可闻言红了眼睛，她用手摸了摸自己尚还平坦的小腹，声音里不自觉地又染上了哭腔："我当初应该让糖心发我穿那套婚纱的照片给他看的，在婚纱店孕吐的时候也应该让糖心告诉他我怀孕了。要是我这么做了，也不至于他至死都什么也没看见，不知道……"

"事情已经这样了，现在懊悔也没用，孩子。"陈伯从衣服口袋里掏出一张名片，递给白冉可，"我跟卢所打听过，休央死后会葬入鹤去市烈士陵园，葬礼所用的其他东西基本是统一的，但墓碑家属可以自选。我认识一家不错的墓碑店，但是在比较偏僻的麒麟镇，没有高铁，要坐一整天的大巴才能到，你去帮休央提前先选一个吧，别让他走得太匆忙了。"

"嗯……"接过陈伯名片的那一刻，白冉可的泪水潸潸落下。

陈伯轻轻地拍着她瘦弱的肩膀，安慰道："好孩子，不怕的，大家都会陪着你的。"

过了很久，白冉可才擦干泪水，根据名片上的地址，坐着大巴，去了陈伯推荐的墓碑店。

老板看到有客人来了，热情地把白冉可带到茶几前的木沙发上坐下，自己也在她对面坐了下来，把一本墓碑样式图鉴递到她手上，问道："小姐是要为谁选墓碑？"

"我丈夫。"

"你丈夫死了啊。"老板看着白冉可年轻，以为是家中老人寿终正寝的喜丧，听她这么一说，立马改口，“真是抱歉啊，太太。”

白冉可摇了摇头：“不，他还没死。”

老板脸上的神色不断变换，一时精彩纷呈。

“哎？难道是太太你想买块墓碑咒他早点死？”老板好不容易想到了一个理由。

“不是，他是救人时受了重伤，快死了……”

老板怕说得越多错得越多，便不再闲聊，直奔主题：“不知你丈夫喜欢什么样的墓碑，椭圆的还是方的？”

“不知道，没问过。”白冉可略一思考，“但我猜测他应该是喜欢方的。”

“不，我喜欢不规则多边形的。”

熟悉不过的声音从身后传来，白冉可立马转过身去，她看到秦休央逆光站着，扎着一个丸子头，穿着他最常穿的黑色短T恤，一如既往地笑得欠揍。

不知道是不是因为光线太刺眼，白冉可的眼睛竟不自觉地泛上了泪花。

见白冉可从沙发上站了起来，秦休央朝她张开了怀抱。

白冉可抓起那本厚厚的图鉴，就往秦休央的胸口狠狠砸去。

很疼，但秦休央没有躲，就这样让她打自己出气。

身上所有的力气用完，图鉴从白冉可脱力的手中滑落，掉到了地上。

白冉可扑进秦休央的怀里，放声大哭，诉说着她所有的委屈和恐惧：“你吓死我了！你不许再这样了，不许离开我，我害怕……”

“不会了，我再也不会离开你了，我发誓。”秦休央把白冉可紧紧地抱在怀里，声音低沉。

正是动情之际，他感觉他的脚上传来了一阵钻心的疼痛，条件反射一般地

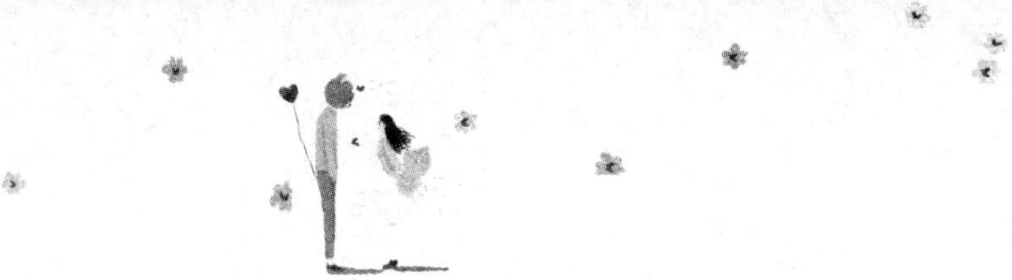

松开了白冉可。

“你发誓信得过才见鬼！你都骗我多少次了还发誓？”白冉可抬起鞋跟狠狠地踩在秦休央的脚上，“我警告你秦休央！你要是敢死，我就立刻带着你的死亡抚恤金改嫁，还要让你的儿子管别人叫爸爸！”

她的眼睛哭得肿肿的，她那自认为凶狠的瞪人目光，在秦休央看来不过是满满的娇嗔。

“知道啦。”秦休央眯起眼睛，一如既往地抱怨着，声音却不自觉地放柔了，“真是个狠心的女人。”

“话说你不是要死了吗？”

“是苏放花了很大精力请了一批科研人员去研究箭上的毒，过了好几天，才发现箭上的毒是非洲一种罕见的毒蛇的毒液。苏放托关系拿到了这个毒液的免疫血清，赶回来让医生给我注射，我就慢慢醒了。咋，没拿到死亡抚恤金你很失望？”

“……”

（7）秦守白

今天就是预产期了，白冉可躺在医院病床上，手术马上就要开始了。因为救援队的人听说她怀孕，纷纷把家里祖传的养胎炖品塞了过来，导致胎儿营养过剩，个头长得太大了，自然生产比较困难，所以医生建议剖腹产。

白冉可忽然有点紧张，便想跟秦休央聊天舒缓一下情绪：“秦休央，你是想要儿子，还是女儿呀？”

“女儿！”秦休央脱口而出。

白冉可有点愣住了。这么干脆？这么不假思索？

把白冉可的反应看在眼里的苏放，笑了起来，打趣道：“休央中学时代就把自己以后的女儿的名字想好了，叫秦婉仪。现在万事俱备，只欠女儿了。”

高中时代？这也太筹谋已久了吧？

还没等白冉可开始吐槽，一旁的二狗便兴致勃勃地接过了话来：“是呀！秦所害怕你对他想的名字不满意，还让我们救援队每个人想了十个女儿的名字，经过一轮筛选，现在还剩 88 个，以供秦嫂你生下女儿后慢慢挑选。”

这么劳师动众啊？白冉可难以置信地张大了嘴巴。

“为什么你这么想要女儿？”白冉可不解地问道。

“女儿会像你。”秦休央难得柔情脉脉，“长得好看，念书又厉害。”

虽然是夸自己的话，虽然秦休央说得深情款款，但是不知道为什么，白冉可还是觉得很难高兴得起来。

就在此时，护士进来了，提醒道：“该进产房了。”

两三个护士推着白冉可的床就往产房去。

出病房的时候，白冉可看到病房外浩浩荡荡地站着几十个他们救援队的人，估计是除了硬性要求留下值班的，剩下的人都来了。

他们一眨不眨地盯着她的肚子，眼睛里几乎能放出光来。

一群糙爷们想要小萝莉的气息隔着三米都可以嗅到。

白冉可一把揪住了秦休央的衣服：“我忽然有点害怕。”

“别怕，我会一直守在产房外，不会有事的。”秦休央把白冉可的手攥在手中，柔声宽慰。

“不！我怕的是我生的不是女儿！”白冉可紧紧握着秦休央的手，一脸不放心地盯着他，“你先向我保证，就算我生的是儿子，你也会一样喜欢，并且像女儿一样爱惜他！”

“我保证。”

得到了秦休央肯定的回答，白冉可这才放开他的手。

秦休央第一次做爸爸，不安地在产房外走来走去，恨不得冲进去替白冉可把娃生了。

手术室的门终于打开，护士们推着白冉可从里面出来。

因为麻醉没过，白冉可还在昏睡，秦休央攥着她汗津津的小手，俯身在她手上印了一个吻，满眼的温柔和疼爱。只可惜白冉可不会看见，她看到的永远是那个和她吵个没完的秦休央。

但是护士却看到了，对秦休央说：“不用担心，手术很顺利，你太太和孩子都平平安安。”

“那秦嫂生的是男孩还是女孩？”二狗探过头来，比刚做了爸爸的秦休央还要激动。

护士最近看霸道总裁小说看得有点多，又见秦休央身边浩浩荡荡地围着一大群人陪着等生产，便以为他家世显赫，家里有百亿家产等着要继承，于是笑着说：“恭喜先生你一举得男。”

病房里——

白冉可才刚醒来，就感觉病房已经被一股低气压所控制，每个人都把“失落”两个字写在了脸上。

得，不用问，肯定是生儿子了。

白冉可把一旁的儿子抱了过来。

她看过秦休央婴儿时代的照片，这孩子跟他婴儿时一模一样。

看着怀里的小人儿朝自己露出甜甜的笑容时，白冉可整颗心都快要被萌化了，用手指不停地逗弄起来。

见病房里救援队的人还在沮丧，白冉可忍不住瞪他们。

救援队的人明显感受到了白冉可的怒气，纷纷自保——

"啊，儿子也不错嘛！"

"是呀，儿子也很可爱啊！"

"儿子还比较经摔！"

总有人毫无求生意识，比如说秦休央就还是板着一张脸。

"秦休央！我这么努力给你生下儿子，你那一副嫌弃的表情是怎么回事？"说罢，白冉可把儿子轻轻放在床上，就想动手去打站在一旁的秦休央。

秦休央见到势头不对，立马想逃。

白冉可刚刚生完孩子，不方便下床，就给众人使了个眼色："你们把他给我抓回来！"

秦休央万万没有想到，这些在他任职当日，曾宣誓向他效忠的人，这些平时对他忠诚或者是看似忠诚的人，就这样一个个毫不犹豫地背叛了自己。

看到秦休央一脸不甘心地被押到了自己面前，白冉可正想动手，就被二狗叫住了："等等，秦嫂，不可以动手。"

嗷，我平时果然没白疼你，只有你这个时候还向着我了。秦休央朝二狗投去了一个欣慰的眼神。

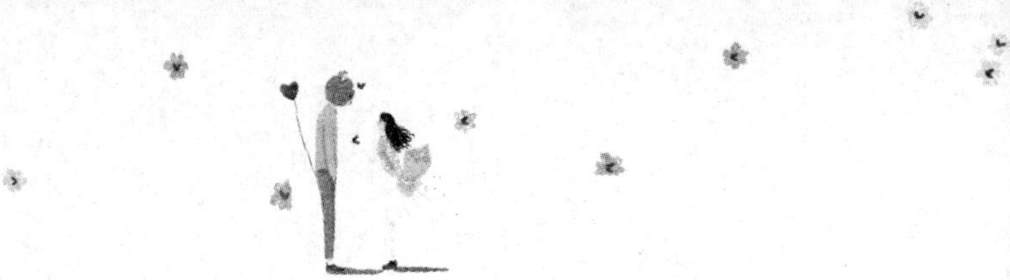

二狗麻溜地把鸡毛掸子从一旁抽了过来，递给白冉可，笑着补充道：“用这个就不会打疼手。”

“是呀是呀，打疼手就不值得了。”其他的救援队员纷纷附和，并从他们身上摸出了……警棍。

警棍过分了啊……秦休央在心里暗暗想，今天谁拿出警棍的，等回到事务所里我要好好收拾。

正这么想着，白冉可的鸡毛掸子就扎扎实实地打了下来，秦休央一声不吭地忍着，直到白冉可停了手，他才问：“出完气了？”

“嗯哼。”白冉可瞪了他一眼，不想再理他。

“我错了，儿子也不错。”秦休央服软地抱起白冉可方才轻轻放在床上的儿子，只见方才还甜糯糯地笑着的儿子立刻拉下了脸，半眯着眼睛瞪着自己。

呃，果然还是女儿可爱啊。

“是儿子的话，长大后就可以和我一起守护你了。”秦休央思虑片刻，“儿子就叫秦守白吧，怎样？”

“还行。”白冉可这才笑了。

秦休央望着自己怀里的小守白，还是不死心，小声地嘀咕：“真的是儿子吗？”秦休央不到黄河心不死，不见棺材不落泪，非要去拉下秦守白的襁褓确认一下，才刚拉下，一股热流就射了出来，喷了秦休央一脸。

“秦守白你居然敢尿你老子，我看你是要反了！”

秦守白看到自己的“杰作”，咧开嘴笑了起来。

“秦太太，你看看你儿子。说，要怎么教育？”秦休央不满地向白冉可投诉。

白冉可冷冷一笑：“该！”

// 番外 1//
秦三岁的婚后日常

“这周我已经带守白去吃过一次肯德基了，你下午怎么又带他去？我不是跟你说过小孩子不能吃这么多油炸食品吗？秦休央你是把我说的话都当耳边风了对吧？”白冉可爹毛了。

秦守白安静地坐在饭桌前，默默地给自己夹了一个荷包蛋。他今年虽然才五岁，但是对于自己的爹地妈咪吵架这种场景，已经见怪不怪了。

钢铁直男秦休央自然是不能体会到白冉可此刻的心情，直接杠了上去：“我是孩子的爸爸，难道我连带他去吃个油炸食品的权利都没有了吗？”

“你不认错就算了，还顶嘴？今晚这饭你别吃了！”

白冉可本来只是说句气话，秦休央却应声放下了碗筷，离开餐桌：“不吃就不吃！”

“有本事你这辈子都别吃！”看着秦休央一言不合就一副要离家出走的模样，在秦休央打开家门的时候，白冉可撂下一句狠话。

天色渐暗，秦休央独自走在街头，冷飕飕的冬风吹在他的身上，他紧了紧大衣，样子看来有些落魄。走了不久，他的肚子就传来了“咕噜咕噜”的声音，

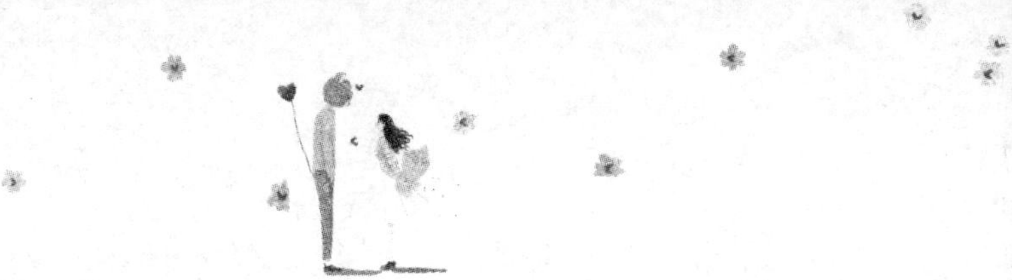

他叹了一口气，走进了旁边的一家 7—ELEVEN，买了一碗泡面。

在付账的时候，却被服务员告知：“不好意思，先生，你的信用卡被停了。”

不愧是我们救援队的女人，速度真快！

这么一想，秦休央竟莫名被燃起了斗志，开启了他的……蹭饭之旅。

苏宅——

苏放被忽然造访的秦休央惊到，得知了事情的原委后，苏放毫不掩饰自己的鄙夷，嘲笑道：“休央你都三十多岁的人了，还要被太太从家里赶出来，身无分文，只能去朋友家蹭饭，真是落魄。”

“但我们家的饭不能白吃哦。”苏放像逗弄家里的猫一样，拿起秦休央面前的餐具，坏心眼地调戏，“你给我‘喵’一声，我才给你吃。”

秦休央还没来得及给抛他一个白眼，苏太就把儿子手中的餐具夺了回来，重新放到了秦休央的面前。

“休央，你别理会他，快多吃点。你上次在我们家吃饭，还是念高中的时候了吧，真是让人怀念啊。”苏太不停地往他的碗里夹着菜，笑得温柔，“休央现在还喜欢吃戚风蛋糕？你明天过来，我给你做。”

“还是苏太心疼我。”秦休央回应了苏太一个难得乖顺的微笑，随后往自己的口里塞了满满的一口菜。

连续一周，秦休央都在苏放家得到了极好的款待，心里不免有些扬扬得意，想着就这样耗到白冉可服软。

下班后，秦休央再一次来到苏放家时，却发现餐桌上不光没有自己的餐具，连椅子都被收了起来。

苏放走过来，一脸幸灾乐祸的表情：“秦太太下午来过电话了，说你如果来我们家蹭饭，千万不要让你吃，否则就要和我绝交。”

“苏太……”秦休央朝苏太投去了求助的眼神。

苏太温婉的笑容里带着歉意：“休央，你是男人，你就服软去认个错。”

认错是不可能认错，这辈子都不可能认错。

秦休央离开苏家，走了好长一段路，敲开了二狗家的门。

从猫眼里看到敲门的人是秦休央，二狗只开了一道门缝，战战兢兢地问：“啊，秦所，你来了？”

“嗯。”秦休央应了一声，正想往里走，却被二狗拦住了。

“呃……秦所，要不你还是不进来了。你来我家也是没有饭吃的。”二狗怯怯地望着秦休央，说出了实情，“秦嫂下午的时候，在我们救援队的群里说，让我们千万不能让你蹭饭，也不能借钱给你……”

白冉可，你要不要做得这么绝？

秦休央漫无目的地走在街头，灯光把他的身影无限拉长。而同样被拉长的还有巡逻警察的身影，他看到秦休央一直在街头晃荡，而且长得又不像什么好人，便一直跟着他，防止他生事……

秦休央被巡逻警察盯得受不了了，只好灰溜溜地回了家。

回到家的时候，白冉可正好把做好的饭菜端到饭桌上，见到秦休央灰头灰脑的样子，便扬了扬眉毛，笑着问：“哟，秦先生舍得回来了？”

秦休央看着满桌的饭菜，咽了一口唾沫，却又不服输地移开了目光，就像是没看见白冉可一样，径自往阳台走去，默默地点了一支烟。

好饿啊……

秦休央的胃在抗议。

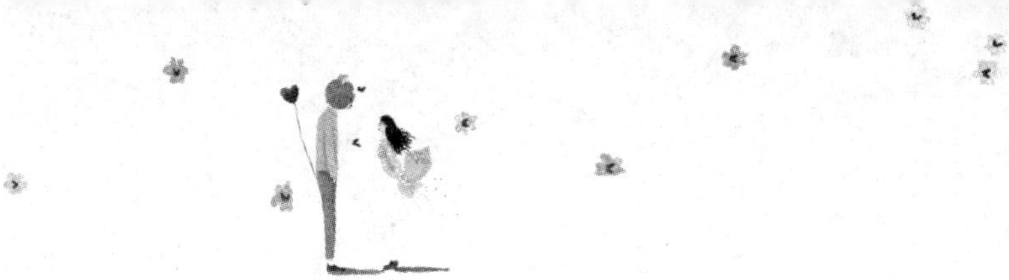

没过多久，他听到厨房里传来了白冉可洗碗的声音。

阳台的玄关窗户一下子被拉开，秦休央看到自己五岁的儿子秦守白提着一个保鲜袋，鬼鬼祟祟地走了进来。

秦守白把保鲜袋和一双一次性筷子递给秦休央，黑溜溜的眼睛机灵地眨着："我趁妈咪不注意的时候，把剩菜剩饭装进了保鲜袋里，爹地你快吃。"

看到温热的饭菜，秦休央感动得快要哭了出来，他深吸一口气，揉了揉秦守白毛茸茸的小脑袋："真是我的好儿子……"

这个儿子没白生啊！

秦休央就这样站在冷风不停吹的阳台上，吃了三晚的剩饭。

"爹地，给。"在第四天的时候，秦守白像往常一样把保鲜袋和一次性筷子递给了秦休央后，便以怕妈咪发现为由一股烟似的溜了。

秦休央站在阳台上，就着冷风吃起了饭来，就在他吃得津津有味时，玄关窗户被"哗"的一声拉开了。

糟糕！秦休央内心一阵惊呼，但是白冉可来得太突然了，他根本来不及把饭菜藏起来。

"你到底还要斗气到什么时候？你都三十多岁了，还是小孩子吗？道个歉会死吗？"白冉可满脸怒容地出现在阳台上，"自己不像样就算了，还要怂恿儿子给你偷东西！真是教坏孩子！"

白冉可话音刚落，秦守白就捧着一碟酱牛肉装作什么都不知情地走了过来，无辜的眼睛望着白冉可，软糯糯地说："妈咪，你特地给爹地做的酱牛肉，我忘记像你说的那样放进保鲜袋里去了。"

自己的小心思就这样被秦守白"无意"地在秦休央面前揭穿了，白冉可的脸涨得通红，立即移开目光，不敢去看秦休央。这家伙，一定会抓着这个狠狠嘲笑自己吧？

“可可，我错了……”

听到秦休央期盼已久的道歉，白冉可有些愣愣地抬起了头，望着秦休央温柔的目光，白冉可又觉得有点难为情：“进来吃吧，被邻居看到像什么样子？”

看到自己的爹地随着妈咪进了客厅，秦守白满意地将阳台的玄关窗户关了回来，脸上露出一抹了如指掌的从容微笑。

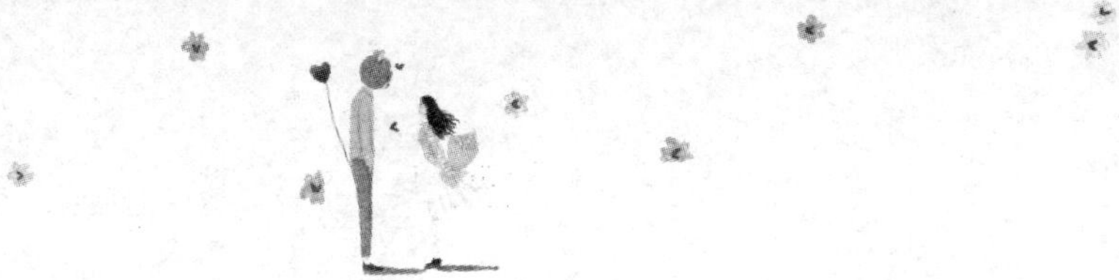

// 番外 2//

“妹控”的愉快假期

“嘀嗒——嘀嗒——”

被废弃的仓库里一片阴暗，感觉有水滴到了脸上，苏放睁开了眼睛，有雨水从天花板上滴落下来。

外面是下雨了吗？苏放在心里猜测。

因为对方想从他父亲手中敲诈一笔巨款，他和妹妹已经被绑到这里很久了。他不知道这里的具体位置，也不知道他们具体被绑架了多少天，因为这里没有窗户。

苏放坐了起来，妹妹比自己小两岁，今年才 12 岁，他从她本应带着稚气的眸中看到了深深的绝望。

不久前，苏放兄妹听门外看守他们的人说，这两个孩子看到过他们的脸，为了永绝后患，等他们从父亲手中拿到钱，就杀了苏放兄妹。

“苏妩，没事的，我们都会没事的。”苏放强打起精神，安慰苏妩。

苏妩露出了苍白的笑容，乖巧地点了点头。

苏放知道，苏妩和他一样，不相信自己会没事。

就在这时，他们听到门外看守他们的人吵了起来，苏放认出了其中一道声音，这是连日来给他们送饭的人的声音。

“彪哥，我们要不放过那两个孩子吧？我家中还有老母亲要养，我不想手上沾上人命！”

“没用的东西！要是我们把人放回去了，你以为我们还能活吗？”

“可是……”送饭的人话还没说完，苏放就听到门外传来了一阵殴打声。

不知过了多久，苏放就看到送饭的人鼻青脸肿地端着饭进来了。送饭的人锁上门，把饭端到了他们面前。

就在送饭的人要走时，苏妩笑着小声开口了：“喂，你是不是家里有老母亲要养，你把我们放了，我们保证不把你说出去，而且给你一大笔钱，一笔你跟着彪哥永远都拿不到的钱怎样？”

苏放被苏妩的大胆吓到了，要是这个人把她刚才的话告诉其他人，那么他们的下场……

“你们能给到这个数吗……”送饭的人犹豫了好久，朝他们伸出了一个巴掌，“五十万。”

“我们给你五百万。”

得到苏放的许诺，送饭的人说：“我可以答应你们，但你们之中我只能带出去一个人。我假装带你们之中的一个去上洗手间，然后半路把你们中的一个放跑。你们想想你们谁走谁留下？”

“你带苏妩走吧。”苏放几乎是没有过多的犹豫。

他知道，要是外面的人没能及时来把留下来的人救走，那留下来的人，必定凶多吉少。他是哥哥，他不能让妹妹来担这个风险。

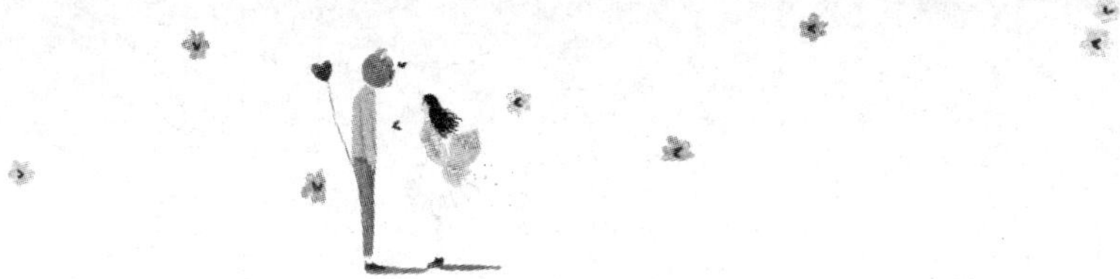

“不，哥哥你去。哥哥是男生，他陪你去上洗手间彪哥更放心，而且哥哥你跑得比我快，能逃出去的概率更大。”苏妩紧紧地握住了苏放的手，目光坚定，“我相信哥哥，哥哥一定不会丢下我不管的。哥哥不是说过要保护我一辈子吗？”

“嗯，哥哥就算死，也一定会护住你的，没有人可以伤害你。”

苏放跟着送饭的人逃了出去。那天的雨好大，苏放也不知道在雨中跑了多久。等到他终于跑到苏宅门前时，他感觉自己全身的力气被抽空，就这样倒在了苏宅门口。

等他醒来时，他立马把妹妹被困的地址告诉了父母，但是家里的用人告诉他，他高烧已经晕过去几天了，不知道二小姐还撑不撑得住……

父亲终究还是把妹妹带了回来，可是，重新回到苏宅的苏妩已经奄奄一息。过了好久，苏妩才把伤养好，但是她的额上却添了一道被医生预言永远不会褪去的伤疤。

苏妩剪了厚厚的刘海，遮住了伤疤。

在苏妩入睡后，苏放用手轻轻地抚摸着妹妹的脸，哭着说：“抱歉，苏妩，抱歉，哥哥是个那么没用的人……”

苏妩睁开眼睛，眼睛里满满的冷漠与疏离。

“你自己逃了，你把我一个人抛在地狱里！你这个骗子！”

……

苏放从梦中惊醒，他感觉自己的脸颊有些湿润，自己在哭。恰好此时，飞机到达巴黎。苏放连忙抹掉眼泪，挤出一如既往的笑容走下飞机。

管家已经在机场等着他了。

因为在狱中表现良好，苏妩获得了减刑。苏妩出狱后，便前往了法国巴黎定居。

苏放放心不下独自一人在国外生活的苏妧，在苏妧过去巴黎不久，就把管家也送来照顾她。

“苏妧最近过得愉快吗？”苏放就像是完全不记得苏妧这些年对他的态度一样，笑着问管家。

管家在内心叹了一口气，毕恭毕敬地回道：“二小姐过得不错。我把大少爷要来度假的事情告诉了她，她说她并不想见您。”

“我猜到了。”苏放说得没所谓的样子，却难掩眼底的那一抹失落，“她现在在哪里？”

“她现在在家附近的商场和新认识的朋友在 channel（香奈儿）买包。”

苏放在 channel 旁边的咖啡厅坐了下来，他戴着眼镜和宽大的帽子，若不细看，旁人根本不会认出他。他就这样，隔着远远的一段距离，隔着 channel 橱窗的玻璃，默默地望着苏妧。

看到她跟朋友有说有笑的样子，苏放的嘴角不由得扬起了浅浅的微笑。

见苏放已经坐在咖啡厅里目不转睛地望着苏妧差不多半个小时了，管家忍不住开口问：“大少爷一定很想念二小姐吧？要不要过去跟二小姐打个招呼？”

“不了。”苏放端起桌上的咖啡，浅浅地抿了一小口，他明明在笑，可是眸中却染上苦涩，“为了让我和苏妧都有个愉快的假期。”

往后余生，我保证再也不会让人伤害到你，再也不会有人让你受委屈，再也不会有人让你不愉快。

就算是我，也不可以。

就算是这辈子你都不会原谅我这个没用的哥哥，也没关系。

// 番外 3 //
我真正在乎的只有你啊

林时无从浴室里走了出来，身上还带着氤氲的水汽。他独自坐在度假村房间的窗边，望向灰蒙蒙的天空，北海道的天空中不时有雪花轻轻飘落，很美，却不免有些清冷。

他望着窗外的雪花，有些失神了。他的手指摘掉了婚戒，有些空空如也，内心却被各种复杂的思绪塞得满满的。

北海道还是要比鹤去冷很多的，他从小身子弱，一下了飞机便开始发起了低烧。本来想和朱颜一起来到度假村后，就去问服务生要些退烧药的，却被告之度假村的药刚好用完了，而最近的药店需要徒步一小时下山。林时无自然不好叨扰别人大冬天的为自己跑一趟。

朱颜就是很耀眼的存在，不过是一阵的工夫，她便跟一起泡温泉的夫人小姐们结识了。不知道她们是怎么讨论到了扇舞，而朱颜又是扇舞很出色的人，便被邀着一起参加她们今晚和明晚的扇舞舞会。

林时无不大擅长应付这种场合，便借口身体不适先回房间休息了，朱颜没有选择跟他一起回来。他并不是抱怨朱颜丢下生病的自己，朱颜对他越是不好，他的内心越是能好受一些。

为了给死去的妻子复仇，他听从江重华的话去假装与朱颜交往，博取她的信任。尽管这一切不过是演戏，可是他知道，在这段虚假的交往中，朱颜对自己的爱意、对自己的好一点一滴地渗进了自己的心中，他知道自己内心深处分明是喜欢上了朱颜。

自己喜欢上了害死自己妻子的凶手……

想到这里，林时无的眉宇不由得深深地蹙了起来，他对这样的自己厌恶不已。

“呜呜——”

在洗澡之前烧的那壶水已经烧开，开水沸腾的声音把林时无从思绪中拉了回来。他站起身来，穿着日式浴衣缓缓地把水壶拿了过来，把开水倒进茶壶中。茶壶中有焙干珍藏的茶，蜷缩的茶叶遇到热水慢慢舒展而开，散发出清香来。

就在林时无把茶倒进碧玉色的长茶杯时，房间的门忽然被打开，林时无看到一身风雪的朱颜走了进来，她的外套上还有尚未掸去的雪花。

她走了过来，把手中的塑料袋递给了林时无，笑着说：“我给你去把退烧药买了过来。时无，你快吃药吧。”

“你不是去了扇舞舞会吗？”林时无狭长的眼睛里透着一点讶异。

“要是我不找个借口，大雪天的，如果被你知道我想去买药，你定是说什么都不肯让我去的。”

堂堂大小姐大雪天的走了很远的夜路去为自己买药，可是她却说得没有半分的委屈和牺牲感。明明是她在对自己那么好，却说得像是半分也比不上自己的好似的。

为什么对我这么好的一个人，却会对我的妻子做出这么残忍的事？

望着朱颜冻得通红的手，林时无的心里就像是被投进了一颗石子，涟漪在石子落水处，一圈一圈地晕开。

“下次可再也不要这样了。”林时无把茶杯塞入朱颜的手中，想让她暖暖手，并让她在桌前坐了下来，“天这么黑还下雪，在山路上万一冷着或是伤着了该如何是好。快喝点热茶，暖暖身子。”

“好。”朱颜顺从地应了下来，眯着眼一小口一小口地把林时无递来的热茶饮尽。

“这雪真是漂亮呢……”

两人就这样坐在桌前，望着窗外的雪夜，室内萦绕着淡淡茶香，似乎要把愁思牵引走。室内太过安静和暖和，在林时无轻轻的倒茶声中，岁月就像是被无限拉长了一般，美好得就像是可以永远留住那般。

“我跳的扇舞……时无，想要看吗？”朱颜忽然问起。

林时无望着坐他对面的朱颜，浅笑点头。

朱颜换上了一袭紫色的和服，手持金扇，即使只是在淡淡的雪光下，亦夺目得让人根本移不开视线。鬓影浮动、脖颈如玉、舞步似是月下花影，一曲舞尽，令人遐想万千、惊叹不已。

“好看吗？”明明是极其出色的人，但是在林时无的面前，她还是会有些不自信。

“很好看。”林时无认可地点了点头，“你从大学时代开始，就是很耀眼的人，你每样东西都做得很好，所有人都被你吸引住了目光。”

“别人是怎么想我怎么看我，我完全不在乎。我大学的时候，那么努力地把每样东西都做得很好，为的只是吸引时无你的目光啊。”

“……”

林时无沉默了很久很久，他不知道应该如何去回应朱颜的这份感情，又做不到视而不见。

为了不影响林时无照顾其他病人，他们本来约定好第二天就回国，可是林时无的内心忽然有些动摇了。要是回国了，江重华一定会催着他赶紧进行下一步计划吧？

他抿了抿唇，随后开口问：“要不，我跟病人另约排期，我们明天先不回去吧？她们明晚似乎也会办舞会呢，我有点想看你在舞会上跳舞，可以吗？”

“真的吗？”朱颜的眸子里涌出了惊喜，“太好了，我们可以再留多一段时间吗，我还想跟你一起去日本其他地方看看……”

可能是怕林时无觉得自己贪心，说着说着，朱颜忽然止住了。

“嗯，你喜欢留多久就留多久吧。”

林时无是笑着答应了下来，眉眼间却是深深的苦涩。

像我这样的人，真的是应该下地狱呢。可是在下地狱之前，请允许我在人间再偷几天时间，去纵容自己罪恶的情感吧。

我呀，真是一个烂人……

一年后——

白冉可把一束白色的桔梗放在林时无的墓前，他生前最喜欢桔梗。

看到朱颜在往林时无的墓碑细心浇水清洗，白冉可忍不住问：“主任死后，你一直在大力追查鲤涟的死。听说最近查出来了？”

“嗯，我聘了整个鹤去市最出色的私家侦探，把当年的事实调查了出来。”朱颜说了起来，“当年的同学聚会，是约在酒店的一个KTV唱歌，我们约好的包厢，是在酒店的最顶层。当时鲤涟本来是打算不来的，后来因为实在抵不住班长的邀约，赴了约。我们班上有三个男生一直很喜欢鲤涟，曾经向鲤涟告白，但是都遭到了她的拒绝。这三个男生本来也不打算去参加聚会，却在群里看到有人说鲤涟来了，便也临时打算出席。班长和班上其他人也并不知道这个事情。

“KTV里太吵，大家又唱到很晚，鲤涟怕时无担心，便打算上天台给时无打电话报平安。在上天台的时候，恰好那三个男生来了，他们见鲤涟一个人上了天台，色心渐起，就跟了过去，随后锁了天台门，对鲤涟实行了轮奸。

“在被其中两人轮奸后，鲤涟想要反抗第三个人，却在反抗中失足从天台坠亡，所以在她的身上，警察只找到了两个人的精液。那三个男生在鲤涟坠亡后，就逃了。

“酒店大堂经理是首先发现鲤涟死亡的人，他与江重华熟悉，所以案发之后，他第一个通知的不是警方，而是江重华。

“江重华为了复仇，心生一计。他买通大堂经理，对当晚的监控录像动了手脚，隐去了那三人的出入，所以警方迟迟不能破案。然后，他欺骗时无，说是我教唆陆方奇和苏放对鲤涟实行了轮奸，说警方知道是我们三人干的，但是碍于我们三家在鹤去市的势力，所以不敢对我们下手，时无信以为真。

“而真正的凶手，在鲤涟死后不久，就被江重华用各种方式，一一杀死了。

“我把调查到的真相和证据交给了警方，这起案子终于是破了。”

“待到新闻把真相报道出来，就可以在世人面前完完整整地还你一个清白了，实在是太好了。”白冉可的脸上露出了欣慰的笑容，她知道这个误会让朱颜有多委屈。

“我调查清楚真相，并不是为了改变世人看我的目光，我只是为了时无的父母在得知了真相后，能允许我为时无扫墓，而不是认为我是间接害死了他们儿子的人。”朱颜停了停清洗墓碑的动作，她的手放在林时无的墓碑上，无名指的婚戒在阳光下散发着淡淡的光，“我真正在乎的只有时无。”

『全书完』
